「여어여어, 모치즈키 토야. 처음 뵙겠습니다, 라고 해야 하는건가? 난는 가끔 미래의 복속으로 너희를 봐서 그런지, 처음 만났다는 느낌은 들지 않지만 말이지」

이세계는 스마트폰과 함께.10

마침내 다 모인, 토야를

지지할 아홉 명의 신부들——！

이세계는 스마트폰과 함께. ⑩

후유하라 파토라　illustration■우사츠카 에이지

표지 · 본문 일러스트
우사츠카 에이지

봄이다.

이쪽 세계에는 사계절이 있는 나라와 없는 나라가 마구 뒤섞여 흩어져 있어서 계절의 변화를 즐기는 사람이 별로 없었다.

하지만 그것은 반대로 말해, 즐기는 사람들은 즐긴다는 말이기도 하다. 이셴이 그 대표적인 예이다.

현재 브륀힐드 국민의 70퍼센트는 이셴 출신이기 때문에, 당연히 그런 경향이 매우 강했다. 그리고 고맙게도 브륀힐드에는 사계절이 있었다.

그러니, 성에서 성 아랫마을에 이르는 길에 시험적으로 이셴에서 옮겨 심은 벚나무가 활짝 피면, 해야 할 일은 단 하나. 축제다.

원래 모험자들은 축제를 좋아한다. 순식간에 벚나무 아래에는 먹고 마시고 노래하는 사람들로 넘쳐 났다. 하지만 큰 문제를 일으키지 않는다면 조금 시끄러워도 이번에는 너그럽게 넘어가 주기로 했다. 마을 사람들도 꽃 구경을 나와 즐기고 있는 듯하니까. 물론 지나친 소동이 일어나거나 행패를 부리는 사람이 있다면 감옥에 넣어서 하루 동안 반성하게 할 작정이다.

그리고 사람이 모이면 당연히 노점도 들어서기 마련이라, 브륀힐드는 그야말로 꽃놀이 축제가 한창입니다.

이런 상황이라 우리도 참가하지 않을 수 없었다. 훌리오 씨가 심은 안뜰의 어린 벚나무와 내가 이셴에서 가져와 심은 벚나무도 활짝 피었다. 벚꽃 잎이 하늘거리며 성의 해자에 떨어지는 모습은 형용할 수 없을 만큼 운치가 있었다.

마침 동서 동맹 회의가 끝나 자리를 마련했다.

동맹국은 아니지만 펠젠과 라일의 국왕들도 초대할까 생각해 봤는데, 역시 당일, 그것도 지금 당장 부르기는 어려울 것 같아 그만두었다.

그래도 브륀힐드, 벨파스트, 레굴루스, 리프리스, 리니에, 미스미드, 라밋슈, 레스티아, 로드메어 등, 아홉 개국의 대표가 파티를 여는 거니, 정말 호화스럽기 짝이 없었다.

안뜰에 설치한 식탁에는 클레아 씨가 이끄는 주방 부대가 실력을 뽐낸 역작이 가득했다.

대표로 잔을 들고 내가 건배를 외치기로 했다.

"그럼, 여러분의 무궁한 발전과 행복을 기원하며……… 건배!"

〈건배!〉

모두가 들고 있는 술은 이셴의 이에야스 씨가 이전에 준 선물이었다. 나는 그냥 과일 주스이지만. 당연하죠, 미성년자니까. 실은 이쪽에서는 내 나이면 술을 마셔도 된다고 한다.

우리 기사단 사람들도 교대로 파티에 참석했다. 임금님들과 떨어진 자리이긴 하지만. 당연히 이후에 경비 임무가 있는 사람은 음주 금지다.

각각 임금님들의 경비를 해야 하는 몇 명을 뺀 다른 나라의 기사단도 파티에 참석했다. 단, 술을 마시는 사람은 무기를 내려놓으라고 해 두었다. 물론 내 눈앞에서 이상한 행동을 하게 놔두지는 않겠지만.

"얼마 전까지만 해도 생각하기 힘든 광경이군요."

"누가 아니랍니까. 벨파스트와 레굴루스의 기사들이 함께 술을 마시고 있다니. 게다가 미스미드의 수인과 라밋슈의 성기사가 같이 모여 음식을 나눠 먹고 있습니다. 이것 참. 토야와 만난 뒤로 너무 변화가 급격하게 일어나 무엇이 평범한 것인지 헷갈릴 지경입니다."

레굴루스 황제와 벨파스트 국왕이 이야기하는 중에 딸 두 사람이 옆에 다가와 앉았다.

"이게 토야 오빠에겐 평범한 거예요, 아버지. 태어난 사람의 신분, 종족, 나라는 사소한 것에 불과한 거죠."

"토야 님은 모두를 한데 모으고, 행복하게 만들어 주는 분이에요. 저희의 피앙세니 당연하다면 당연하지만요!"

유미나와 루의 말을 듣고 쓴웃음을 짓는 아버지 두 사람. 쑥스러우니 이제 그만하세요…….

"토야! 이곳에 프레임 유닛을 꺼내 주면 안 되겠는가? 기사

왕과 대전을 해 보고 싶어서 그러네!"

그런 미스미드 수왕의 요구를 듣고, 나는 대전을 위한 프레임 유닛 몇 대와 대형 모니터를 안뜰에 설치했다. 기체는 같은 설정이기 때문에, 순수하게 실력으로 승부가 결정 난다. 물론 어떤 무기를 선택하느냐에 따라서도 좌우되긴 하지만.

순식간에 기사단들의 토너먼트전이 시작되어, 각자가 자신의 실력을 선보였다. 다른 나라의 사람들도 이젠 꽤 조종에 익숙해졌네? 프레이즈와 그토록 격렬하게 전투를 했었으니, 당연한가?

그러는 사이에 술잔을 걸치던 모로하 누나에게 한 수 배우고 싶다는 사람이 나타났다. 배움을 청한 사람은 다른 나라 기사들이었다. 같은 검을 지닌 자로서, 우리 나라의 최강 검사와 한번 겨뤄 보고 싶다는 모양이었다. 그 모습을 보고 우리 기사단 사람들이 쓴웃음을 지으며 동정 어린 시선을 보냈다. 부러질걸? 자신감이라는 이름의 기둥이. 가여워라.

한편 카렌 누나는 여성 기사들에게 무언가 말을 하는 중이었다. 아마도, 아니, 그것밖에 없겠지만 연애에 관한 일이겠지.

상담해 주는 중이겠지만…… 응? 저 사람은 로드메어의 기사단장, 리미트 씨인가? 엄청나게 진지한 얼굴로 카렌 누나의 이야기를 듣고 있는데……. 좋아하는 사람이라도 있는 건가?

전주 총독의 호위는 리미트 씨를 대신해 다른 사람이 담당하고 있었다. 기사단장도 가끔은 긴장을 풀고 지낼 필요가 있다는 말이겠지.

나와 마찬가지로 전주 총독도 술은 마시지 않았다. 라미슈 교황도 그렇고, 저 여성분 두 사람은 술을 잘하지 못하는 것일까?

"이렇게 아름다운 꽃을 보니, 음악이 있었으면 하네요. 그러고 보니, 폐하. 이 나라에 악단은 없나요?"

하늘하늘 떨어지는 벚꽃을 보면서 로드메어의 전주 총독이 물었다.

"악단은 없네요. 그런데 있어도 할 일이 별로 없을걸요? 우리는 파티를 거의 안 하니까요."

귀족도 없고 말이지. 벨파스트나 레굴루스처럼 파티를 위해 공작, 백작을 초대하는 일도 없고, 누군가에게서 파티에 초대받는 일도 없다. 그래도 작위 같은 것도 생각해 두는 편이 좋으려나?

어느 쪽이든 간에 악단은 고용해 봐야 아무 소용도…… 아, 하지만 곡을 연주하는 거라면 가능하다.

나는 【게이트】를 열어 피아노를 안뜰로 옮겼다. 갑자기 나타난 검은 물체를 보고 전주 총독이 깜짝 놀랐다.

"와아, 무언가 연주해 주실 생각인가요?!"

"오오, 나는 토야가 치는 피아노를 아주 좋아한다! 무슨 곡을 연주해 줄 겐가?"

피아노의 긴 의자에 앉자 린제와 스우가 달려왔다. 나는 건반을 하나둘 눌러 소리를 확인했다. 그 모습을 보고 전주 총독도 이것이 악기라는 사실을 눈치챈 모양이었다.

얼른 스우가 내 옆에 걸터앉았다. 그래……. 그럼 약혼자들에게 바치는 음악으로 선택해 볼까.

나는 조용히 곡을 연주하기 시작했다. 부드러운 멜로디가 벚꽃 잎에 맞추듯이 흐르자, 모두 이쪽을 돌아보았다.

영국의 작곡가 에드워드 엘가가 약혼자에게 선사하기 위해 작곡했다는 '사랑의 인사'.

약혼자인 여성이 여덟 살이나 연상이고, 종교와 신분이 달라 친족에게 엄청난 반대를 받으면서도 약혼을 했다는, 그런 에피소드가 있는 곡이었다.

이 사람은 그 외에도 영국 제2의 국가라고도 하는 '위풍당당'도 만들었지만 나는 '사랑의 인사' 쪽이 더 좋다.

짧은 연주가 끝나자 주변에서 박수 소리가 들려왔다. 감격한 듯 스우가 갑자기 달려들어, 나는 얼른 안아서 받아 주었다. 위험해.

"굉장해요. 연주도 물론 굉장하지만, 이 악기는 정말……. 토야 님, 이건 무엇인가요?"

"피아노라고 해요. 건반을 누르면 다양한 소리가 나는 악기죠."

나는 피아노를 바라보는 라밋슈 교황에게 웃으며 설명해 주었다. 아, 교회에서는 찬미가를 부르지? 나는 스우를 땅에 내려주고 물어보았다.

"라밋슈에서는 교회에서 찬미가를 부를 때, 반주를 하나요?"

"간단한 악기라면 있답니다. 이렇게 다채로운 소리를 혼자서 낼 수는 없지만요."

"그럼 한 대 선물해 드릴게요. 음악가라면 금방 잘 칠 수 있을 거라 생각하니까요."

"정말인가요?!"

'공방'에서 복제한 다음, 이래저래 마법을 부여해 두면 되니까. 치는 법까지 가르쳐 두는 것은 귀찮으니 사양하겠지만.

"임금님······."

"응? 왜 그래? 사쿠라."

어느새인가 사쿠라가 피아노 옆으로 다가왔다. 발밑에는 코하쿠가 함께였다.

"나도 노래할래. '그거' 쳐 줘."

"응? '그거'라면 전에 가르쳐 준 거? 하지만 그건 곡 이름이 '9월'이라 계절과는 안 어울릴 텐데?"

"그게 좋아. 쳐 줘."

노래 얘기만 나오면 양보가 없다니까! 그 곡, 꽤 어렵단 말이야······.

원래라면 금관악기나 드럼 정도를 추가하고 싶지만, 어쩔수 없다. 원래는 디스코 뮤직인데······.

무속성 마법 【스피커】를 발동시켰다. 그러자 공중에 커다란 마법진과 작은 마법진이 하나씩 떠올랐고, 직경 10센티미터 정도의 작은 쪽은 사쿠라의 입 근처와 피아노 앞에 정지했다.

나는 의자에 다시 앉아 빠른 리듬으로 피아노를 치기 시작했다. 전주를 가볍게 치자 【스피커】 마법진에서 피아노 소리가 울려 퍼졌다. 흥겨운 곡이라서 자연히 몸이 움직이며 즐거운 기분이 들었다. 사쿠라도 몸을 좌우로 흔들었다.

사쿠라가 작은 마법진에 입을 가까이 대고 노래하기 시작했다. 평소의 경쾌한 목소리가 아니라 배에 울려 퍼지는 듯한 목소리였다.

빨려 들어가듯이 듣고 있던 사람들의 몸이 좌우로 흔들리기 시작했다. 가사는 영어니 의미를 알 수는 없을 텐데, 음악에는 국경은 물론 이세계도 없는 모양이었다.

'땅, 바람, 그리고 불' 이라는 그룹의 이름은 이세계와 잘 어울리는 듯하지만.

후렴구에 이르자 평소의 사쿠라에게서는 상상도 할 수 없을 만큼 정열적인 노랫소리가 울려 퍼졌다. 으악, 나까지 점점 빨려 들어가고 있어. 즐겁다.

가사를 모르면서도 다들 사쿠라가 부르는 가사에 맞춰 소리 내어 노래했다. 자연히 박수로 박자를 맞추기도 하는 등, 다들 사쿠라의 노래 덕에 흥이 난 듯했다. 마치 라이브 공연장처럼 열광의 소용돌이가 모두를 감쌌다.

그리고 곡이 끝나자, 조금 전보다도 더 큰 박수와 환성이 우리에게 날아들었다. 사쿠라도 어딘가 기쁜 듯했다.

"멋진 노래예요! 이분은 누구시죠?"

"우리의 가희(歌姬)예요."

라밋슈 교황에게 대답하자, 평소의 무표정한 모습으로 돌아온 사쿠라가 작게 인사를 하고는 곧장 내 등 뒤로 숨었다. 낯을 가리는 성격이면서 어쩌면 그렇게 눈에 띄는 행동을 할 수 있는지 이해가 잘 안 돼. 조금 쑥스러워하는 것처럼도 보였다.

"폐, 폐하!"

응? 내 앞으로 신인 기사단원인 스피카 씨가 달려왔다. 다크 엘프인 스피카 씨는 아주 눈에 잘 띄었다. 물론 미인이라는 점 때문이기도 하지만. 마경병(魔硬病)이라는 병에 걸려 길에서 쓰러졌던 스피카 씨도 이제는 완전히 적응이 완료된 모습이었다.

"왜 그러시죠?"

"저어……! 사쿠라 님은 기억을 잃어버리셨다고 하셨지요?!"

"그런데요?"

내 등 뒤에 숨은 사쿠라를 가만히 바라보면서 스피카 씨가 말했다.

"파르네 님이신가요……?"

"?"

영문을 모르겠다는 듯한 사쿠라를 보고 스피카 씨가 어깨를 늘어뜨렸다. 뭐지?

"파르네 님이라니요?"

"아……. 죄송합니다. 마왕국 제노아스에서 제가 섬기던 분입니다. 파르네제 포르네우스 님. 노래를 좋아하는 분인데…… 방금 그 노랫소리와 똑같았습니다. 그래서 무심코……. 죄송합니다. 말도 안 되는 일인데……. 파르네 님은 더 이상 이 세상에 계신 분이 아닙니다……. 얼굴도 머리카락의 색도 다르시고요……."

쓸쓸하게 웃는 스피카 씨의 모습을 보면 굉장히 소중한 사람이었던 모양이었다. 그 사람이 죽은 것과 스피카 씨가 제노아스 밖으로 나온 것에는 무슨 관련이 있는 것일까?

"사쿠라 님과 같은 이름의 이 꽃을 보면 파르네 님이 떠오릅니다. 그분의 머리카락도 이처럼 아름다운 엷은 분홍빛이었지요."

멀리 떠나 버린 사람을 생각하며, 스피카 씨가 바람에 흔들리는 벚꽃 잎을 눈으로 좇았다.

아……. 그런 생각에 빠져 있을 때 똑같은 노랫소리가 들려와서 착각을……. 응? 잠깐만.

"……잠깐만요. '엷은 분홍빛'? 파르네 님이라는 사람은 머리카락 색깔이 엷은 분홍색이었나요?"

"그렇습니다만……. 왜 그러시는지요?"

"아니요, 조금 전에 사쿠라와는 '머리카락의 색이 다르다' 고……."

"네. 사쿠라 님의 아름다운 흑발을 잘못 보다니, 잠깐 어떻게 됐던 모양입니다."

무슨 소리지? 스피카 씨에게는 사쿠라의 머리카락이 검은색으로 보이는 건가? 엷은 분홍색과 벚꽃색. 표현은 다르지만 엷은 핑크라는 점은 같다.

무슨 힘이 발동되는 중인 건가? 얼굴과 머리카락의 색을 다르게 인식하도록 만드는 마법이라든가?

그런데 사쿠라가 마법을 쓰고 있는 것처럼은 안 보이는데…….

"어떻게 된 거지……?"

"저어…… 무슨 이상한 점이라도…….."

의아하다는 듯이 스피카 씨가 내 안색을 실폈다. 나는 그런 스피카 씨를 무시한 채, 옆에 있던 스우에게 말을 걸었다.

"스우. 사쿠라의 머리카락, 무슨 색으로 보여?"

"? 벚꽃색이 아닌가. 이 꽃의 색과 같아서 토야가 그렇게 붙였지 않나."

"?! 아, 호, 혹시……! 폐하! 사쿠라 님은 메달 같은 것을 가지고 계시지 않았습니까?!"

스우의 대답을 듣고 무언가 떠오른 것이 있는지, 스피카 씨가 그렇게 물었다.

메달이라면 그건가? 사쿠라를 구했을 때, 가지고 있던 은색의…….

"······이거?"

가슴 부근에서 사쿠라가 끈에 달려 있던 직경 10센티미터 정도의 은색 메달을 꺼냈다.

"······그것을····· 빼 주실 수 있을까요·····?"

메마른 목소리로 스피카 씨가 사쿠라에게 말했다. 무슨 의도인지 몰라 고개를 갸웃하면서도 내가 재촉하자 사쿠라는 순순히 목에서 그 메달을 벗었다.

"아, 아아······."

스피카 씨의 눈에서 굵은 눈물방울이 끝없이 흘러내렸다. 그리고 사쿠라 앞에 무릎을 꿇고 그 손을 소중하게 잡더니, 자신의 이마에 갖다 댔다.

"파르네 님······. 틀림없습니다······. 이분은 파르네제 포르네우스 님이십니다. 살아····· 살아 계셨어······."

"파르네·····?"

여전히 고개를 갸웃하는 사쿠라 앞에서 스피카 씨는 계속 눈물을 흘렸다.

"정말 사쿠라는 그 파르네제 포르네우스라는 사람과 동일

인물인가요?"

"틀림없습니다. 이분은 파르네 님이십니다. 어렸을 때부터 호위했던 제가 잘못 볼 리 없습니다."

성의 넓은 방에 있는 내 맞은편 의자에 앉은 스피카 씨가 딱 잘라서 그렇게 단언했다. 잘못 볼 리가 없다니, 전혀 알아보지 못했으면서. 조금 전까지.

"그것은 이 '변환(變幻)의 눈동자' 때문입니다. 이것은 특정한 사람들의 인식을 왜곡시켜 존재를 속이는 아티팩트. 그 대상의 설정이 마족이었던 것이겠지요. 아마 다른 마족들도 파르네 님의 머리카락이 검은색으로 보일 겁니다."

스피카 씨가 그렇게 말하며 테이블 위에 있는 사쿠라의 메달을 바라보았다.

그렇구나. 이 녀석 탓에 마족에게는 얼굴도 머리카락도 다르게 보였던 거였어. 우리에게는 평범하게 보이지만. 마력의 파동이 느껴지지 않았던 것도, 나는 그 대상이 아니었기 때문이었던 건가?

"사쿠라, 어때? 파르네제라는 이름, 들어 본 적 있어?"

내 옆에 앉아 있던 사쿠라가 절레절레 고개를 흔들었다.

"전혀. 스피카는 물론, 이 나라에 오기 전의 일은 전혀 기억이 안 나. 단언할 수 있어."

"그럴 수가……. 아니, 살아 계신 것만으로도 행운이라고 생각해야 할 일이군요."

스피카 씨가 침착하게 말했다. 음~. 이것만큼은 역시 어쩔 수가 없다.

그러고 보니 조금 전에 스피카 씨는 계속 파르네를 호위했었다고 했는데⋯⋯. 어라?

"잠깐만요. 분명히 스피카 씨의 프렌넬 가문은 대대로 제노아스 왕가를 호위하던 가문이라고 하지 않았나요? 그렇다면 파르네제, 그러니까 사쿠라는 제노아스의 왕녀라는 건가요?"

아차, 하는 표정을 지으며 눈을 이리저리 움직이는 스피카씨. 물어보면 안 되는 거였나? 숨겨 두고 싶었던 일인가?

스피카 씨가 곧 크게 숨을 내쉬더니 나를 보고 말하기 시작했다.

"⋯⋯그렇습니다. 저는 이미 제노아스 사람이 아니고, 일이 일이니 말을 해도 상관없으리라 생각합니다. 분명히 파르네님은 마왕 제르가디 폰 제노아스 님의 서출이십니다."

자신에 대해 잘 파악이 안 되었는지, 사쿠라는 여전히 나를 보고 고개를 갸웃했다.

"서출이라면 정처 이외의 아이를 말하는 건가요? 그게 굳이 숨겨야 할 일인가요?"

측실의 아이이든 아니든 별 상관은 없어 보이는데. 아니지. 정처 몰래 측실도 아닌 다른 여자와의 사이에서 낳은 아이라면 숨기려나? 아내가 엄청나게 무서운 사람이라면 그런 일이 있을지도?

"파르네 님의 존재는 극히 일부 사람들밖에 모릅니다. 그것은 파르네 님에게는 마왕족의 증거인 왕각(王角)이 없어 존재가 말소됐기 때문입니다."

"왕각?"

"원래 마왕의 피를 잇는 자는 남녀 관계없이 뿔을 지니고 태어납니다. 하지만 파르네 님은 그게 없었습니다. 마력의 질을 보면 틀림없이 마왕님의 아이인데, 마왕족의 증거가 없는 저주받은 아이였지요. 결국 파르네 님의 존재는 왕가의 기록에서 말살되어, 존재하지 않는 사람이 되고 말았습니다."

그게 뭐야?! 뿔이 있든 없든 자신의 아이잖아. 존재를 말소하다니, 너무한 거 아냐?!

내가 얼굴을 찡그리자, 그 사실을 눈치챈 스피카 씨가 곧장 보충 설명을 했다.

"마왕님은 그러는 편이 파르네 님에게도, 어머니이신 피아나 님에게도 좋다고 생각하셨습니다. 뿔이 없는 마왕족은 경멸의 대상일 뿐이니까요……. 사람들의 기이한 눈길을 받는 것보다는 평범한 인간으로서 살아가는 편이 행복할 거라고 생각하셨던 겁니다.

"인간? 사쿠라……. 파르네의 어머니는 인간인가요?"

"네. 원래 마왕족과의 사이에서 태어난 아이는 배우자가 어떤 종족이든 마왕족의 아이가 태어납니다. 그래서 뿔이 없는 파르네 님은 어머님과 같은 인간이라고 판단되었습니다. 아마 어떤 갑작스러운 변이로 어머니 쪽의 피가 강해진 것이라 여겨집니다. 하지만……."

스피카 씨가 사쿠라를 힐끔 보더니 말을 머뭇거렸다. 그 뒤로 무슨 일이 있었던 걸까.

스피카 씨가 말하길, 사쿠라의 어머니는 측실이 되기를 거부했다고 한다. 측실이 되면 사쿠라와 헤어져야 하기 때문이라는 듯했다. 그래, 마왕의 측실과 존재가 말소된 아이이니, 아무래도 같이 살 수 없겠지.

그로부터 몇 년간은 어머니와 딸이 함께 일단은 프렌넬 가문의 손님으로서 살았다고 한다. 아무 일도 없이 평온하게.

하지만 사쿠라가 열 살이 됐을 때, 변화가 일어났다. 없었을 터인 왕각이 솟은 것이다. 그 모습을 보고 프렌넬 가문도 마왕도 깜짝 놀랐고, 난처해했다. 왜냐하면 사쿠라의 왕각이 솟구치면 솟구칠수록 그 마력도 강해졌기 때문이었다.

제노아스 왕가에서는 남녀 관계없이 마력이 가장 높은 자가 다음 마왕이 된다고 한다. 그리고 사쿠라는 왕자들보다도 훨씬 높은 마력을 지니고 있었다.

사쿠라의 어머니는 딸을 마왕의 후계자로 만들 생각은 없었지만, 귀족들은 그렇게 생각해 주지 않았다. 특히 왕자들의 어머니인 왕비들 쪽 집안사람들은 의심의 눈길을 거두지 않았다.

자신들의 왕자를 제쳐 놓고 마왕의 자리를 차지하지나 않을까 하는 의심.

제1 왕자, 제2 왕자 모두 각각 어머니를 병으로 잃었기 때문에, 그 외가 쪽 사람들은 왕자의 후견인으로서 세력을 떨쳤다.

그런 자들에게 사쿠라의 존재는 방해 그 자체일 뿐이었다.

사쿠라의 몸을 지키기 위해 마왕은 조금 전의 그 '변환의 눈동자'를 건네주었다. 마력을 흡수해 주변 사람들에게 거짓된 모습을 보여 주는 아티팩트. 사쿠라가 성장하면 왕각은 자신의 의지로 줄어들게 만들 수 있으니, 그때까지의 임시적인 대처였다는 모양이었다.

그런데 어느 날, 둘이서 쇼핑을 하러 나갔던 사쿠라와 스피카 씨는 갑자기 가면을 쓴 자들에게 습격을 당했다.

상대는 무기를 든 실력 좋은 자들로, 스피카 씨는 검은 있었지만 특기인 방패는 없었다. 간신히 자신을 희생해 사쿠라를 도망치게 하는 데는 성공했지만, 그 뒤에 가면을 쓴 습격자들의 자폭 공격에 말려들어 의식을 잃었다고 한다.

"가면을 쓴 습격자들은……."

"나중에 알게 된 것인데, 유론의 암살자들이었습니다. 다만 그것이 유론의 명령이었는지, 다른 의뢰를 받았기 때문인지는 모릅니다."

역시나. 그러고 보니 사쿠라가 날 도와줬었지? 아마도 자신이 습격당했을 때의 기억이 아주 잠깐 되살아났기 때문이겠지. 그렇다면 사쿠라의 기억은 언젠가 모두 되살아날지도 모른다.

"그 후, 제가 눈을 떠 보니, 저택의 침대 위로……. 아버지에게 파르네 님이 돌아가셨다는 소식을 들었습니다. 게다가 저택의 정원에는 파르네 님의 신체 일부가 내던져져 있었습니다. 그 오른다리와 오른손을 봤을 때의 절망을 저는 잊을 수가 없습니다."

그 뒤로 스피카 씨는 지켜야 할 사람을 지키지 못했다는 후회 속에 집을 떠났다. 표면상으로 프렌넬 집안에는 아무런 잘못이 없다. 원래 존재하지 않았던 마왕국의 공주가 죽은 것이니 집안의 명예에 흠집이 갈 일도 없었다.

하지만 스피카 씨는 그렇게 받아들일 수 없었다. 무엇보다 스스로를 용서할 수 없었던 거겠지. 그래서 집을 떠났다.

당연하게도 스피카 씨는 자신의 주인을 죽인 녀석들의 발자취를 쫓았다. 가면을 쓴 녀석들이 유론의 암살자라는 사실은 오래지 않아 알게 됐지만, 핵심에 다가가려고 했을 때 그 프레이즈의 대침공이 일어났다고 한다.

결과 유론은 멸망했고, 흑막을 알아내지 못했다. 이제 어떻게 하면 좋은가 하고 자문자답을 하는 사이에 엎친 데 덮친 격으로 마경병까지 발병해, 죽을 장소를 찾다가 이 나라에 도착하게 되었다는 모양이었다.

"으~음. 대략적으로는 알겠는데 몇 가지 의문이 있어요."

"무슨 의문이신지요?"

"일단 팔다리를 잃고 죽어 가던 사쿠라를 주운 곳은 제노아스가 아니라 이셴이라는 점. 그리고 암살자가 유론 사람들이었다고 한다면, 유론에게 사쿠라를 죽일 이유가 무엇이었는가 하는 점. 마지막으로 사쿠라에게는 처음부터 뿔이 없었다는 것이네요……."

"있지, 임금님. 나, 뿔을 솟아나게 할 수 있어."

"응?"

옆에 앉아 있던 사쿠라가 꼼지락거리며 무겁게 입을 열었다.

사쿠라가 눈을 감았다. 그러자 사쿠라의 귀 위 근처에서 백은의 뿔이 소금씩 솟아났다. 이게 왕각이라는 건가?

"역시 뿔을 숨기고 계셨군요."

사쿠라를 파르네라고 단정한 스피카 씨는 알고 있었던 모양이었다.

"왜 아무 말 안 했어?"

"처음에는…… 자신이 다른 사람이랑 다르다는 게 무서웠어. 나중에 이 나라에서는 마족도 차별하지 않는다는 것을 알았지만, 말을 꺼낼 계기가 없어서……."

"쓰러져 있던 스피카 씨를 구한 것도 마족이라서야?"

끄덕, 하고 사쿠라가 고개를 움직였다. 자신도 감염될지 모르는데 마경병 환자를 그렇게……. 응? 그때 사쿠라는 접촉을 안 했던가? '은월'까지 옮긴 사람은 종업원이었던 듯했다.

그렇다면 틀림없다. 스피카 씨의 말대로 사쿠라는 마왕국 제노아스의 파르네제 포르네우스다.

"그렇다면, 사쿠라……. 아니, 파르네인가. 파르네는 이제부터 어떻게 하고 싶어?"

"그냥 사쿠라라고 불러도 돼. 임금님이 지어 준 이름, 마음에 들거든."

그렇게 말하니, 사쿠라라고 불러도 되려나? 우리 나라에 있을 때는 그편이 좋을지도 모른다.

"기억이 안 돌아와서 별로 실감이 안 나. 제노아스에 돌아가고 싶지도 않고, 나를 죽이려고 한 사람들에게 복수하고 싶지도 않아. 단지……."

"단지?"

"엄마를…… 만나 보고 싶어."

사쿠라가 나를 가만히 올려다보면서 그렇게 말했다.

"아빠인 마왕하고는?"

"잘 모르기도 하니, 아무래도 좋아."

매정하네. 음~. 물론 이야기를 들어 보니, 별로 접점이 없어 보이긴 했다. 기억이 없는 사쿠라도 그렇게 느낀 거겠지. 그렇게까지 나쁜 사람 같지는 않지만…….

"사쿠라네 어머니는 지금 어디 있나요?"

"아마 자택에 지금도 살고 계실 겁니다. 파르네 님이 돌아가신 뒤, 너무 충격을 받으신 나머지 몸져누워 계십니다만……."

그럴 수밖에 없나. 그렇다면 가서 건강한 모습을 보여 줘야겠어. 기억은 잃었지만…….

"기억을 되찾을 수 있는 마법이 있으면 좋을 텐데. 【리커버리】로도 안 됐으니. 제노아스에 가면 옛날 일을 떠올릴 수도 있을까?"

태어나고 자란 도시를 걸어 보면, 무언가를 계기로 기억을 떠올릴 수 있을지도 모른다. 또는 어머니를 만나면…….

좋아, 그럼 【리콜】로 스피카 씨의 기억을 들여다본 다음, 프렌넬 가문으로 직접 【게이트】를…… 어…… 아…….

"아앗?!"

"이, 임금님……?!"

"왜, 왜 그러시죠?!"

두 사람이 내 목소리를 듣고 놀라 걱정스러운 듯이 이쪽을 바라보았지만, 나는 지금 그것을 신경 쓰고 있을 때가 아니었다. 이럴 수가…….

"정말…… 왜 이렇게 바보지, 나는……!! 기억을 되찾을 수 있는 마법이라면 있잖아! 자주 쓰고 있잖아! 진짜 바보네!"

쿵! 하고 테이블에 머리를 박았다. 죽고 싶어. 너무 바보라 죽고 싶어. 정말 구제불능인 바보 중의 바보 녀석이야.

기억 회수 마법【리콜】. 상대의 기억을 읽어 들여 자신의 기억으로 받아들이는 마법. 이것 덕에 나는 가 본 적이 없는 곳이라도, 기억을 받아들여【게이트】를 열 수 있다.

그와 동시에 이 마법은 상대가 잊고 있는 구체적인 기억도 떠올리게 할 수 있다.

예를 들어 1주일 전의 식사 메뉴. 웬만해선 그것을 떠올리기란 쉽지 않다. 하지만 이 마법을 사용해 내가 그 기억을 엿보면, 상대도 그 사실을 인식하게 된다.

애초에【리콜】이란, '회수' 라는 의미 외에도 '기억해 내다' 라는 의미도 있다. 너무 바보 같아서 차마 말이 안 나왔다. 때려 줘. 이가 부러질 정도로.

"……미안, 사쿠라. 정말 미안해."

"신경 쓰지 마. 신경 안 쓰니까."

아니, 네가 신경을 안 쓴다고 해도……. 미안한 마음이 흘러넘친다. 하아…….

쥐구멍이라도 있으면 들어가고 싶어…….

뒤쫓아 온다. 가면을 쓰고 검은 옷을 입은 남자(인지 여자인지는 모르겠지만)가 허리에 차고 있던 만도(湾刀)를 쳐들고 등을 좌악 베어 버렸다.

등의 충격을 받고 넘어졌지만, 그래도 계속 도망치려고 일어서려 했는데, 이번엔 옆으로 날아온 검에 오른 다리가 잘렸다. 무릎 아래가 잘려서 떨어져 나갔다. 다시 날아오는 검을 막으려고 무의식적으로 올린 오른손의 손목이 잘려서 떨어졌다. 새빨간 선혈이 뒷골목에 흩뿌려지며 시야를 물들였다.

죽는다. 살해당한다. 싫어. 죽고 싶지 않아. 도망쳐야 해. 녀석들이 쫓아오지 못할 만큼 멀리, 멀리 도망쳐야 해. 죽고 싶지 않다면 도망칠 수밖에 없다.

그렇게 생각했을 때, 머리에 떠오른 말을 사쿠라는 순간적으로 중얼거렸다.

"【텔레, 포트】."

다음 순간, 사쿠라는 물속에 내던져졌다. 무슨 일이 벌어졌는지도 모른 채, 발버둥 치며 팔다리를 움직였지만 아무것도 할 수 없었다. 몸이 흐름을 거스르지 못한 채, 숨도 쉬지 못하게 된 사쿠라는 통증과 고통 속에 의식이 투욱 하고 끊기고 말았다.

사쿠라의 양손을 잡고 이마를 맞댄 채 【리콜】로 기억을 거슬러 올라갔던 나는 천천히 눈을 떴다.

"그렇구나. 그런 일이 있었던 거였어."

"……기억나. 나는…… 파르네제…… 파르네제 포르네우스……. 그날, 스피카와 함께 습격을 당해서 나는……."

자신의 기억을 확인하듯이, 사쿠라는 말을 이었다.

사쿠라가 왜 이셴에 있었는지 이해가 되었다. 아무래도 습격당한 공포 탓에 무의식적으로 무속성 마법에 눈을 뜬 모양이었다. 【텔레포트】란 말 그대로 전이 마법이다. 그래서 이셴으로 전이해 강에 떨어진 것이다. 뿔은 마력의 소모로 인해 일시적으로 사라진 거겠지.

"기억이…… 돌아오신 건가요?"

스피카 씨가 사쿠라에게 머뭇거리며 물었다.

"아직 흐릿하긴 하지만…… 알겠어. 스피카도, 엄마도. 기억났어. 여러 가지가."

"파르네 님……."

스피카 씨가 뚝뚝 눈물을 흘렸다. 그 모습을 보고 사쿠라는 작게 웃었지만, 손을 잡고 있는 나는 사쿠라가 조금 떨고 있다는 사실을 잘 알았다.

"사쿠라…… 혹시 무서워?"

"응……. 조금……. 칼에 베였을 때의 기억은 되찾고 싶지 않았, 거든."

조금 창백한 얼굴로 사쿠라가 어색하게 웃었다. 당연하다. 자신이 죽을 뻔했을 때의 기억이 선명하게 되살아났으니까. 기억상실이 아니더라도 잊고 싶은 기억이었을 게 분명하다.

"괜찮아. 사쿠라를 다치게 하려는 녀석들은 내가 다 해치워 줄게. 그러니까 이제 무서워하지 않아도 돼."

그런 사쿠라의 머리를 쓰다듬으면서, 나는 안심시키듯 그렇게 말해 주었다. 쉽게 씻어 낼 수 있는 트라우마는 아닐지도 모르지만, 어떻게든 해 주고 싶다.

"응……. 임금님이라면 안심이야……."

미소를 지으며 사쿠라가 꼬옥 나를 껴안았다.

저, 저기, 사쿠라 씨? 그렇게 하면요, 눈앞에 있는 스피카 씨가 뭐라고 하면 좋을지 모르겠다는 표정으로 나를 바라보니, 자제해 줬으면 하는데요…….

핫! 시선이 느껴져!

휙 하고 방의 문이 있는 곳을 보니, 조금 열린 틈새 사이로 여자아이들의 얼굴이 여덟 개, 위아래로 늘어서 있었다. 히이익! 그건 대체 무슨 토템 폴이야?!

〈아홉 명째……?〉

한목소리로 중얼거리는 나의 피앙세들. 앗, 그만해. 그렇게 〈아~아…….〉하고 어처구니없다는 듯한 눈길만은 제발!

"【텔레포트】는 전이 마법 중에서도 다루기 어려운 편에 속해. 솔직히 【게이트】가 더 편할걸?"

홍차를 마시면서 린이 설명해 주었다.

"어떤 점이 어려운데?"

"일단 【게이트】라면 이동하는 '장소'를 떠올리면 되지만, 【텔레포트】는 이동하는 '방향', '거리'를 파악해야 하거든. 전이하는 곳에 다른 물체가 있으면 이동할 수 없고, 기본적으로는 술자만 이동할 수 있어. 손을 잡으면 동시에 이동할 수 있지만, 기껏해야 술자 외에 두 사람이 한계지 않을까?"

"그럼 사쿠라가 이셴으로 전이했을 때는……."

"'방향'은 엉망, '거리'는 마력이 다할 때까지 날아간 게 아닐까? 다행이네. 바다 한가운데가 아니어서."

그렇구나. 그럴 가능성도 있었던 거다. 바다나 화산의 화구, 바닥이 없는 늪처럼 세상에는 위험한 장소가 많다. 정확하게 거리와 방향을 파악하지 않으면, 그런 장소로 날아가 버릴 위험도 있구나.

"반대로 시야에 들어오는 위치라면 【텔레포트】를 사용하는 편이 나을지도 모르지. 【게이트】처럼 지나가야 할 필요가 없으니, 순식간에 이동할 수 있어. 기습적으로 무언가를 해야 할 때나 공격을 할 때 사용할 수 있지 않을까?"

오호라. '순간 이동'이니까. 그렇다면 그쪽이 원래의 용도일지도 모른다.

조금 시험해 볼까?

"【텔레포트】."

의자 위에서 방의 구석 쪽으로 전이했다. 오오, 시야가 갑자기 변하니 위화감이 장난 아니야. 이건 익숙해지지 않으면 전투할 때 사용하기 어렵겠어. 몸에 가해지는 부담은 특별히 없었다. 이거라면 연속 사용도 가능하려나?

"……여전히 터무니없구나. 우리 서방님은. 이제 익숙해졌지만."

손쉽게 순간 이동을 한 나를 보고 린이 한숨을 내쉬었다. 이쪽도 그런 반응엔 익숙해졌습니다.

"사쿠라 씨…… 파르네, 씨는 사용할 수 있나요?【텔레포트】."

"그냥 사쿠라라고 불러. 나는 마력 쓰는 법을 모르니까 아마 지금은 못 쓸 거야."

린제의 질문에 사쿠라가 대답했다. 아, 사쿠라는 마법을 쓰는 법 자체를 모르는구나. 습격당했을 때는 무의식적으로 사용한 모양이다. 우연히 발동되어 생명을 구했다는 상황이다. 조금 연습하면 금방 사용할 수 있을 거라 생각하지만.

"무속성 마법은 각성한 지 얼마 안 됐을 때는 감각을 잡기가 힘들어. 기합을 넣고 발동했는데 실패하기도 하고, 대충 발동했는데 성공하기도 하고 그러거든. 금세 요령 같은 게 잡히긴 하지만 말이야."

에르제가 쿠키를 먹으면서 그렇게 끼어들었다. 아무래도 에르제도 【부스트】를 자신의 것으로 만들 때까지 꽤 고생한 모양이었다.

"그런데 이제 어떻게 하실 생각이신가요? 사쿠라 씨는 제노아스로 돌아가실 건가요?"

루가 핵심을 찔러 왔다. 맞아. 결국엔 사쿠라의 마음에 달린 거지만, 서자라고는 해도 제노아스의 공주님이다. 게다가 왕위 계승자이기도 하지? 아무 말 안 하고 있으면 이곳에 있어도 들키지는 않을 것 같지만.

어느 쪽이든 간에 어머니는 만나러 가는 게 좋겠지?

"……니는 제노아스에 남기보다는 이 나라에서 살고 싶어. 만약 가능하다면 엄마랑 스피카랑 같이."

"저, 저도 파르네 님과 이 나라에서 지금까지처럼 기사로서 일하고 싶습니다. 어차피 본가는 오빠가 이을 테니, 아무런 문제도 없으니까요!"

사쿠라의 말을 듣고 스피카 씨가 벌떡 일어나 자신의 의사를 표현했다.

그래도 역시 절차라는 게 필요하다. 최소한 스피카 씨의 부모님에게는 설명해야 하지 않을까? 마왕 폐하는…… 어떨까? 결혼해서 측실인 것도 아니니 사쿠라의 어머니를 데리고 오는 데 굳이 허가가 필요하진 않겠지?

그 외엔…… 유론의 암살자가 마음에 걸려.

아마도, 이지만. 유론은 누군가와 거래를 했을 것으로 생각한다. 그 거래의 내용이 사쿠라의 암살이다. 그 대가로 유론 쪽에 무언가를 전달했을까? 그게 돈인지 정보인지는 모르겠지만. 그렇지 않으면 유론이 움직일 의미가 없다. 단지, 제노아스는 다른 나라와 거래는 하지 않는다고 들었다. 쇄국 상태니까.

그렇다면 사쿠라를 죽이려고 한 녀석들은 십중팔구 제노아스의, 그것도 꽤 지위가 높은 녀석이라는 말이다.

제일 의심스러운 사람은 사쿠라가 제노아스의 공주로 인정받으면 마왕 자리가 멀어질 제1 왕자, 제2 왕자이지만…….

"사쿠라는 마왕을 이을 생각이 없는 거지?"

"없어. 천지가 뒤집혀도 싫어."

그런 점을 명확하게 주장해 두면 더는 안 노리지 않을까? 아니, 오히려 위험한가? 이대로 죽은 것으로 해 두는 편이 안전할지도 모른다. 왕자들은 아무것도 모르고, 주변의 측근이 멋대로 저지른 짓일 가능성도 있으니까.

"어느 쪽이든 간에 한 번은 제노아스…… 아니, 사쿠라네 어머니가 있는 곳에 갈 필요는 있어. 그러니까, 스피카 씨의 본가인 프렌넬 가문으로."

"그러네요. 일단 피아나 님에게 이번 일을 상의하는 것이 좋으리라 생각합니다."

스피카 씨도 이렇게 말하니 바로 사쿠라네 어머니를 만나러

가 볼까?

멤버는 나와 사쿠라, 스피카 씨. 그리고 연락을 위해 코하쿠도 데려가자.

스피카 씨에게 제노아스 왕도에 있는 본가의 기억을 이어받아 나는 【게이트】를 열었다.

먼저 스피카 씨가 【게이트】를 통과했고, 이어서 나와 사쿠라, 코하쿠가 단숨에 전이했다.

【게이트】를 빠져나가니 그곳은 저택의 현관홀로, 그곳이 스피카 씨의 본가인 프렌넬 가문의 집안이었다. 밖에서 사쿠라의 모습을 사람들이 보면 아무래도 안 될 듯해서, 직접 저택 안으로 전이한 것인데.

붉은 양탄자가 길게 깔린 정면 계단 위에는 커다란 그림이 장식되어 있었다. 남성과 여성 사이에 남자아이가 셋, 의자에 앉은 여자아이가 하나. 가족 초상화인가? 그렇다면 저 여자아이가 스피카 씨구나. 확실히 흔적이 남아 있다.

"그리워……. 기억났어. 나는 여기서 살았었어."

사쿠라가 작게 중얼거렸다. 기억이 점점 확실해지는 모양이네. 명확한 기억이 되살아나고 있는 듯했다.

갑자기 주변을 둘러보던 사쿠라가 복도의 오른쪽을 향해 빠르게 뛰어갔다.

"앗, 파르네 님?!"

스피카 씨가 당황해 그 뒤를 따랐다. 나와 코하쿠도 뭐가 뭔지는 몰랐지만 어쨌든 뛰었다.

복도를 뛰는 우리를 보고 세탁 바구니를 들고 지나가던 젊은 메이드가 눈을 동그랗게 뜨며 멈춰 섰다.

"파, 파르네 님?! 아, 아가씨?! 어?! 어어?!"

깜짝 놀라는 메이드를 무시하고 사쿠라가 어느 방 앞에 멈춰 서더니 기세 좋게 문을 열어젖혔다.

뒤를 따라간 우리도 사쿠라의 어깨 너머로 방 안을 들여다보았다. 부드러운 빛이 비쳐 들어오는 흰 커튼 앞의 커다란 침대 위에 여성 한 명이 몸을 일으키고 이쪽을 바라보고 있었다. 나이는 서른 정도일까. 새하얀 머리카락과 창백한 얼굴 탓에 덧없어 보이는 인상이었다. 아마 이 사람이…….

"파르, 네……?"

"어, 엄마……. 엄마!!"

사쿠라가 똑바로 어머니에게로 달려가 가슴에 뛰어들었다. 뚝뚝 눈물을 흘리면서 어머니에게 안겨 들었다.

"아니……. 정말 파르네니? 살아 있었다니……. 이게 어떻게……!"

"엄마……!"

"피아나 님. 그분은 정말로 파르네 님이십니다. 살아 계셨습니다. 이곳에 계신 브륀힐드 공왕 폐하께서 구해 주셨습니다."

스피카 씨의 목소리를 듣고 정말로 딸이 돌아왔다고 확신했는지, 눈물을 흘리면서 어머니도 딸을 꼭 껴안았다.

죽었다고 생각했던 딸이 돌아온 것이다. 그 기쁨을 어떻게 말로 형용할 수 있을까. 방해하지 말자.

우리는 잠시 두 사람을 지켜보기로 했다.

"그런데 당신은 누구세요?"

나는 메이드에게 수상한 눈초리로 감시당하는 신세가 됐지만. 이건 좀.

◇ ◇ ◇

"정말 뭐라고 인사를 드리면 될지……. 딸을 살려 주셔서 감사합니다."

"신경 쓰지 마세요. 당연한 일을 한 것뿐이니까요."

조금 전부터 계속 고개를 숙이기만 하는 어머니, 피아나 씨에게 나는 신경 쓰지 마시라고 말씀드렸다.

몸이 안 좋은 듯해서 【리커버리】와 【리프레시】로 회복 마법을 걸어 주니, 안색이 꽤 많이 좋아졌다.

물론 옆에 걸터앉아 있는 딸의 미소가 가장 큰 효과를 발휘했다는 점은 의심할 여지가 없었다.

"저도 딸을 구해 주셔서 뭐라고 감사의 인사를 드려야 할지.

딸과 함께 정말 감사드립니다."

마찬가지로 고개를 숙인 사람은 객실의 의자에 앉은 다크 엘프인 여성이었다. 스피카 씨의 어머니인 스웨라 씨다.

갈색 피부에 은발, 긴 귀를 지녀 스피카 씨와 비슷한 외모였지만, 아무리 그래도 외모가 너무 젊은 거 아닌가……? 옆에 앉아 있는 스피카 씨의 자매처럼 보인다.

엘프도 다크 엘프도 수명이 워낙 기니……. 린처럼 성장 과정이 멈추는 것도 아니고. 몇 살일까……? 신경 쓰였지만 그런 것을 아무렇지도 않게 물어볼 정도로 나도 바보는 아니다.

남편인 스피카 씨의 아버지는 집에 없어서, 지금은 나와 코하쿠, 사쿠라네 어머니, 스피카 씨 모녀만이 모여 차를 마시는 중이었다.

"설마 마경병을 고칠 수 있는 분이 계실 줄이야……."

"우리 나라에서 병원체를 연구한 결과, 특효약을 만들 수 있을 듯하다고 하니, 완성되면 제공해 드릴게요."

"정말 거듭 감사드립니다."

스웨라 씨가 고개를 숙였다.

플로라가 스피카 씨의 떨어져 나간 피부를 연구해 보니, 회복약을 만들 수 있을 듯하다고 말을 했었다. 우리 나라도 마족이 몇 명인가 있으니 언제 환자가 발생해도 이상하지 않다. 대비해 두는 것은 절대 헛된 일이 아니다.

자, 그런 것보다도 본론으로 들어가야 한다.

"그래서 말인데요. 사쿠라…… 파르네가 가능하면 피아나 씨를 브륀힐드로 모셔 오고 싶다고 하는데……."

"저를, 말인가요?"

피아나 씨가 깜짝 놀란 듯 눈을 크게 떴다.

"사정에 관해서는 대략 들었습니다. 실례지만, 이곳에 있으면 사쿠라가 또 습격을 당하지 않으리란 보장이 없습니다. 위협하려는 것은 아니지만, 반대로 육친인 어머님을 노릴 가능성도 없다고는 할 수 없으니까요. 현재는 사쿠라가 죽은 것으로 되어 있으니, 괜찮을 거라고는 생각하지만…….

이 저택의 사람들은 같은 편이겠지만, 그래도 어디론가 새어 나갈 가능성이 있다. 하지만 새어 나가도 브륀힐드에 있으면 쉽게 공격할 수는 없다. 프레이즈를 퇴치하고 용을 죽이고 해서 우리 나라의 명성도 꽤 높아진 모양이니까.

피아나 씨가 불안한 표정으로 사쿠라에게 말을 걸었다.

"너는 어떻게 하고 싶니?"

"응. 브륀힐드는 아주 좋은 나라야. 마족이나 수인이라도 상관없이 다들 사이좋게 지내. 엄마도 분명 좋아하게 될 거야. 단언할 수 있어."

"그렇구나."

단언하는 딸을 보고 미소 짓는 피아나 씨. 피아나 씨는 곧 나를 돌아보며 말했다.

"그 나라에서 저도 무언가 할 수 있는 일이 있을까요?"

"혹시 특별한 기술이 있으신가요?"

"글쎄요……. 재봉이나 자수라면 조금……. 그리고 옛날에 펠젠에 있었을 때는 아이들의 공부를 가르쳤었습니다……."

와아, 피아나 씨, 펠젠 출신이구나. 공부를 가르친 경력이 있다면 딱 좋을지도 모른다.

"실은 지금, 우리 나라의 아이들에게 공부를 가르치는 시설을 만들까 하고 생각 중이에요. 괜찮으시다면 그곳에서 아이들을 가르쳐 주시면 도움이 될 거라 생각하는데요."

"전문적인 학문이 아니라면 괜찮기야 하겠지만……."

"아마 읽기, 쓰기, 계산, 역사, 도덕. 그 정도가 아닐까 해요. 물론 그 외에도 가르쳐 줄 사람을 더 늘릴 생각이고요."

"그 정도라면 어떻게든 될 거라 생각해요."

역시 학교는 필요하다. 피아나 씨가 그곳의 선생님이 되어 준다면 이쪽도 큰 도움이 된다.

"하지만 폐하. 저희 모녀는 지금까지 이 아이의 아버지인 마왕 폐하에게 의지하며 살았습니다. 그 보호에서 벗어나는 것이니, 확실히 설명하고 이 나라를 떠나고 싶습니다."

"아~. ……역시 그렇겠죠?"

"게다가 그 사람도 파르네가 살아 있다는 것을 알면 기뻐할 거예요. 죽었다는 말을 들었을 때는 굉장히 험악해졌다고 들었습니다."

흐~음. 역시 그 나름대로 딸을 걱정하고 있었다는 건가? 나

같았으면 곧장 유론으로 쳐들어갔을 테지만.

"마왕 폐하를 만날 수 있을까요?"

스피카 씨 옆에 앉아 있는 스웨라 씨에게 물어보았다.

"남편이 돌아오면 물어보겠습니다. 아마 가능하리라고는 생각합니다."

스웨라 씨의 말에 따르면 남편, 스피카 씨의 아버지는 마왕 폐하의 호위를 맡고 있다고 한다. 어렸을 때부터 함께 지내서 허물없는 사이라는 듯하니, 아마 만나는 것은 어렵지 않지 않을까 하는 의견이었다.

나도 일단 어리지만 한 나라의 왕이니, 문전박대는 하지 않겠지.

"그럼 어떻게 할까. 일단 브륀힐드에 돌아가서……."

그렇게 말을 했을 때, 쿠가아아아아아아아아아아아앙! 하고 지면이 크게 흔들렸다. 무언가 커다란 물건이 떨어진 충격으로 방 안의 유리가 드르르르 하고 떨렸다.

"뭐지?! 지진인가?!"

갑작스러운 일에 우리가 그 자리에서 가만히 상황을 살피는데, 프렌넬 가문의 메이드가 문을 기세 좋게 열고 뛰어 들어왔다.

"사, 사모님! 서, 성이…… 판데모니움(만마전)이!"

정원으로 뛰쳐나가 【플라이】로 위로 올라갔다. 흐린 날씨의 하늘 아래에, 기괴한 곡선을 그리며 솟아 있는 마왕국 제노아스의 왕성, 판데모니움이 불꽃을 일으키고 있었다.

오른쪽의 탑이 무너져 내렸다. 대체 무슨 일이 벌어지고 있는 거지?!

〈코하쿠, 모두를 지켜. 나는 성으로 가서 상황을 살펴볼게.〉

〈알겠습니다. 부디 조심하십시오.〉

텔레파시로 코하쿠에게 명령을 한 뒤, 나는 단숨에 성 쪽으로 날아갔다.

상공에서 성을 보니 이곳저곳에서 연기가 피어오르는 중이었고, 여기저기에 시체가 굴러다니고 있었다. 아무래도 전부 제노아스의 기사와 위병들인 모양이었다.

지상으로 내려가 숨을 쉬는 자를 찾아봤지만, 살아 있는 사람이 아무도 없었다. 그야말로 시체의 산이었다.

마족의 시체가 굴러다니는 방향을 향해 판데모니움 안을 계속 달렸다. 이건 일방적인 살육이다. 모두 심장을 단숨에 꿰뚫려 죽었다.

"끄아아아아아아아아아!!"

혼비백산한 듯한 외침. 나는 그 소리가 들린 곳을 향해 갔다.

안뜰처럼 트인 공간에 많은 마족 기사들에게 둘러싸인 채, 그것은 서 있었다.

이마에서 배꼽까지를 제외한 몸이 예각인 결정으로 뒤덮인 '인간형'.

붉은 눈과 거꾸로 솟아 있는 결정화된 머리카락.

"지배종……!"

이 타이밍, 이 장소에서 나타나다니, 이게 대체…….

이전에 본 지배종과는 달리 가슴이 부풀어 있지 않았고, 어딘가 몸이 근육질 같은 느낌이 들었다. 남성형인가?

왜 이런 곳에……! 감지판은……. 앗, 그렇지. 제노아스에는 길드가 없어……!

정면에 있는 그 녀석은 웃었다. 웃으면서 창처럼 뾰족한 오른팔을 내뻗어 눈앞의 기사들을 죽였다. 막아야 해……!

"【실드】!"

카킹! 하고 수정의 창이 보이지 않는 방패에 막혔다. 웃음기가 사라진 얼굴이 이쪽을 바라보았다.

"#im*@n+oh@o♪m@∥ek@?"

"……무슨 말을 하는지 모르겠어. 이쪽 세계의 언어로 말해."

지배종인 남자는 대지를 차고 순식간에 이쪽으로 접근했다. 빠르다! 하지만…….

"【텔레포트】."

나는 외워 두었던 순간 이동으로 지배종의 등 뒤로 돌아갔다.

"그다음은…… 【파워라이즈】!"

그대로 파워를 증가시킨 발차기를 등에다가 날렸다. 지배종이 총알처럼 날아가 안뜰의 벽에 격돌해, 벽이 후드드득 하고 무너져 내렸다.

곧바로 잔해가 사방으로 날아가더니, 안에서 흙투성이가 된 지배종이 일어섰다. 통하지 않는건가.

"*y@r€un#@′o×m=@〒e."

"못 알아듣는다고 말했잖아."

지배종이 갑자기 근처에 쓰러져 있던 시체의 머리에 창 같은 오른팔을 찔러 넣었다. 그리고 곧장 팔을 빼자 그 시체의 머리에서 무언가가 싹이 텄다. 그것은 순식간에 자라 아름다운 결정의 꽃을 피웠다. 하지만 그 꽃도 금세 부서지고 꽃이 있던 중앙에 아몬드 형태의 무언가가 매달려 늘어졌다. 저건······ 열매······ 과실인가?

지배종은 그것을 따더니, 입안에 던져 넣고 우득우득 씹어 먹었다.

"+no#dom￥o÷tu〻ku=rik%@ene△eto€ik ⸜ en*eek@."

카득카득 하고 목 근처를 왼손으로 깨뜨렸다. 뭐지?

"#t€o′@′······ 아~. 이렇게 인가?"

"말했어······."

"오, 연결된 건가. 이 몸의 말을 알아듣겠나?"

씨익 웃으면서 지배종이 붉은 눈으로 나를 바라보았다.

"꽤 하는군. 죽이는 보람이 있을 것 같은 녀석이야. 재밌어."

"너······ 지배종이지? 어디에서 온 거야?"

"앙? 결계의 벌어진 곳을 억지로 열어서 왔지, 당연하잖아? '반동'이 일어나기 전에 이곳의 녀석들을 모두 다 죽일 예정이었는데 말이야. 재미있어졌으니 별 상관은 없지만."

'반동'? '반동'이 뭐지? 그런 내 의문을 무시하듯이, 지배종 남자는 오른팔의 창을 얇은 검 모양으로 변형시켰다. 그 모습을 보고 나도 허리에서 브륀힐드를 빼내 블레이드 모드로 전환했다.

"너도 프레이즈 '왕'의 핵을 찾고 있는 거야?"

"그래. 방해되는 이 녀석들을 마구 죽인 다음, '왕'의 핵은 바로 나, 기라 님이 받아 가마. 방해하는 녀석은 그게 누구든 절대 용서 못 한다. 그러니까─────── 죽어라!"

날아온 기라인가 뭔가 하는 녀석의 검을 종이 한 장 차이로 피했다. 모로하 누나 쪽이 더 빠르다. 그대로 반 바퀴를 회전한 뒤, 이번엔 내가 검을 휘둘렀지만 기라가 왼손으로 그 날을 붙잡았다. 용의 비늘마저도 쉽게 베어 버리는 정재의 날이 통하지 않았다.

"건 모드!"

나는 곧장 도신의 형태를 변형시킨 뒤, 그 속박에서 도망가기 위해 기라의 가슴을 향해 바로 코앞에서 정재로 만든 총알을 여섯 발 전부 쏘아 버렸다. 그리고 바로 '리로드'를 하고, 이번엔 머리에 모든 총알을 쏟아부었다.

빙그르르 돌면서 날아간 기라는 쓰러지면서도 웃음을 지었다.

"하하하! 좋아, 아주 좋아! 모처럼 뜨겁게 즐길 수 있겠군!

반격이다. 받아라!"

그렇게 말하자, 나를 향했던 왼손의 손가락이 다섯 개의 총알처럼 발사되어 이쪽으로 날아왔다. 네 개까지는 피했지만, 마지막 하나는 미처 피하지 못한 내 오른쪽 어깨를 깊숙하게 관통해 빠져나갔다.

큭, 【텔레포트】로 피했어야 했어.

곧장 왼손의 손가락을 재생시켜 기라가 달려들었다.

"【텔레포트】!"

나는 그것을 순간 이동으로 회피하며 성의 지붕 위로 이동했다. 나를 놓친 기라가 주변을 둘러보는 짧은 시간 동안 나는 회복 마법으로 어깨의 상처를 치료했다.

녀석이 나를 발견하자마자 나는 【스토리지】에서 정재로 만든 거대한 해머를 꺼냈다.

그리고 그것을 머리 위로 번쩍 들고 지붕 위에서 아래로 뛰어내렸다.

"【그라비티】!"

해머의 무게가 가중되어 엄청난 무게의 일격이 기라를 내리쳤다.

"부서져라!"

"큭……. 으라랏!"

양손을 교차해 방어한 기라가 해머를 옆으로 밀어 냈다. 지면이 함몰될 정도의 충격이 대지를 덮쳐, 흙먼지가 공중으로 날아올랐다. 뭐 이런 녀석이 다 있지?

　나는 해머의 【그라비티】를 해제하고 옆으로 뛰어 물러섰다. 금이 가서 당장에라도 부러질 것 같았던 기라의 양팔이 순식간에 재생되었다. 젠장, 역시 이 녀석도 프레이즈야.

　"이 자식, 꽤 하는구나. 설마 이 몸의 팔을 부술 줄이야. 아무래도 최선을 다해야 할 것 같군."

　카키기기킹! 하고 유리가 깨지는 소리와 함께 기라의 좌우 공간이 깨지며 귀뚜라미 형태의 하급종이 출현했다. 이 녀석, 다른 프레이즈를 부를 수 있는 건가?!

　그 두 대를 좌우의 손으로 붙잡자, 파킥파킥파킥 하고 하급종이 각각 팔에 빨려들어 갔다. 융합이라고 해야 할지, 기라의 양팔은 모 특촬 프로그램에 나오는 매미형 우주인처럼 변했다. 물론 그것보다도 크고, 가위 모양처럼은 되지 않았지만.

　엄청나게 큰 아몬드 형태 안에 있는 하급종의 핵에 빛이 모여 들었다. 설마 이건…………!!!

　"날아가 버려라!"

　"【리플렉션】!"

　순간적으로 커다란 반사 장벽을 정면에 45도 각도로 펼쳤다.

　그리고 곧장 기라의 양팔에서 나를 향해 발사된 빛줄기가 장벽에 튕겨 방향을 바꾸더니 상공으로 뻗어 갔다.

　"큭…… 크윽…… 이 자식……!"

　장벽이 파괴되지 않도록 마력을 강화했다. 불과 10초도 되지 않는 시간이었지만, 굉장히 오랜 시간처럼 느껴졌다. 완전히 막아 내지는 못 해 결국 장벽은 파괴되었고, 빛의 대포는 내 뒤에 있던 탑의 일부를 날려 버리고 사라졌다.

팔을 내린 기라와 정면에서 대치했다.

"이 자식…… 넌 누구냐?!"

"모치즈키 토야. 너희 프레이즈의 천적이야. 기억해 둬."

크르르륵 하고 기라의 양팔에서 하급종이 부서져 내렸다. 그 얼굴에는 조금 전과 같은 미소가 사라지고 없었다.

갑자기 그 모습이 작게 흔들렸다.

"쳇. '반동'이 온 건가. 재미있었지만, 여기까지군. 토야, 였던가? 다음에 만나게 되면 반드시 쳐 죽여 주마."

이유는 알 수 없지만, 결계 밖으로 되돌아갈 수밖에 없는 듯했다. 부서져 가는 텔레비전 영상처럼 기라의 모습이 선명하게 보이지 않기 시작했다.

젠장. 이대로 도망가게 놔두면, 괜히 내가 패배한 채로 남는 것 같아서 찜찜해.

"【슬립】."

"으앗?!"

꽈당~! 기라가 기세 좋게 넘어졌다. 큭큭큭, 바보 자식. 대지 위를 걷는 이상 네놈도 【슬립】을 거스를 수는 없다!

"흥."

넘어진 기라를 한껏 바보 같다는 듯이 내려다보며 코웃음을 처 주었다.

"이, 이 자식!"

기라가 나에게 달려들려고 하다가 사라져 버렸다.

남은 것은 부서진 하급종뿐이었다.

"후우우우우………."

크게 숨을 내쉬었다. 힘들어……. 이렇게 마력을 소모한 것
은 처음일지도 모른다. 무시무시한 녀석이었어. 【텔레포트】
가 없었다면 큰일 났을 가능성도 있다.

주변을 돌아보니 이번엔 나를 수상한 사람이라고 생각하는
듯한 기사들이 눈에 들어왔다.

"아~…… 브뤼힐드 공국의 공왕, 모치즈키 토야입니다.
제노아스 마왕 폐하를 뵙고 싶은데 부탁 좀 드려도 될까요?"

안 된다면 안 되는 대로 상관없지만. 너무 이것저것 피곤한
일이 많아서, 내일 만나도 될 것 같아……. 그냥 쓰러져 자고
싶어.

"파르네제!"

파앙! 하고 문을 연 마왕국 제노아스의 마왕 폐하, 제르가디

폰 제노아스는 프렌넬 집안의 거실에서 피아나 씨 옆에 앉아 있던 사쿠라를 보고 기뻐서 그렇게 외쳤다.

그대로 딸을 안아 주려고 팔을 펼쳤지만, 사쿠라가 순식간에 피해 마왕 제노아스는 소파에 머리를 박고 말았다.

"어째서?!"

"무서워. 그리고 더러워."

아…… . 눈물과 콧물 범벅이 된 사람에게 포옹을 당하고 싶지는 않지.

사사삭, 하고 아버지를 피하듯이 사쿠라는 뒤따라 실내로 들어온 내 등에 숨었다.

"브륀힐드 공왕! 파르네제를 구해 준 것은 진심으로 감사하지만, 부모 앞에서 러브러브를 과시하는 건 좀 그렇지 않나?!"

"누가 러브러브해요?"

처억! 하고 삿대질을 하면서 말을 쏟아내는 마왕의 모습은 솔직히 어이가 없었다. 뭐야 이 딸 바보는.

새빨간 머리카락 위로 뻗은 왕각과 창백한 피부, 뾰족한 귀, 검은색에 금색 자수가 들어간 망토. 이 사람이 사쿠라의 아버지인 제노아스 마왕 폐하다.

프레이즈의 지배종, 기라와의 싸움이 있은 뒤, 사정 설명과 사쿠라에 대한 이야기를 전달하기 위해 마왕 폐하와 만났다. 프렌넬 집안의 가장이자, 마왕 폐하의 호위를 맡던 스피카 씨의 아버지이기도 한 시리우스 씨와도.

거기서 지금까지의 설명과 전투의 경위, 그리고 사쿠라에 대한 이야기를 끝낸 순간, 마왕 폐하는 판데모니움을 뛰쳐나갔다. 정말 얼마나 빨랐는지 말도 못 한다. 뒤쫓아 가느라 고생했다. 역시【부스트】와【액셀】을 사용하면서까지 말려야겠다는 생각까지는 하지 않았지만. 어디로 가는지 뻔히 아니까.

아무튼 그렇게 해서 프렌넬 집안까지 뛰쳐 들어온 것이다.

갑자기 들어온 마왕을 보고 스피카 씨와 스웨라 씨도 깜짝 놀랐는지 꼼짝을 하지 않았다.

"워워, 진정하십시오, 폐하."

"음……. 시리우스는 공왕의 편을 들겠다는 것인가?"

"공왕 폐하를 편든다기보다는 파르네제 님의 편을 드는 것이라 할 수 있겠군요."

내 등 뒤에서 나타난 다크 엘프 청년이 스피카 씨의 아버지, 시리우스 씨였다. 갈색 피부에 길고 예쁜 은발을 뒤로 한데 묶은 모습인데, 여전히 이 종족은 너무 젊어 보여서 탈이다……. 마왕 폐하도 20대로 보이긴 하지만. 마왕족도 장수하는 종족인가? 그럼 사쿠라도 어느 정도 어른이 되면 노화가 멈출지도 모른다.

"게다가 공왕 폐하께서는 파르네제 님뿐만이 아니라, 저의 딸과 우리 나라도 구해 주시지 않았습니까. 그건 폐하께서도 인정하고 계실 텐데요?"

"으으으으."

떨떠름한 얼굴로 입을 닫는 마왕 폐하. 이 사람이 마왕이라니, 정말 괜찮은 건가? 이 나라…….

마왕 폐하 앞으로 피아나 씨가 나아가 무릎을 꿇고 말했다.

"폐하에게 아룁니다. 파르네제는 이제 어른이고, 제 일은 스스로 결정할 수 있습니다. 딸은 브륀힐드 공왕 폐하의 밑으로 가길 원하고 있고, 저도 딸과 함께 가고자 하는 바입니다. 지금까지 깊은 온정을 베풀어 주신 점 정말 감사드립니다만, 부디 허락해 주시길 진심으로 부탁드립니다."

갑작스러운 작별 선언에 떠억 입을 벌린 채, 마왕 폐하가 꼼짝도 하지 않았다. 하지만 이윽고 얼굴을 떨며 의식을 되찾았다.

"자, 자자, 잠깐! 파르네제도 피아나도 브륀힐드에 가겠다는 것인가?! 허락 못 한다! 절대 허락 못 해!!"

"하지만 폐하. 저는 폐하의 아내가 아닙니다. 저의 인생은 저의 것입니다."

"그건! ……그렇지만……!"

일어서서 당당하게 선언하는 피아나 씨를 보고 쩔쩔매는 마왕 폐하. 우오오…… 무서워……. 어머니는 강하다는 말이 내 뇌리를 스쳤다. 외모만 보면 피아나 씨가 더 연상인 것처럼 보이기도 하고 말이지.

"그, 그렇다면 내가 그대를 왕비로 맞이하지! 이미 제1, 제2 왕비도 없으니 그대를 정실로서……."

"거절하겠습니다."

"생각도 안 해 보고?!"

생긋 미소 지으면서 딱 잘라 마왕 폐하의 프러포즈를 거절했다. 무서워. 왜 이렇게 강한 거야, 이 어머니는……. 한 나라의 왕인데 너무 직접적이잖아…….

이 사람이 학교 선생님이 되면 말을 안 들을 수가 없겠어. 어떻게 보면 정말 멋진 재능을 우리 나라에 받아들이게 된 건지도 모른다.

"폐하와 제가 결혼하면 파르네제는 마왕이 되어야 합니다. 그건 저도 딸도 바라는 일이 아닙니다."

"큭……. 하지만 파르네제가 짐의 딸인 것은 틀림없는 사실일 텐데……."

"네, 맞습니다. 그러니 부디 딸을 만나러 와 주십시오. 브륀힐드로."

"크, 으윽……."

마왕 폐하는 생글생글 미소를 짓고 있는 피아나 씨에게 뭐라 말을 하지 못하다가, 이윽고 하아, 하고 깊게 숨을 내쉬었다. 그리고 천천히 뒤를 돌아 내 바로 앞까지 오더니 깊게 고개를 숙였다. 아무래도 어쩔 수 없었던 모양이다. 그렇게 딱 잘라 거절하면 아무래도…….

"딸을 잘 부탁한다."

한 나라의 국왕이 아니라, 한 사람의 딸을 걱정하는 아버지의 모습이었다. 역시 이럴 때는 제대로 대답을 해 주어야 한다.

"알겠습니다. 두 사람은 저에게 맡겨……."

주세요, 하고 말하려던 내 어깨를 꽈악 붙잡고, 마왕 폐하가 고개를 들더니 나를 빤히 뚫어져라 바라보았다. 사람을 죽일 수 있을 것 같은, 번뜩이는 두 눈이 이쪽을 바라보았다. 무서워!

"딸을 불행하게 만들면 용서하지 않겠다……!"

응? 뭐지, 이건? 협박당하는 건가?

내 뒤에 있던 사쿠라가 빼꼼 얼굴을 내밀더니 마왕 폐하에게 말했다.

"나는 임금님이랑 같이 있으면 그것만으로도 행복해. 모두에게는 허가를 받았으니, 린제를 비롯한 약혼자들과 마찬가지로 색시가 될 거야. 그리고 마왕 짜증 나."

"우엑?!"

"어머나. 손자의 얼굴이 기대되네요."

잠깐만!! 또 이런 전개가 되다니?! 그런 것보다, 허가를 받았다니, 무슨 소리야? 사전 접촉이 너무 빠르잖아. 색시 연맹!

생글생글 웃는 피아나 씨와는 대조적으로 무릎을 꿇으며 맥없이 주저앉는 마왕 폐하.

"짜증…… 짜증 나……. 파르네제가 짜증 난다고……."

충격을 받은 이유가 그거야?

뭘 어떻게 상대하기가 곤란해진 마왕은 내버려 두고, 나는 스피카 씨의 아버지인 시리우스 씨를 바라보았다.

"실은 스피카 씨도 우리 나라의 기사단에 들어왔는데요……."

내 말을 듣고 스피카 씨가 시리우스 씨 앞으로 다가왔다.

"아버지, 저는 브륀힐드에서 이번에야말로 파르네제 님을 지키겠습니다. 프렌넬 가문의 명예와 방패에 걸고 반드시……."

"그래. 너는 너의 길을 걷거라. 멀리 떨어져 있어도 우리는 너의 행복을 비마."

"아버지……."

눈물을 글썽이는 딸을 포옹하는 시리우스 씨. 옆에서 보면 연인이 서로를 껴안고 있는 것처럼만 보인다. 같은 또래로 보이니까.

시리우스 씨는 꽤 이해심이 넘치는 아버지인 모양이었다. 그에 반해……. 힐끔, 하고 아직 회복하지 못하고 있는 또 다른 아버지를 바라보았다.

"……짜증 나? 짜증 나긴. 난 아버지잖아? 걱정하는 거야 당연한 건데? 평범해. 응, 평범해……."

웅얼웅얼 무언가를 중얼거리기 시작한 마왕 폐하를 못 본 척하며, 나는 저렇게는 되지 않겠다고 결심했다.

"그런데, 사쿠라…… 파르네를 죽이려고 한 흑막이 누군지는 확인하셨나요?"

"아니, 정말 화가 치미는 일이지만 꼬리를 붙잡진 못했다. 알았으면 갈기갈기 찢어 줬을 텐데 말이지."

내 팔에 들러붙어 있는 사쿠라를 보고 입매를 실룩이며 마왕 폐하가 대답했다. 내가 갈기갈기 찢어질 것 같아.

"실례지만, 사…… 파르네가 마왕이 되면 곤란한 자들의 짓이 아닐까 하는데요……."

"공왕이 무슨 말을 하려고 하는지는 안다. 우리 아이들 중 누군가가 꾸민 짓이라고 생각하는 모양인데, 그런 일은 없을 거야."

"왜죠?"

마왕 폐하는 소파에 깊숙이 앉더니, 팔짱을 끼었다. 몸은 나를 향해 있는데 시선은 아직도 힐끔힐끔 사쿠라 쪽을 바라보았다.

"먼저 제1 왕자인 파론인데, 그 녀석은 좋게 말하면 순하고 한결같은 성격이지만 나쁘게 말하면 머리가 나쁘지. 도저히 암살 같은 발상을 떠올릴 녀석이 못 돼. 비겁한 것을 싫어하는 성격이니 누가 암살을 하자고 꼬드겼다면 반대로 그 녀석을 베어 버렸을 거다."

"제2 왕자는요?"

"제2 왕자인 파레스는 너무 겁쟁이다. 암살처럼 호들갑스러운 일을 할 바에야 마왕 따위는 될 필요가 없다고 생각하는 녀석이지. 그 녀석의 머리에는 책, 책, 책밖에 없어. 번거로운 일은 최대한 피하는 성격이다."

아들들에 대한 평가가 굉장히 신랄하네. 사쿠라와는 하늘과 땅 차이다. 그런 점에 딴지를 걸자, '뭐가 좋아서 아들들에게 다정하게 대해 줘야 하는 거냐. 당연히 딸이 훨씬 귀엽다' 라는, 노골적인 대답이 돌아왔다.

마왕 폐하의 입장에서는 사쿠라의 왕각이 나온 시점에, 딸이라고 선언하고 차기 마왕임을 공표하고 싶었겠지만, 피아나 씨는 그것을 허용하지 않았다. 애초에 사쿠라도 그럴 생각이 없었으니 어쩔 수 없는 일이다. 일이 성가셔질 게 뻔히 보이기도 하고 말이지.

어쨌든 간에 일이 성가셔져 버리긴 했지만……

"그럼 누가 흑막이죠?"

"죽은 제1 왕비의 본가, 리북 가문이거나…… 이쪽도 죽긴 했지만 제2 왕비의 본가인 아르노스 가문이겠지. 물론 그 두 가문을 따르는 귀족일 가능성도 있다."

자신들이 지지하는 왕자가 마왕이 되면 여러 면에서 유리해질 테니까. 의심스러운 것은 분명하다.

"그럼 현재는 어느 왕자가 마왕이 될 가능성이 더 큰가요?"

"모르겠다. 둘 다 마력이 비슷해서 말이지. 그날의 상태에 따라 올라갔다가 내려갔다가 하는 형편이다."

으~음. 점점 더 성가셔지네.

"유론과 접촉할 것처럼 보이는 사람은 누구죠?"

"그것도 모르겠다. 제1 왕자파의 리북 가문은 유론과의 국경을 지키는 변경백이다. 접촉하려고 한다면 못 할 것은 없겠지. 제2 왕자파의 아르노스 가문은 대(大)상업가 가문이다. 우리 나라는 다른 나라와의 거래는 별로 하지 않지만, 그렇다고 연줄이 없지는 않아. 상인끼리의 연고를 이용하면 교섭이 가능할 것도 같긴 하다."

양쪽 모두 의심스럽다는 건가. 성가시네. 이거, 교황 예하를 데리고 와서 '당신들은 유론의 암살자를 고용했나요?' 하고 모두에게 물어보고 거짓말을 꿰뚫는 마안으로 확인하는 게 제일 편하지 않을까?

나이스 아이디어 같은 느낌도 들지만, 일국의 대표를 그런 일로 데리고 오는 건 역시 좀……. 용의자를 모두 라밋슈 교국으로 데리고 가는 것도 안 될 것 같고 말이야.

거짓말 탐지기 같은 게 '창고'에 있었던 것 같은데. 하지만 물적 증거는 안 되려나……?

사쿠라의 기억을 확인해 본 결과, 그건 틀림없이 유론의 암살자였다. 단지, 유론은 멸망했으니, 그쪽을 통해서 밝힐 수는 없다.

사쿠라가 마왕을 잇지 않겠다고 공표하면 얌전해질까? 아니, 그럴 리가 없다. 그때는 다른 한 명의 왕자를 죽이려고 들지도 모르고, 자칫하면 제3의 '파르네제파' 같은 진영이 생겨날지도 모른다. 그렇게 되면 점점 더 사쿠라의 신변이 위험해진다.

후환을 남기지 않기 위해서 철저하게 짓밟고 브륀힐드로 돌아가고 싶지만……. 흐음, 어쩌면 좋지?

어두운 골목길을 빠져나가 남자는 혼자 그 장소에 도착했다. 마왕국 제노아스의 왕도, 제노스칼의 상업 지구에 있는 낡은 창고 거리의 일각이다.

이 창고, 이전에는 대상업가 중 한 명이 소유하고 있었지만, 그 상업가가 손을 놓은 뒤로는 계속 방치되었다. 여러 군데가 꽤 많이 망가진 편이라 복구를 하려고 해도 상당히 돈이 많이 들어 매입하려는 사람이 없었다.

그렇게 아무도 접근하지 않는 창고에 후드가 달린 검은 망토를 두른 남자가 다가와 무거운 문을 억지로 열고 안으로 들어갔다.

아무것도 없는 텅 빈 창고의 천장에는 커다란 구멍이 뚫려 있어 달빛이 비쳐 들어왔다.

그 달빛 아래에서 남자는 찾고 있던 상대를 발견했다.

검은 복장에 가면을 쓴 남자.

"무슨 일이지? 일이 끝나면 더 이상 만나지 않기로 약속했을 텐데? 아니면 유론이 그렇게 되어 버렸으니, 고용해 줬으면 하는 건가?"

"……한 명 더, 방해되는 녀석이 있는 것 아닌가?"

가면을 쓴 남자의 잠긴 목소리를 듣고, 다가온 조금 살찐 남자가 후드를 벗으며 씨익 웃었다. 메피스토족(族)으로, 서른 살을 넘긴 자의 기름 낀 창백한 얼굴이 반질반질 빛났다.

"……호오. 너희가 제1 왕자를 제거해 준다면 고마운 일이지만, 뭘 원하지? 전처럼 무기를 빼돌려 주길 원하나?"

그렇게 말한 조금 살찐 남자의 등 뒤에서 제3의 목소리가 들렸다.

"……그렇군. 그것이 거래의 내용인가? 네가 제노아스의 무기를 유론으로 넘기고, 그 대신 가면을 쓴 검은 복장의 사람에게 의뢰를 했다, 그거군."

창고 안에 울려 퍼진 그 목소리를 듣고 너무 놀란 나머지 뒤를 돌아보는 조금 살찐 남자. 그는 그곳에 서 있는 지금 이곳에 있을 리가 없는 인물을 보고 더욱 눈을 크게 떴다.

"마, 마왕 폐하?!"

창고 입구에 서 있는 인물은 그야말로 이 나라의 마왕, 제르가디 폰 제노아스였다.

그제야 나도 【미라주】를 해제하고 가면을 쓴 검은 복장의 남자에서 원래의 모습으로 돌아갔다.

"아니, 네, 네놈은……?!"

"미안하지만, 속임수를 좀 썼어. 으~음. 당신. 세베루스 아르노스였던가? 아버지는 아무것도 모르는 모양이네. 가면과 편지를 봐도 고개를 갸웃할 뿐, 무슨 말인지 이해하지 못한 듯했으니까."

그래. 결국 우리는 수상한 녀석들에게 모두 가면과 '전의 일로 할 이야기가 있다'라는 내용, 그리고 이곳의 주소를 적어 놓은 편지를 각각의 방에 몰래 던져 놓았다. 물론 내가 소환한 생쥐로 감시하게 해 놓고.

대부분은 뭐가 뭔지 모르겠다는 듯이 고개를 갸웃하거나, 누군가의 장난이라고 생각해 집안사람들에게 화를 내거나 했지만, 이 남자, 세베루스 아르노스만은 거동이 매우 수상했다.

이 녀석만큼은 편지를 읽은 뒤, 아무에게 들키지 않도록 가면을 책상 서랍에 숨기고, 재빨리 편지를 주머니에 넣었다.

이 남자는 제2 왕자, 파레스의 어머니의 본가인 대상업가 아르노스 가문의 장남, 즉, 제2 왕비의 남동생이자 파레스에게 있어 삼촌에 해당하는 사람이었다. 언젠가는 아르노스 상회를 이끌어 가게 될 남자였다.

"네놈이 범인일 줄이야. 틀림없이 아버지이신 아르노스 상회장(商會長)도 안타까워하실 거다. 저 세상에 있는 너의 누나도 말이지."

"아, 아닙니다, 폐하! 저는 아가씨를 살해할 생각은 추호도!"

"호오? 짐은 '살해했다'라고는 한마디도 하지 않았다만? 게다가 파르네제를 네가 어떻게 알고 있는 거지?"

온몸이 얼어붙은 듯이 꼼짝도 못 하게 된 세베루스. 무심코 진심이 튀어나왔구나. 사쿠라에 대해서는 일부 사람만이 알고 있고, 아는 사람이 없으니, 살해당했다는 정보도 알고 있을 리가 없었다.

분명히 제2 왕자가 마왕이 되면 세베루스는 마왕의 삼촌이 된다. 그 정도 지위가 되면 상인뿐만이 아니라 정무에도 참견할 수 있을 정도의 권력을 가지게 될 수도 있다. 그런 노림수가 있었겠지만……

창고 내에 친위대장인 시리우스 씨가 이끌고 온 부대가 우르르 밀려들어 왔다. 이제는 처벌을 받아야 할 때였다.

"저 녀석을 붙잡아라. 원래는 이 자리에서 갈기갈기 찢어 버려야 하나, 아직 물어봐야 할 일이 있어서 말이다."

"넷! 어서 묶어라!"

시리우스 씨의 명령에 따라 세베루스는 멍하니 아무런 저항도 없이 포박당했다. 병사들이 세베루스를 연행해 갔다.

"이거로 한 건 해결일까요?"

"브륀힐드 공왕, 바보 같은 소릴 하면 안 되지. 이제부터가 진짜야. 일단 저 녀석의 죄상을 확실히 결정짓기 위해서는 파르네제의 존재를 공표해야 한다. 하지만 파르네제가 마왕이

되는 것은 피아나가 허락하지 않겠다고 했다. 그렇다면 공표
와 동시에 왕가에서 분리할 필요가 있어."

"저어~. 그건 그러니까……."

"공왕 폐하와 파르네제 님의 약혼 발표이군요."

시리우스 씨가 바로 끼어들어서 그렇게 말했다. 그렇겠죠~.
네, 알고 있었어요.

이런 상황에서는 회피할 수 없겠지……….

▶토야는 도망쳤다!
▶하지만 마왕에게서는 도망칠 수 없다!

그런 심경이다.

"저기요, 실은 이미 저한테는 약혼자가 있는데요……."

"음……? 그게 뭐 이상한 일인가? 짐도 둘이나 있었다. 왕
이면 아내 한둘 정도야……."

"여덟 명이에요."

"여덟?!"

깜짝 놀라더니 마왕 폐하의 눈이 곧장 가라앉았다. 그리고
힘껏 어깨를 붙잡고 실룩거리며 미소를 지으며 말했다. 이거
뭐야, 무서워.

"공왕 폐하. 조~금 구체적인 이야기를 해 보지 않겠나? 척

정 말게, 아침에는 끝날 테니. 이제부터는 오래도록 교제해야 할 사이니, 술이라도 마시면서, 어떤가?"

아니요, 저는 미성년자니까요, 하고 도망치려고 했지만, 이 쪽은 나라에 따라 다르긴 해도 대략 열다섯 살이면 성인으로 대접받는다. 마실 필요는 없다고 생각하지만 어쩔 수 없이 붙잡혀는 있어야 한다.

▶토야는 다시 도망쳤다!
▶하지만 마왕에게서는 절대로 도망칠 수 없다!

우으으.

◇ ◇ ◇

결국 사쿠라와의 존재를 공표하는 것과 동시에, 나와의 약혼도 발표되었다.

한편 세베루스가 저지른 죄가 밝혀졌고, 그에 따라 제2 왕자의 할아버지인 아르노스 가문의 당주는 은거, 집은 막내딸의 결혼 상대인 사위가 잇게 되었다.

원래라면 일족 전원을 처벌해도 불평을 할 수 없을 정도의 큰 죄이지만, 어쨌든 간에 제2 왕자의 혈연이고, 제2 왕자가 스스로 왕위 계승권을 포기하여서 감형되었다.

제2 왕자는 원래 마왕의 자리에는 별로 관심이 없었는데, 그것이 오히려 세베루스를 더욱 초조하게 했을지도 모른다. 물론 세베루스 본인은 단두대의 이슬로 사라질 운명이다.

피아나 씨와 사쿠라, 두 모녀는 곧장 브륀힐드로 데려갔다. 솔직히 더 이상은 마왕 폐하에게 붙들려 있기가 싫었다. 결국 술을 마시고 나를 괴롭혔으니.

유미나 일행은 사쿠라를 순순히 받아들이며 어딘가 다행이라는 표정을 지었다.

"이거로 아홉 명이 모였으니, 더 이상은 늘지 않는다는 말이죠?"

"이상한 사람이 들어오지 않아 정말 다행입니다."

"글쎄? 색시는 아홉 명이지만 내연녀 포지션이 있을지도 모르잖아……."

에르제, 야에, 린이 무언가 소곤소곤 이야기했지만 그건 그냥 모른 척했다. 이상한 거에 날 엮지 말아 주세요.

마왕국 제노아스는 여전히 다른 나라와는 교류하지 않는 방침을 고수하고 있지만, 브륀힐드에는 인재 파견 형식으로 사람을 보낼 모양이었다.

아직 마족 차별이 남아 있는 다른 나라와는 달리 우리 나라는 안심하고 일할 수 있으니까. 그것을 핑계로 마왕 폐하가 직접 사쿠라를 만나러 오지 않을까 하고, 조금 걱정이 되긴 한다.

◇ ◇ ◇

"일단 이곳에 학교를 세울 생각이에요."

"좋네요. 마을하고도 가깝고, 다니기에도 딱 좋아 보여요."

나는 피아나 씨를 학교 건설 예정 부지로 안내했다. 건설 책임자인 나이토 아저씨와 보디가드인 코교쿠도 함께였다.

"일단 작은 학교 건물을 세우고 조금씩 증축할 예정입니다. 선생님이 아직 피아나 님밖에 안 계시니, 많은 아이를 가르치긴 힘들지 않겠습니까."

"그러네요. 스무 명 정도부터 시작하면 좋을 것 같아요. 그 정도라면 어떻게든 가르칠 수 있을 테니까요."

나이토 아저씨가 피아나 씨의 요청을 받아들여 구체적인 사항을 조정해 갔다. 이제 아이들도 장래 희망의 선택지가 늘어나면 좋을 텐데 말이야.

그런데 학교를 만들려고 보니, 또 하나의 학교도 어떻게든 해야겠다는 생각이 들었다.

모험자 학교. 모험자 초심자들이 기술을 배울 수 있는 학교. 굳이 따지자면 이쪽이 더 목숨과 관련이 있으니 빨리 어떻게

든 해야 한다.

기왕에 나왔으니, 길드 쪽에 들러 길드 마스터인 레리샤 씨와 상의해 보기로 했다.

피아나 씨 일행과 헤어져 길드로 가 보았다. 길드는 여전히 떠들썩했고, 던전 공략도 조금씩 진행되고 있는 듯했다. 이미 낯익은 접수처의 고양이 누님에게 안내를 받아 길드 마스터의 집무실 안으로 들어갔다.

대략적으로 머릿속에 떠올린 구상을 이야기하자, 레리샤 씨는 조금 생각을 하더니 입을 열었다.

"나쁘지 않은 생각입니다. 수업 내용은 아직 조금 더 생각해 봐야 하겠지만, 몇 가지 장점이 떠오르는군요. 허무하게 죽는 초심자를 줄일 수 있다는 점이나, 은퇴한 베테랑 모험자가 다시 활약할 수 있다는 점입니다."

"게다가 학교를 졸업한 자가 성과를 올리면 선전도 되잖아요."

"그러네요. 입학금은 너무 높게 설정할 필요는 없을 듯합니다."

메모장에 글을 적으면서 레리샤 씨는 생각을 정리해 갔다. 레리샤 씨의 머릿속에서는 이미 장대한 계획이 진행되고 있는 모양이었다.

"그리고 연령별로 나누는 편이 좋을 것 같습니다. 열세 살부터 열다섯 살, 열여섯 살부터 스무 살. 그 이후로는 스무 살 이

상처럼 말이지요. 어느 정도 인생 경험이 있는 자를 가르치는 방법과 없는 자를 가르치는 방법은 아무래도 다를 테니까요."

"네, 그렇겠네요."

레리샤 씨의 말을 듣고 나는 고개를 끄덕였다. 일단 학교는 길드가 주체가 되어 운영하게 된다. 나는 아이디어를 낸 것에 불과하다. 그러니 교사나 교관의 수배는 길드에서 맡아야 한다.

아마도 스무 살이 넘어 모험자가 되려는 사람들은 적겠지만, 기사단에 있던 사람이 기사를 그만두고 모험자를 지망하는 경우도 없다고는 말을 못 할 테니까. 모험자 쪽이 제대로 걸리면 한 번에 벌 수 있는 액수가 더 크기도 하고 말이야.

"알겠습니다. 이 안건은 다음 길드 마스터 회의 때에 제안하겠습니다."

"부탁드릴게요. 혹시 필요한 설비가 있으면, 우리 쪽의 나이토 씨에게 말씀하시면 구해 주실 겁니다."

반응이 좋은 편이라 솔직히 마음을 쓸어내렸다. 모험자의 기본적인 기술과 마음가짐, 주의해야 할 일, 마수와 효율적으로 싸우는 법 등, 배워야 할 일은 아주 많다.

보통은 직접 경험을 통해 배우지만, 모험자는 자칫 잘못하면 죽고 만다. 모험자의 노하우를 먼저 경험한 사람에게 배우면, 그것은 꽤 강력한 무기가 되리라 생각한다.

"그런데 공왕 폐하, 마왕국 제노아스의 공주님과 약혼을 하시게 되었다고 들었습니다."

"으윽. 여전히 정보가 빠르시네요……."

싫다, 싫어. 물론 길드는 정보가 생명이기도 하니까. 제노아스에도 정보원이 잠복해 있다는 말이겠지. 정확하게는 사쿠라의 어머니인 피아나 씨가 마왕 폐하와 결혼을 하지 않았기 때문에 공주님은 아니지만.

"그래서 말인데, 조금 부탁드릴 것이 있습니다."

"뭔가요?"

레리샤 씨의 말은 즉, 제노아스에도 모험자 길드 지부를 설립하고 싶다는 것이었다. 그 중개역을 해 주었으면 한다는 것인데, 또 그 마왕 폐하를 만나야 한다고 생각하니 몸에서 힘이 조금 빠지고 말았다.

확실히 제노아스에 감지판이 없었던 탓에, 이렇다 할 준비도 없이 기라와 싸우는 형편이 되고 말았다.

제노아스에도 프레이즈의 습격이 없다고는 할 수 없다. 필요한 일이겠지.

결국 레리샤 씨의 부탁을 받고 나중에 다시 제노아스로 가게 되었다.

길드는 레리샤와 함께 사쿠라도 같이 간 덕분에 쉽게 승낙을 받았다. 쉽다, 쉬워.

그 후에 마왕 폐하가 사쿠라에게 이것저것 말을 걸었지만, 사쿠라는 '짜증 나.' 라고 하면서 상대를 해 주지 않았다.

풀 죽은 마왕 폐하를 보면서 나중에 딸을 가지면 어떻게 될까 하고 일말의 불안을 느꼈다. 저 모습이 장래의 자신일지도 모른다고 생각하면…….

사쿠라에게 마왕 폐하에게 가능한 한 다정하게 대해 주는 것이 어떠냐고 타일렀지만, 더 이상 어떻게 하라고? 같은 반응이 되돌아왔다.

으, 으윽.

"자, 이렇게 해서 사쿠라 씨도 토야 오빠의 약혼자가 됐는데
요."

그렇게 말을 꺼낸 유미나의 말을 듣고 사쿠라가 아무 말 없
이 고개를 끄덕였다.

바빌론의 '정원'에는 차를 즐기기 위한 정자…… 서양풍 정
자가 몇 개인가 존재한다. 그중에서도 이 구각형 모양의 희고
큰 서양식 정자는 약혼자들이 특히 마음에 들어 했다. 주변에
다양한 꽃이 흐드러지게 피어 있고, 청량한 물이 수로를 흐르
는 근처로, '정원' 중에서도 가장 화려한 장소였다.

"바빌론 박사가 예언한 아홉 명이 모였다는 것은 이것으로
끝이라는 말이죠?"

어딘가 안도한 표정을 지으며 힐다가 가슴을 쓸어내렸다.
이상한 여자가 끼어들지 않아서 다행이라고 안도하고 있는
모양이었다.

"글쎄. 미래는 움직이는 거니까. 안심할 수는 없어."

새침한 얼굴로 원탁 위의 홍차를 마시는 린.

"상당히 여유가 있으시군요……."

린의 말을 듣고, 야에가 으음, 하고 목소리를 흘리며 눈썹을 찌푸렸다.

"방심하지 말라는 얘기야. 나도 연애에는 둔한 편이지만, 너희보다 몇십 배는 더 살면서, 그런 모습을 몇 번이나 봐 왔거든. 사랑이 식는 모습도, 배신당하는 모습도 말이지. 그 사람의 사랑을 '당연한 것'이라고 생각해서는 안 돼. 그 사람이 계속 사랑해 주길 바란다면, 좋아해 줄 수 있도록 노력을 해야하는 거지. 물론 그거야 남녀 모두 마찬가지이지만."

"와아……. 카렌 형님 같아요, 린 씨……."

감탄한 듯이 루가 한숨을 내쉬었다. 실은 그 카렌에게 들은 이야기를 그대로 해 주는 것에 불과했지만, 린은 시치미를 떼고 홍차를 마셨다. 연상으로서 살짝 허세를 부린 것이다. 이러니저러니 해도 자신만 나이가 떨어져 있다는 것이 린에게는 조금 콤플렉스였다.

"아무튼 이곳에 있는 아홉 명은 모두 같은 토야 오빠의 약혼자 동지예요. 서로 부족한 점을 채워 주며 남편을 도와주기로 해요."

"그래. 어딘가 모르게 얼빠진 면이 있으니까, 토야는."

"맞아요. 그리고 조금 더 냉철했으면 하는데 말이죠."

루가 뺨에 손을 대고 하아, 하고 한숨을 한 번 내쉬었다.

"무슨 일 있으셨습니까?"

"아니요. 토야 님은【게이트】를 사용할 수 있어서, 쉽게 다른 나라로 갈 수 있잖아요? 그리고 그곳에서 일어난 문제를 휙휙 해결하기도 하고요. 나라로서는 이래저래 뭐라고 해야 할까요…… 절차라는 게 있는 법인데요."

원래는 교섭을 해서 상대 나라에게 금전이든 뭐든 유리한 조건을 끌어낼 수 있는 입장에 있으면서도, 토야는 전혀 그렇게 하려고 하지 않았다. 토야에게 있어서는 정말로 '겸사겸사' 해결하는 것에 불과하지만, 왕가에서 자란 루의 입장에서는 아무래도 마음에 걸리는 듯했다.

"하지만 그런 면도 포함해서 토야 오빠가 있는 거니까요."

"알아요. 저도 토야 님의 그런 면을 긍정적으로 생각하니까요. 단지, 이용당하는 일이 있어서는 안 될 텐데……. 그런 걱정이 드는 것뿐이에요."

"사람이 너무 좋으니 말이지, 토야는. 원래는 국왕과는 전혀 어울리지 않는 성격이야."

스우가 중앙에 놓인 접시에서 쿠키를 하나 손에 들고 덥썩 입에 넣었다.

"달링에게 왕처럼 행동하라고 요구하는 것 자체가 힘든 얘기야. 입고 있는 옷조차도 모험자 시절이랑 똑같으니까."

"아~. 그거? '번드르르한 옷은 좋아하지 않아' 라고 했었어. 분명히."

에르제가 그 말을 떠올리며 쓴웃음을 지었다. 분명히 한 나라의 왕이 입는 옷은 금은 자수가 놓이는 등, 화려한 것이 많다. 하지만 그것은 위엄이라든가 풍요로움 같은 것을 어필하기 위한 것이라, 꼭 국왕 자신의 취향이라고는 할 수 없었다.

"가끔은, 말쑥하게 차려입은 토야 씨도 보고 싶어, 요."

"그러네요. 기사 갑옷이 어울리지 않을까 해요."

"어? 그쪽……?"

린제가 힐다의 대답에 깜짝 놀랐다. 기사 왕국 레스티아에서는 그게 보통인 것일까?

"갑옷 무사 차림이라면 얼마 전에 봤지만, 가면이 분위기를 완전히 다 깼으니까요."

팔짱을 끼고 야에가 으으음, 하며 고개를 기울였다.

"꾸미지 않는 게 토야에게는 더 어울리지 않나. 미묘하게 멋을 부렸다가 이상한 여자가 들러붙으면 그건 그거대로 성가셔질 것 같으이."

"응, 성가셔져."

스우의 발언을 듣고 사쿠라가 크게 고개를 끄덕였다. 그것에 관해서는 다른 사람도 확실히 그렇다고 생각하며 생각을 고쳐먹었다.

"그런데 그 토야 씨는 오늘 뭘, 하나요?"

"음, 분명히 오늘은 제노아스에 간다고 했어요. 얼마 전의 지배종 습격 때, 판데모니움이 부서져서 복구를 해야 한다면서요. 토야 님도 꽤 많이 망가뜨리셨던 모양이더라고요."

린제의 질문에 힐다가 대답하면서 쓴웃음을 지었다. 토야와 기라의 싸움은 제노아스 왕궁인 판데모니움에 큰 피해를 줬다. 복구공사는 곧 시작되었는데, 토야가 그 공사를 돕겠다며 직접 나섰다.

"역시 생각대로예요. 정말 조금 냉철했으면 좋을 텐데요."

후우, 하고 루가 다시 한숨을 내쉬었다.

"사쿠라는 안 따라가도 돼?"

"마왕이 짜증 나니까 안 갔어. 가면 분명히 귀찮아질 거야. 단언할 수 있어."

사쿠라가 뚱한 표정으로 고개를 돌렸다. 역시 그렇게 간단히 부녀 관계를 구축할 수 있는 것은 아닌 모양이었다. 지금까지 아버지로서 딸을 대하지 않았던 마왕의 손바닥을 뒤집은 듯한 태도에(나름의 이유가 있다는 것은 사쿠라도 알고 있지만), 솔직히 당황한 면도 있다. 하지만 그 이상으로 친근하게 구는 마왕이 짜증 났다.

"세상의 아버지는 그런 사람도 많으니까……."

"토야 씨도 그렇게 되는 걸까, 요?"

"왠지 그렇게 될 것 같아. 다들 눈치채고 있겠지만, 달링은 가족에게 굉장히 약해. 딸이 생기는 날에는 마왕 이상으로 좋아서 어쩔 줄을 모르지 않을까?"

"아~. 눈에 선명히 떠올라. 엄청난 딸 바보가 될 것 같아."

시끌시끌, 그 자리에 없는 약혼자 토야를 안주로 여자들만의 다과회가 계속되었다. 나중에 '왕비들의 다과회(퀸즈 티 파티)' 라고 불리는 정기 회의의 시작이었다.

"겨우 끝이 보이기 시작했구나."

원래대로 돌아가기 시작한 판데모니움 탑을 보면서 나는 혼자 중얼거렸다.

저곳은 기라의 입자포로 날아가 버렸으니……. 사람이 없어서 정말 다행이야.

바빌론의 '공방' 을 사용하면 이 정도의 복구는 순식간에 끝날 거라고 생각했지만, 브륀힐드의 성이나 엔러시섬에 연결한 다리처럼 마음대로 디자인을 할 수 없었기 때문에, 이쪽은 그냥 돕는 정도로만 끝냈다.

구체적으로 말하면 석재(石材)를 제한 시간 내에 【그라비티】로 가볍게 하거나, 세세한 장식을 【모델링】으로 가공하거나 하는 정도였다.

"역시 공왕 폐하. 순식간에 판데모니움도 원래대로 돌아왔군요."

"앗, 감사합니다."

뒤를 돌아 목소리의 주인공을 향해 가볍게 고개를 숙였다. 다크 엘프인 시리우스 씨다. 우리 기사단에 들어온 스피카 씨의 아버지로, 제노아스 5대 귀족 중 한 명이자 프렌넬 가문의 당주이기도 했다. 겉보기에는 굉장히 젊지만.

프렌넬 가문은 대대로 '방패'를 사용하는 특수한 무술을 다루는 가계(家系)로, 그 기술은 항상 마왕 가문을 수호하기 위해 사용되었다. 이른바 보디가드 일족이다.

왕가에 속한 자에게 각각 한 명씩, 같은 또래, 같은 성별인 자가 그 임무를 맡았다. 사쿠라를 호위하는 사람은 스피카 씨였다.

당연히 당주인 시리우스 씨에게도 그 대상이 있다. 그런데 그 본인은 못마땅한 얼굴로 시리우스 씨 뒤에서 나를 노려보았다.

"이봐, 공왕……. 왜지? 왜 파르네제가 안 온 거지? 마왕국에 오는 것이니, 그건 자네가 눈치껏 데리고 와야 하는 것 아닌가? 어머니인 피아나도 같이 데리고 온다든가, 그런 배려도 없는 건가? 정말 눈치도 배려도 없는 젊은이군……."

"저기요……."

저주를 내뱉듯이, 마왕 폐하가 조금 전부터 투덜투덜 반복해서 불평을 쏟아 냈다.

그러니까 딸이 피하는 거예요. 저는 가자고 말을 꺼냈거든요? 제노아스에 갈 건데, 사쿠라도 같이 갈래? 하고요. 그랬더니, '마왕이 있어서 싫어.' 라고 했던 말이에요. 원인은 당신입니다.

"워워, 마왕 폐하. 공왕 폐하 덕분에 판데모니움이 빠르게 원래대로 돌아가지 않았습니까. 감사드려야지요."

"응? 그것에 관해서는 감사하네. 공왕이여, 덕분에 도움이 됐다. 고맙다."

"아니요, 아니요. 제가 부순 곳도 있으니까요."

대부분은 기라라는 그 바보가 부순 거지만. 그 자식, 그렇게 날뛰다니.

그 후의 조사에 따르면, 기라가 출현한 장소는 이곳에서 북쪽에 있는 산속인 듯했다. 산을 하나 날리고 그곳에서 곧장 이곳으로 날아왔다는 모양이었다.

프레이즈는 사람의 심장 소리를 감지할 수 있다고 하니, 그것을 찾아 사람이 많은 곳으로 온 거겠지.

"아무튼 판데모니움이 원래대로 돌아왔습니다. 이제 곧 점심이니, 축하하는 의미로 식사라도 어떻습니까?"

"으음, 그래. 공왕에게는 딸에 관해 느긋하게 물어봐야 하기도 하니……."

마왕 폐하가 천천히 내 어깨를 툭툭 하고 두드렸다. 눈이 웃고 있질 않은데요?!

방심했다.

자신의 허술함을 저주했다. 별생각 없이 식사에 따라가는 게 아니었다. 30분 전의 자신을 때려 주고 싶다.

"공왕, 왜 그러나. 식사를 거의 하지 않은 듯한데."

"아뇨, 아무것도 아닙니다. 하하하. 맛있어요, 정말로……."

눈앞에 놓인 수프를 뜬 숟가락을 든 채, 나는 얼어 버렸다. 보라색 액체 안을 뒤섞어 숟가락을 들어 보니, 유리구슬 정도 의 커다란 눈알이 같이 올라왔기 때문이다. 숟가락을 집어 던 지지 않은 자신을 칭찬해 주고 싶었다.

식사 자리에는 제노아스의 향토 요리가 나왔다. ……향토 요리가 나왔다. 중요한 이야기라 두 번 말했습니다.

제노아스는 생물이 살아가기에 가혹한 환경이다. 당연히 농 작물도 잘 자라지 않는다. 그런 배경도 있어서인지, 먹을 수 있는 것은 다 먹는다, 먹지 못해도 어떻게 해서든 먹을 수 있 도록 만든다, 라는 풍조가 있었다. 맛은 그다음 문제였다. 먹 을 수 있으면 만족한다는 태도였다.

그래서 마수 같은 고기도 아무렇지도 않게 먹는다. 먹을 수 있는 부분은 전부 이용한다. 내 눈앞에 있는 '퍼플 리자드의 끈적한 수프 ~눈알 포함~'도 그런 음식 문화에서 태어난 요 리가 아닐지.

일단 눈알은 먹기가 힘들다. 먹으면 맛있을지도 모르지만, 겉 모양부터가 도전 의욕을 꺾는다. 겁쟁이인데요, 그래서 뭐요?!

숟가락을 내려 눈알을 수프의 바다에 가라앉혔다. 그리고 이번엔 수프만을 떴다. 보라색 독이 가득한 늪지 같은 색을 하고 있는데요……. 냄새도 어딘가 모르게 코를 찌르는 냄새입니다만! 연습 후의 유도 부원이 옆에 있는 것만 같아요!

"왜 그러지? 안 먹나?"

마왕 폐하의 재촉하는 듯한 목소리에, 나는 에라 모르겠다! 라고 각오를 다지고 숟가락을 입안에 넣었다.

순간, 눈앞의 광경이 흐늘거리며 일그러지는 듯한 느낌이 들었다. 이건 대체 무슨 맛이지? 쓰다? 아니, 짜다? 시큼하다? 모르겠어! 씁쓸짭짤시큼이야!

"왜 그러나? 꽤 괜찮은 맛이지? 제노아스에서도 좀처럼 맛보기 힘든 진미다."

"……꽤………. 떨림이 멈추지 않을 정도의 맛이네요……."

손이 덜덜 떨리고 이상한 땀이 흘렀다. 더 이상은 목숨이 위험할지도 모른다!

몰래 【스토리지】를 연 뒤, 식탁보로 감추어진 발밑에 나무로 만든 깊은 그릇을 꺼냈다. 그리고 작은 【게이트】를 자신의 입안에 들키지 않도록 열어 먹는 척을 하며 나무 그릇으로 전이시켰다. 맛은 넘어갈 수 있지만 냄새가 버티기 힘들다!

묵묵히 수프를 해치우고 있는데, 식당의 문이 열리더니 시리우스 씨가 들어왔다.

"늦어서 죄송합니다. 정리해야만 하는 서류가 하나 있어서⋯⋯. 응?"

늦게 들어온 시리우스 씨가 내 앞에 놓인 접시를 보고 움직임을 멈췄다.

"그건 '퍼플 리자드의 끈적한 수프' 아닙니까?"

"아, 예. 잘 먹고 있습니다⋯⋯."

"용케도 드시는군요. 마족도 좀처럼 잘 먹지 못하는 음식인데 말입니다."

"⋯⋯⋯⋯⋯뭐라고요?"

시리우스 씨의 말을 듣고 나는 딱 숟가락의 움직임을 멈췄다.

"제노아스의 향토 요리로 좀처럼 먹기 힘든 진미가 아닌가요?"

"진미⋯⋯. 물론 좋아하는 사람은 좋아하겠지만, 대부분의 마족은 먹지 않습니다. 1000년 이상도 더 전의 옛날이야기이지만, 어떤 부족에서는 성인 의식 때 이것을 다 먹지 않으면 어른으로 인정을 못 받았었다고 합니다. 아마 일종의 담력 시험이었겠지요."

담력 시험?

시리우스 씨가 웃으며 대답하는 말을 들으면서 마왕 폐하에게 시선을 던지자, 고개를 돌리고 휘파람을 불기 시작했다. 이 자식⋯⋯ 일부러 그랬구나!

"짐은 좋아하네, 이 수프. 응, 맛있군, 맛있어. 공왕도 마음에 든 듯해 정말 다행이야."

"마왕 폐하 일족은 미각을 어느 정도 차단하는 기술이 있지만, 저희 다크 엘프는 그런 기술은 흉내 낼 수 없습니다."

이 자식……. 그냥 괴롭히려고 한 짓이었어! 좋아, 그쪽이 그렇게 나온다면…….

"앗, 그러고 보니 점심때 먹으라고 사쿠라가 도시락을 줬는데 깜빡했네."

움찔, 하고 마왕 폐하의 손이 멈췄다.

"호, 호오~……. 파르네제가 손수 만든 도시락이라……. 하, 하, 하……. 부럽기 짝이 없군……."

실룩거리는 얼굴로 웃으며 마왕 폐하가 고개를 들었다. 오오, 동요하고 있어, 동요하는 중이야. 나는 【스토리지】에서 바구니에 든 샌드위치를 꺼냈다.

"괜찮으시면 마왕 폐하도 어떠신가요?"

"괘, 괜찮겠는가?! 그렇게까지 말한다면 하나 먹어 볼까?! 파르네제가 손수 만들었다고 한다면, 아버지인 짐이 먹는 것도 당연한 일이니까!"

기쁘다는 듯이 서둘러 이쪽으로 다가오는 마왕 폐하. 후후후. 딸이 손수 만든 것이라고 하면 미각을 커트하지 못하겠지.

"그 닭튀김은 자신 있는 음식이라고 말했어요."

"오오, 그런가!"

바구니를 들여다보는 마왕 폐하에게 칸으로 나뉜 곳에 담긴 닭튀김을 가리켰다.

마왕 폐하는 이쑤시개가 꽂힌 그것을 손에 들더니, 기쁜 표정으로 덥썩 입에 넣었다.

"………! 파, 파이어어어어어어어어어어————————?!"

입에서 불을 뿜듯이 마왕 폐하가 천장을 향해 절규했다. 얼굴을 일그러뜨리고, 눈물을 흘리며, 개처럼 혀를 내밀었다.

"앗, 그 닭튀김은 에르제가 만든 녀석이었어. 깜빡했네."

헤헤헤, 하고 혀를 내밀며 마왕 폐하에게 사과했다.

에르제가 만든 그 닭튀김은 고문 수준의 매운맛을 자랑한다. 위험한 음식이지만, 나는 약혼자가 만든 음식을 버리는 짓을 할 수 없었다. 효과적으로 활용? 할 수 있어서 다행이다. 하지만 에르제한테는 비밀로 해 두자.

테이블에 있던 주전자를 직접 들고 꿀꺽꿀꺽 물을 마시는 마왕 폐하. 그것으로도 도저히 진정되지 않는지, 주전자에 들어 있던 얼음을 입에 머금고 우득우득 깨물어 먹었다. 미각 커트 능력도 한도라는 게 있는 모양이었다.

아니, 확실히 미각이란 쓴맛, 단맛, 신맛, 짠맛, 감칠맛 등, 다섯 가지라 '매운맛'은 미각이 아니라 통각이다, 라는 말을 들어 본 적이 있다. 그건가?

"후, 후후……. 아주…… 개성적인 맛이군……."

"아니요. 이 수프 정도는 아닌 것 같은데요……."

뻣뻣한 미소를 지으며 서로 감상을 나눴다. 장인어른이 될 인물 중 이 사람이 제일 나이가 많을 텐데, 아무래도 같은 세

대 같은 느낌이 강하다. 이 사람과는 이런 일을 몇 번씩이고 계속하는 관계가 될 듯한 느낌이 들었다.

"일국의 국왕끼리 대체 뭘 하시는 것인지⋯⋯."

어이가 없다는 듯이 시리우스 씨가 한숨을 내쉬었다.

◇ ◇ ◇

"좋아, 다들 모였죠?"

"네. 잠깐이지만 고향에 갔다 올 수 있어 기뻤어요."

내 눈앞에는 마왕국 제노아스 출신 사람들이 모두 모여 있었다. 뱀파이어족인 루셰드, 라미아족인 쌍둥이 뮤렛과 샤렛, 오거족인 자무자, 알라우네족인 라크셰이다.

사쿠라에게는 거절당했지만, 어차피 제노아스에 가는 것이니 다른 제노아스 출신자에게 말을 걸어 보았다. 참고로 다크엘프인 스피카 씨에게도 물어보았지만, 사쿠라가 가지 않으면 갈 이유가 없다며 거절했다.

불과 몇 시간 동안의 귀향이면 너무 아쉬울 것 같아서, 유급 휴가를 주어 그저께부터 제노아스에 【게이트】로 데리고 왔다.

"저, 저는 엄마한테 선물을 드렸더니 아주 기뻐했습니다. 브륀힐드의 기사라고 했더니, 동생들도, 대단해, 대단해라고 했고요."

"그거 다행이네."

"우리는 돌아갔더니 부모님이 결혼은 아직이냐, 알은 아직 이냐고 시끄러워서 결국엔 도망쳐 나왔어요."

"그치~?"

자무자의 이야기에 훈훈한 느낌을 받고 있을 때, 라미아 족의 쌍둥이가 부모님의 불평을 했다. 어디를 가든 다 비슷하구나. 그런데 라미아족은 난생이었어……?

일단 브륀힐드로 귀환하기 위해 【게이트】를 열고 모두와 전이했다.

마족 모두는 마왕국의 선물을 들고 기사단 숙사로 돌아갔다. 마왕국의 선물이라니, 설마 그 수프 같은 요리는 아니겠지……?

사실은 나도 마왕 폐하가 선물을 줘서 가지고 왔는데……. 사쿠라와 약혼자들 모두에게 주라는 말을 들었지만, 과연 건네주어도 될지 어떨지……. 아, 아무튼 그렇게 좋아하는 딸에게 이상한 물건을 줬을 리는 없다.

바빌론의 '정원'으로 【게이트】를 열어 전이했다.

꽃에 둘러싸인 곳에서 모두가 다과회를 즐기고 있었다. 역시 이곳에 있었구나.

"다녀왔어."

"토야! 제노아스에서 돌아온 겐가?"

스우가 일어서서 맞이해 주었다. 앗, 태클은 금지야.

"간신히 판데모니움을 고쳤어. 참, 성가셨지."

"수고하셨, 어요."

린제가 미소를 지으며 위로해 주었다. 응, 이것만으로도 일한 보람이 있어.

앗, 잊기 전에 선물을 건네주자. 【스토리지】에서 두꺼운 종이로 만들어진 상자를 꺼냈다.

"사쿠라, 이건 마왕 폐하가 주는 선물이야."

"길고 긴 편지 같은 게 같이 있으면 필요 없어."

우와아. 경계하고 있네요, 마왕 폐하. 그런 것보다, 편지 같은 걸 보내고 있단 말이야?

그러고 보니 제노아스에도 '게이트 미러'를 건네줬으니, 코사카 씨에게 편지가 도착해도 이상하지 않다. 코사카 씨에게서 사쿠라에게로 마왕 폐하의 편지가 전달된 건가? ……받자마자 바로 버릴 것 같은 느낌이 들기도 하는데.

"편지 같은 것은 아마……. 응? 있네."

측면에 붙어 있었는데, 봉투가 상자와 같은 색이어서 눈치채지 못했다. 하지만 별로 두꺼운 편지는 아닌 것 같은데.

상자에서 봉투를 떼어 뒤집어 보니, '공왕 폐하의 아내분들에게'라고 적혀 있었다. 응? 사쿠라한테 보낸 게 아니잖아?

이건 유미나 일행에게……지? 아직 아내는 아니지만.

내가 머뭇거리자 린이 편지를 낚아채 열어 보았다. 재빨라.

"'파르네제 님이 아주 좋아했던 과자를 보냅니다. 다 같이 맛을 봐 주십시오. 스웨라 프렌넬'……?"

린이 편지를 읽자마자, 사쿠라가 테이블에 놓여 있던 상자를 끌어당겨 리본을 풀고 뚜껑을 열었다.

안에는 원형의 커다란 파이가 하나 들어 있었다. 위에는 붉은 라즈베리가 가득했다.

"오오! 맛있어 보입니다!"

"라즈베리 파이, 죠?"

"응. 스웨라가 자주 만들어 줬어. 내가 아주 좋아하는 거야."

아~. 스웨라 씨라면 스피카 씨의 어머니다. 시리우스 씨의 사모님. 그렇다면 이건 마왕 폐하의 선물이 아니라, 스웨라 씨가 보낸 선물이라는 말인가? 그렇다면 그렇게 말해 주지…….

"일단 두 개를 받아왔는데……."

"그럼 그쪽은 나중에 엄마하고 스피카랑 먹을게. 이쪽은 다 같이 먹고."

아하. 피아나 씨나 스피카 씨도 아마 먹고 싶을 테니까.

나를 포함해 열 명이니 둥근 파이를 10등분 해야 한다. 조금 성가시네……. 아, 케이크를 똑같이 나눌 수 있게 도와주는 어플리케이션이 있었던 것 같아.

스마트폰으로 검색을 하니 곧장 나와서, 그 어플리케이션을 다운로드한 뒤, 위에서 파이를 비추면서 화면에 떠오른 대로 가이드라인을 표시한 다음, 정성스럽게 나이프로 파이를 나누었다.

하나씩 접시에 올려 모두의 앞에 나누어 주었다. 그 사이에 루가 나에게도 홍차를 타 주었다.

"잘 먹겠습니다."

포크로 잘라 파이를 입에 넣었다. 맛있다. 입안 가득 달콤하고 새콤한 맛과 향기가 퍼져 나갔다. 파이도 맛있지만 그 위에 올라가 있는 라즈베리도 역시 각별했다.

"맛있어!"

"맛있구먼! 바삭바삭해서 최고야!"

"맛있어……. 으음……. 저도 만들 수 있을까요?"

루만은 아무래도 다른 각도에서 맛을 보고 있는 듯하지만, 모두 스웨라 씨의 파이가 마음에 드는 모양이었다.

"그리워……."

엷은 미소를 지으면서 사쿠라가 소중하게 파이를 맛보았다. 프렌넬 집안에서 계속 살아왔던 사쿠라에게는 따뜻한 가정의 맛이겠지.

모두가 떠들썩하게 라즈베리 파이의 감상을 나누는 중, 나는 파이가 들어 있던 상자의 뚜껑 뒤에 무언가 반으로 접힌 종이가 붙어 있다는 사실을 깨달았다.

뭔가 싶어 떼어 열어 보니, 그곳에는 마왕 폐하의 사인이 들어간 종이에 '제노아스에 돌아오면 언제든지 먹을 수 있다'라는 글이 적혀 있었다.

마왕 폐하……. 먹는 거로 낚으려고 하다니…… 조금 속이 쩨쩨한 거 아닌가요……?

즐거워하는 사쿠라를 보고 이건 보여 주지 않는 편이 좋다고 판단했다. 소중한 스웨라 씨와의 추억이 깃든 파이를 이용당했다는 사실을 알면 사쿠라는 더욱 마왕 폐하를 거부하게 될 가능성이 높다. 나로서도 그건 원하지 않는 바다.

"임금님, 왜 그래?"

"응? 아, 아니. 아무것도 아니야."

의아해하는 사쿠라에게 미소를 지으며 나는 손안의 종이를 구겨 버렸다. 다음에 마왕 폐하와 만나면 주의를 주는 편이 좋겠어.

그 사람은 지금까지 딸과 잘 어울리지 않았던 만큼, 빨리 그 공백을 메우려고 서두르는 듯한 느낌이다. 하지만 너무 성급하게 다가가려고 하면 사쿠라는 도망가고 만다. 서두를수록 돌아가라는 말도 있으니, 더욱 천천히 관계를 쌓아 나가는 편이 확실하지 않을까?

"사쿠라는 마왕 폐하를 어떻게 생각해?"

"짜증 나."

……아무래도 갈 길이 멀어 보인다.

ıll 제2장 바빌론의 부활

"와아, 신력을 그렇게 쓰다니, 처음 봐."

팔짱을 끼고 모로하 누나가 감탄했다는 듯이 나를 바라보았다.

신력을 휘돌게 해서 날리는 '신위해방(神威解放)'. 신들은 신계에서 그것을 일상적인 호흡처럼 한다는 모양이지만, 나는 몸에 부담이 갔다.

그래서 부분적으로 신력을 끌어낼 수 없을까 하고 오른쪽 손목 위쪽에만 집중해서 신력의 칼을 만들어 냈다.

처음에는 잘 안 됐지만, 요령을 잡으니 쉽게 가능했다.

일단 다른 사람이 보면 좀 그러니, 성에서 떨어진 숲속에서 연습하는 중이다.

"우리는 힘을 억누르지 않으니, 떠올리기 힘든 발상이야."

"매번, 매번 머리카락이 자라는 건 참을 수 없거든요."

말은 이렇게 하지만, 손에서 덥수룩하게 털이 자라면 어쩌나 하고 불안해했던 것은 비밀이다.

"하지만 이건 집중하지 않으면 형태를 유지하기가 힘들어요……."

내 오른손에서 뻗어 나온 광선검(빔 세이버)이라고 해야 할 그것은, 조금만 긴장을 풀어도 천천히 사라져 버렸다.

"무언가 들고 그곳에 휘감기도록 하는 게 더 편할 거야."

휘익 하고 모로하 누나가 근처에 있던 나뭇가지를 던져 주었다.

그것을 받은 뒤, 손을 연장하는 느낌으로 신력을 뻗어 가게 했다. 아아, 그러네. 형태를 유지하려고 신경을 쓰지 않아도 되니 편하다.

나뭇가지를 가볍게 휘두르니, 숲에 솟구쳐 있던 거목이 쉽게 잘려 나갔다. 이거 뭐야, 정검(晶劍)보다 더 날카롭잖아…….

나뭇가지를 던져 놓고 근처에 있던 돌을 쥐자, 이쪽도 순식간에 산산조각이 나 버렸다. 시험 삼아 왼손으로도 해 보니, 이쪽은 안 부서졌다.

으음. 오른쪽 손목 위쪽만 별개네. 조금 전에 쓰러진 거목을 오른 주먹으로 때려 보니, 통증도 없이 주먹이 안으로 깊숙이 박혔다. 주먹을 휘감은 신력이 나무를 삭제해 버리는 것처럼 보였다. 쑥 넣으면 관통하는 게 아닐까?

원래 신력은 지상에서는 사용해선 안 된다. 그래서 누나들도 종속신이 나타나지 않는 한 사용하지 않는다. 하지만 나는 경계 밖 사람이라 예외인 듯했다.

솔직히 사용하지 않을 수 있다면 그편이 좋겠지만, 얼마 전의 기라 같은 지배종이 또 없다고는 할 수 없었다. 아니, 분명히 있다. 대항책은 많으면 많을수록 좋다.

성으로 돌아가 보니, 사쿠라와 린제가 안뜰에서 무언가 대화를 나누는 중이었다. 이 두 사람은 성격이 비슷한 점이 있어서인지, 꽤 사이가 좋았다. 양쪽 모두 낯을 가리는 성격이긴 해도, 린제는 소극적, 사쿠라는 무관심하다는 차이점은 있지만.

"뭐 해?"

"임금님."

"아, 토야 씨. 사쿠라가 마법을 배우고 싶다고 해서 속성을 조사하는 중이었어요."

아, 그 마석으로 판별하는 거구나. 나도 처음에 그렇게 마석으로 판별했었지?

마족은 마법을 별로 사용하지 않는다. '사용할 수 없는' 것이 아니라 '사용하지 않는' 다. 왜냐하면 마법을 쓰지 않고도, 마족은 종족 특성이 뛰어나기 때문이다. 오거족은 인간의 몇 배에 달하는 힘을 낼 수 있고, 알라우네족은 수목(樹木)을 조종하는 힘을 지니고 있다. 또 하피족은 고속으로 나는 날개를 지니고 있다.

그 결과 마족은 마법 적성을 별로 지니지 않게 되었다……라는 설도 있는 모양이었다. 실제로는 마법이 뛰어난 마족도 있지만.

사쿠라는 그 성장 과정 탓에, 지금까지 마법의 적성을 조사해 본 적이 없다고 한다. 【텔레포트】를 사용할 수 있으니(정확하게는 아직 마음대로 사용할 수는 없지만), 최소한 사쿠라는 무속성 마법의 적성은 있다고 할 수 있긴 한데…….

"적성은 몇 개나 있었어?"

"무속성과 물 속성, 그리고 어둠 속성이네요."

와아. 세 개나 있구나. 상당한 편인걸? 하지만 무속성은 기본적으로 개인 마법이라, 보통은 한 종류만 습득할 수 있으니, 실질적으로는 두 개인가?

"마력도 상당한 수준인 것 같아요. 역시 린 씨 정도는 아니지만, 저보다는 많아 보여요."

그거야 뭐, 마족의 정점에 군림하는 마왕족이니까. 그 정도는 되겠지. 그런 것보다, 린은 그것보다도 더 높단 말이야? 물론 그쪽도 마법이 뛰어난 요정족의 족장이었으니…….

"물 속성은 제가 가르쳐 줄 수 있지만, 무속성은 스스로 배울 수밖에 없어요. 이쪽은 마력을 쓰는 법만 외우면 문제는 없다고 생각하지만, 어둠 속성은 유미나나 토야 씨에게 배우는 수밖에 없지 않을지……."

그렇구나, 린은 어둠 속성이 없었어.

참고로 우리의 속성은.

토야 ■ 모든 속성

에르제 ■ 무속성(【부스트】)

린제 ■ 불, 물, 빛 속성

유미나 ■ 바람, 흙, 어둠 속성

야에 ■ 없음

루 ■ 없음

스우 ■ 빛 속성

힐다 ■ 없음

사쿠라 ■ 물, 어둠, 무속성(【텔레포트】)

린 ■ 불, 물, 바람, 흙, 빛, 무속성(【프로그램】, 【트랜스퍼】, 【프로텍션】)

이렇다.

어? 분명히 린은 네 가지 무속성 마법을 사용할 수 있다고 전에 말하지 않았었나? 하나가 모자라네. 요정족은 무속성 마법의 적성이 높아서 대체로 하나는 가지고 있다고 말했었는데.

"어머? 다들 모여서 뭐 해?"

앗, 호랑이도 제 말 하면 온다더니. 본인이 왔다. 당연히 아장아장 폴라도 같이 왔다.

여어! 라고 하듯이 처억 팔을 들어 올리는 폴라. 여전히 힘이 넘친다. 아니, 봉제 인형에게 힘이라든가 컨디션 같은 것이 있는지는 모르겠지만.

"린의 무속성 마법은 네 개였지? 【프로그램】하고 【트랜스 퍼】, 【프로텍션】. 그리고 마지막은 뭐야?"

궁금했던 것을 솔직하게 물어보았다. 굳이 숨겨야 할 일은 아닐 테니까.

"말 안 했던가? 네 【서치】하고 비슷한 탐색형 마법이야. 【디스커버리】라고 해."

디스커버리. '발견'이라는 의미였던가?

"발견하고 싶은 것을 명확하게 머릿속에 떠올리면 그 장소 가 어디인지 대충 알아. 물론 정말로 자세하게 떠올리지 않으 면 효과가 별로 없으니, 사용하기가 어렵지만."

"그래? 뭘 찾을 때 편리할 것 같은데."

"예를 들어 테이블에 사과가 놓여 있었는데 사라져서 내가 그걸 【디스커버리】로 찾으려고 한다고 해 볼게. 전혀 변하지 않았다면 발견할 수 있을지 모르지만, 만약 네가 한 입 사과를 베어 먹었다면 못 찾아."

어? 겨우 그 정도로도 안 되는 거야? 대상물의 형태가 어긋 나면 효과가 줄어드는 일이야 탐색형 마법에 자주 있는 제한 사항이지만.

"정확하게 말하면, 사과라고 하면 다른 사과도 검색될 수 있 으니, 어차피 발견하기 힘들어. 나도 어딘가로 가 버린 폴라 를 찾는 정도로밖에 사용하지 못해."

길 잃은 아이 찾기라. 음~. 확실히 사용하기가 어렵네. 원래 있던 세계라면 틀림없이 텔레비전의 리모컨이라든가, 집과 자동차의 열쇠, 휴대전화를 찾는 데 사용할 수 있었을 텐데. 어? 편리하잖아?

린의 수수께끼도 풀렸으니, 사쿠라의 마법 연습을 해 보기로 했다.

현대에는 어둠 속성을 '소환 마법'이라고만 생각한다.

리자드맨, 실버 울프 등은 다른 세계의 어딘가에서 소환되는데, 계약을 맺으면 필요할 때마다 불러낼 수 있다.

코하쿠 일행도 저편의 세계(임시로 환수계라고 이름 붙이자)에서 몇십 년에 한 번 정도는 소환되기도 했다지만, 대체로는 랜덤으로 우연히 불려 왔을 뿐, 계약을 맺을 정도의 상대는 아니었다는 모양이었다.

조금 생각해 보게 되는데, 이쪽 세계에 있는 마수는 환수계에서 흘러온 녀석들의 후예가 아닐까?

예를 들어 소환한 실버 울프가 이쪽 세계에서 늑대와 아이를 낳고 원래 세계로 돌아갔다고 해 보자. 그러면 태어난 아이는 늑대와는 다른 종이니, 즉, 마수가 탄생한 셈이다. 그렇다면 소환 마법 탓에 지금도 마수가 만연한 세계가 된 것일지도 모른다.

물론 확인할 방법도 없고, 설사 그렇다고 하더라도 뭘 어떻게 할 수 있는 것은 아니지만.

어둠 속성에는 소환 마법 외에도 종류가 있다.

"정신에 영향을 주는 【혼란(컨퓨전)】, 【수면(슬립)】, 【유혹(템테이션)】 등도 어둠 속성이야. 이런 것들은 이미 사라진 고대 마법으로 분류되고 있지만, '도서관'에 마도서가 있으니 배울 수 있어. 미리 말해 두지만 정신 계열은 마력이 높은 사람에게는 효과가 없어."

사쿠라가 아쉽다는 표정을 지으며 나를 바라보았다. 【템프테이션】이라도 사용할 생각이었던 건가? 이미 이곳에 있는 모두에게는 그거에 걸려 있는 상태나 마찬가지이지만, 굳이 그런 말은 하지 말자. 쑥스러우니까.

"일단 시험 삼아 뭔가 소환해 보지? 마력을 조종하는 연습도 될 테니까."

"응. 해 보고 싶어."

사쿠라가 작게 고개를 끄덕였다. 린이 소환의 순서를 가르쳐 주는 사이에, 나와 린제가 안뜰에 소환진을 그렸다. 폴라도 도와주었다. 정말 배려심 넘치는 봉제 인형이다.

준비가 완료되어 사쿠라가 린의 지도하에 마력을 흘리며 집중했다. 마법진 안에서는 엷게 검은 연기가 피어오르더니, 점차 그것이 원의 중심에 모여들기 시작했다.

"어떤 아이가 나올까요?"

"조금 기대되는걸?"

폴라를 안은 린제와 작은 목소리로 속삭이며 이야기했다.

사쿠라는 노래를 잘하니, 세이렌이라든가? 합창대가 생기면 재미있을 것 같은데.

이윽고 검은 연기가 사라지자, 그곳에 웅크리고 있던 작은 그림자가 벌떡 일어서서 가느다란 검을 빼 하늘 높이 들더니 외치기 시작했다.

"고양이는 사람을 위해! 사람은 고양이를 위해! 하늘이 알고, 땅이 알고, 고양이가 안다! 나의 고양이 기사도를 차분하게 잘 보시라! 냥!"

장화. 긴 깃털 장식이 달린 모자. 장갑. 망토. 레이피어. 칼집이 달린 벨트. 그리고 검은 고양이. 굉장히 활달한데, 이 녀석……

"카트시. 고양이 소환수야."

"앗, 고양이 기사다냥. 그거, 중요하다냥."

린의 해설을 정정하는 고양이 기사. 어미에 '냥'이 들어가는구나.

크기는 평범한 고양이와 다르지 않지만, 이 녀석 싸울 수 있는 건가? 말할 수 있는 소환수는 참 드문데.

"너랑 계약하고 싶어. 조건을 제시해 줘."

사쿠라의 말을 듣고 고양이 기사는 호들갑스럽게 모자를 벗고 인사를 하더니.

"조건은 없다냥. 연약한 여성을 돕는 것은 기사의 의무. 당신을 위해서라면 기쁘게 검을 바치겠다냥."

"남자라면?"

"할퀴고 돌아가겠다냥."

딴지를 거는 나에게 천연덕스레 대답하는 고양이 기사. 이봐, 그게 무슨 기사도야? 마치 페미니스트처럼 구는데, 이 녀석, 수컷인가?

"그럼 이름만 지으면 계약 완료야."

"이름……. 임금님, 뭐 좋은 거 없어?"

린의 설명을 듣고, 사쿠라가 이쪽을 돌아보았다.

하지만 카트시가 쯧쯧쯧, 하고 손가락을 옆으로 흔들며 끼어들었다. 일일이 사람 신경을 긁네. 조금 짜증이 난다.

"냠자가 지어 준 이름을 사용하다니 거절하겠다냥. 이래 봬도 이 몸은 아주 고상한 몸. 어디서 굴러 왔는지도 모르는 녀석에게."

"……【게이트】."

카트시의 눈앞에 【게이트】를 열어 코하쿠를 불러냈다.

갑자기 나타난 코하쿠를 본 순간, 의기양양했던 고양이 기사의 움직임이 딱 멈췄다. 이윽고 몸을 벌벌 떨기 시작하더니 이가 딱딱 소리를 냈다. 온몸의 털이란 털이 다 곤두서서 쭈뼛해졌다.

"어, 어, 어, 어째서 '백제'가……!"

〈주인님. 뭡니까, 이 고양이는?〉

"사쿠라의 소환수야. 마음에 들지 않는 모양이지만, 내가 이

름을 지어 주려던 참이야."

흘끔 코하쿠가 노려보자 고양이 기사가 엄청난 기세로 몸을 넙죽 굽히며 이마를 땅에 찧었다.

〈우리 주인님이 이름을 붙여 주는 것이 불만인가?〉

"그, 그럴 리가 있습니까! 냐, 냥냥, 부디 마음껏! 냥!"

이렇게까지 완벽하게 태도가 바뀔 수 있다니. 그럼 무슨 이름을 지어 줄까.

"냥타로————————."

내가 그렇게 중얼거리자, 카트시가 보여 준 절망이 넘치는 얼굴은 조금 가관이었다.

"하고, 달타냥 중에 어느 쪽이 좋아?"

"달타냥으로 부탁드립니다. 냥!"

넙죽 엎드린 고양이 기사에게 사쿠라가 명명하자, 고양이 기사는 가슴을 쓸어내리며 마법진 밖으로 나왔다. 나와 코하쿠에게서는 약간 거리를 두었지만, 그거야 어쩔 수 없는 일이다.

"그런데, 사쿠라. 냥타로의 소비 마력은 어느 정도야?"

"응. 꽤 돼. 한 시간도 못 버틸 것 같아."

"이름이 바뀌었다냥! 냥타로가 아니냥, 달타냥이다냥, 냥!"

다 알면서 일부러 그런 거야. 본명, 달타냥, 통칭, 냥타로다.

나는 주머니에서 모두에게도 나누어 준 반지를 꺼내 사쿠라에게 건네주었다. 사쿠라는 쑥스러워하며 그것을 받아 주었다.

"이 반지에는 마력이 축적되어 있으니까, 여기에서 냥타로

용 마력을 끌어내 건네주면 돼. 반년 정도는 버틸 거야. 없어
지면 또 보충해 줄 테니 말해 줘."

"응. 고마워."

"달타냥, 이다냥!"

아직도 그러네. 꽤 재미있는 녀석이니 항상 나와 있게 하자.
스피카 씨처럼 모두의 신변 경호 역할을 해 준다면 딱 좋다.
모로하 누나에게 철저하게 가르쳐 달라고 하면, 고양이든 뭐
든 실력이 늘어 슈퍼 카트시가 되겠지.

항의하는 냥타로의 어깨를 워워, 하고 진정시키듯이 두드려
주는 폴라.

의외로 이 두 마리, 좋은 콤비가 되지 않을까? 하는 생각을
하는데, 어딘가에서 코교쿠가 날아와 내 팔에 앉았다.

"허허억. '염제'까지 있다냥! 대체 여기는 어떻게 된 거냐
냥?!"

기겁하면 놀라는 냥타로였지만, 코교쿠는 흘끔 보기만 할
뿐 별로 관심이 없다는 듯한 표정을 지으며 말했다.

〈주인님. 마지막 유적으로 보이는 곳을 발견했습니다.〉

"정말?"

그게 바빌론의 유적이라면 마지막인 '연구소'를 발견한 것
이다.

어딘가 모르게 '창고'를 발견해서 긴장이 풀렸었는데, 역시
다 갖춰 놓는 편이 좋다. '연구소'는 셰스카를 비롯한 바빌론

넘버즈가 태어난 곳으로, 의료 관련이나 다양한 실험 시설이 있다고 했었던가?

어디 보자, 그럼 천공(天空)의 성을 완성해 볼까?

◇ ◇ ◇

이 대륙의 남서쪽, 대수해에서 정확하게 서쪽으로 가면, 세로로 길쭉한 큰 섬과 그 3분의 1 정도인 큰 섬이 늘어서 있는 모습이 보인다.

긴 섬은 이그랜드. 작은 섬은 마를렛. 두 개의 섬을 합쳐 이그리트라고 라고 하는 왕국이다.

이그리트 왕국은 특별히 눈에 띄는 자원은 없지만 바다에 둘러싸인 온화한 기후와 맑고 아름다운 경치로 유명한 나라라고 한다.

문화적으로 뒤처진 시골 같은 곳이라고 하지만, 그런 나라라도 다른 나라에 내세울 만한 것이 있다고 한다.

그것은 바로 해룡의 존재다.

그 용은 이그리트 근해에 사는데, 이그리트 민족은 그 용을 수호신으로 숭상한다. 100년 정도 전에 산드라 왕국이 침략했을 때도, 산드라의 배만을 침몰시켰다는 전설의 용이다.

이 섬에서는 해룡을 본 날에는 물고기가 많이 잡힌다는 속설이 있다고 한다.

"그 해룡이랑 아는 사이라고?"

〈네. 권속 중 한 마리입니다. 원래 사람과 잘 어울리는 종인데, 아마 그 섬의 사람들이 마음에 든 것이겠지요.〉

용이 있다는 말을 듣고 나는 루리를 데리고 그 이그리트 왕국으로 향했다. 지금은 하늘을 나는 거대한 용으로 변한 루리의 등에 타고 그 섬으로 가는 중이다. 꽤 편해서 좋은걸? 바람이 심해 실드를 펼치긴 했지만.

"오, 보인다."

수평선 너머에 오도카니 떠 있는 섬이 보였다. 저게 이그리트 왕국인가.

〈주인님. 해룡이 맞이하러 나왔습니다.〉

"응?"

루리의 목소리를 듣고 아래를 내려다보니, 해수면에서 용 한 마리가 머리를 내밀고 있었다. 뱀 같은 몸을 구불거리며 바다 위에 떠 있는 상태였다.

크네. 루리보다도 크다. 바닷속에서는 부력 덕에 몸에 큰 부담이 가지 않기 때문에 큰 생물이 쉽게 태어난다. 그런 이유일까?

〈오랜만이군. 해룡.〉

〈창제님 안녕하십니까. 그리고 창제님의 주인이신 모치즈키 토야 님, 이그리트에 어서 오십시오.〉

"어? 나를 알아?"

〈네. 드래고니스섬의 그 사건은 용들 사이에 널리 퍼져 있습니다.〉

에구구. 소문이 꽤 널리 퍼진 모양이다. 섬에 살던 용들을 절반 가까이 쓰러뜨렸으니. 원망을 받고 있지 않은 것은 루리 덕분도 있겠지만.

기본적으로 용은 사람과 다투려고 하지 않는다. 그 이유는 사람이 진심으로 용을 쓰러뜨리려고 하면 상대하기가 벅차다는 사실을 알고 있기 때문이었다. 그런데 긴 세월이 지나는 사이에 그런 사실을 모르는 젊은 용이 폭주해 그런 사건이 일어나고 말았다. 교육을 제대로 하지 못했다고 하면 그냥 그뿐이긴 하지만…….

"우리가 온다는 걸 용케도 알았네?"

〈염제님의 심부름꾼인 새에게 이야기를 들었습니다. 토야 님이 찾으신다는 유적은 제 보금자리인 동굴 안쪽에 있습니다.〉

"아, 그렇구나. 그럼 안내해 줄 수 있을까?"

〈알겠습니다.〉

나는 촤아아, 하고 몸을 돌려 헤엄치기 시작한 해룡의 뒤를 따라갔다.

해룡은 이그리트 왕국의 작은 쪽 섬, 마를렛의 해안에 다가가더니, 바위와 바위 사이에 있던 가느다란 동굴 안으로 들어갔다. 우리도 따라서 동굴 안으로 들어가 보니, 꽤 널찍하고 트인 장소가 나왔다.

비밀 기지 같은 곳이네. 나는 루리의 등에서 동굴의 바위 위로 내려섰다.

〈저쪽 안에 있는 동굴 끝에 찾으시는 유적이 있습니다.〉

해룡의 시선을 따라가 보니, 더 깊은 안쪽으로 이어지는 동굴이 보였다. 오호, 저 안쪽인가?

쌓인 이야기도 많을 것 같아, 루리는 해룡과 함께 남도록 하고, 나는 혼자서 동굴 안쪽으로 들어갔다.

만조가 되면 이곳도 바닷물에 잠기는지, 바위 표면이 유난이 젖어서 미끈거렸다. 그 통로 같은 동굴을 잠시 걷자 어떤 물건이 놓여 있는 안쪽에 도착했다.

형태는 진주. 얼핏 보면 직경 5미터 이상이 되는 검은 구체로밖에 보이지 않았지만, 구의 측면에 유리구슬 같은 마석이 박혀 있었고, 가느다란 틈이 기하학 모양으로 새겨져 있었다.

"일단 여기에 마력을 흘리라는 거겠지?"

붉은 마석에 불 마력을 흘렸다. 그러자 마석에서 구체 표면으로 뻗은 틈을 따라 붉은빛이 났다.

가끔가다가 꺾이면서, 그 빛은 구체를 한 바퀴 돌고 원래의 붉은 마석이 있는 장소로 돌아왔다.

같은 식으로 파란색, 녹색, 갈색, 노란색, 보라색의 빛의 라인이 잇달아 해방되었다. 마지막으로 무속성인 흰빛이 구체를 휘돌더니, 표면이 퍼즐처럼 처걱처걱 하고 각각의 조각이 슬라이드 되어 작은 입구가 열렸다.

안으로 발걸음을 옮기자 조용히 입구가 닫혔고, 으스름한 빛 속에서 바닥에 그려진 마법진이 보였다. 뿔뿔이 흩어진 형태로.

"앗, 뭐야? 이건……."

칸을 이룬 타일 같은 모양에 문양이 그려져 있었다. 한 개 한 개는 독립되어 있어 이동이 가능했다.

슬라이드 퍼즐. 흔히 볼 수 있는 숫자를 올바로 늘어놓는 그거다.

【01】【02】【03】【04】
【05】【06】【07】【08】
【09】【10】【11】【12】
【13】【14】【15】【16】

이런 모양의 【16】 부분을 빼고, 빈 공간으로 잇달아 슬라이드시켜 흩어 놓은 다음, 그것을 원래대로 되돌리는 퍼즐이다.

그것이 바닥에 마법진의 형태로 만들어져 있었다. 아마 올바로 늘어놓으면 전이 마법이 발동되는 거겠지.

문제는 패널의 숫자였다. 세어 보니 10×10의 형태라 100장이나 되었다. 아니, 정확하게 말하자면 움직일 수 있는 틈새 부분을 하나 제외해야 하니 99장이었다. 게다가 숫자 형태

가 아니라 그림 형태라서 슬라이드 퍼즐의 난이도가 굉장히
높았다.

"참나, 성가시게……."

나는 투덜거리면서도 바닥의 패널을 슬라이드 하기 시작했
다.

그러고 보니 할아버지가 옛날에 슬라이드 퍼즐에는 나름의
요령이 있다고 했었지?

【01】【02】【03】【04】
【05】【06】【07】【08】
【09】【10】【11】【12】
【13】【14】【15】

이렇게 늘어서 있다고 한다면, 먼저 바깥쪽의.

【01】【02】【03】【04】
【05】
【09】
【13】

를 맞춰 가야 한다. 그리고 다음에 그 안쪽인

【06】【07】【08】

【09】

【14】

를 맞추고, 마지막에는

【11】【12】

【15】

를 맞추면 된다. 이런 방법으로 맞춰 가면 아무리 숫자가 커
져도 완성할 수 있다.

　문제는 이게 그림 퍼즐일 때다. 각 타일이 전체의 어느 부분
인지 몰라서는 쉽게 움직일 수 없었다.

　원본 그림이 있으면 상당히 쉬워지겠지만…….

　묵묵히 시간을 들여 퍼즐을 움직였다. 너무 시간이 오래 걸려
서 텔레파시로 루리에게 먼저 돌아가 있으라고 말해 두었다.

　99장이라니, 역시 상당한 숫자다……. 게다가 그림도 아니
고 무늬 같은 거니……. 옆에 늘어서기까지는 정말 모양이 맞
물리는지 잘 알기가 힘들었다.

　그래도 착실하게 작업을 반복해 간신히 퍼즐을 완성하자,
바닥의 전송진에서 빛이 넘쳤고, 나는 순식간에 전이되었다.

언제나 그렇듯 빛의 소용돌이에 휩쓸린 탓에 눈이 부셔 보이지 않았던 눈이 적응되자, 익숙한 바빌론의 풍경이 시야에 펼쳐졌다.

바람에 흔들리는 나무들 사이에서 하얀 건물이 보였다. 저게 '연구소'인가?

그곳으로 걸어가려고 전송진 밖으로 걸음을 내딛자, 너머에서 누군가가 걸어왔다. '연구소'의 관리인인가?

찰랑거리는 갈색 머리카락을 땋아서 한데 모아 가슴 앞으로 늘어뜨린 사람이었다. 그 사람은 시원스럽게 움직이며 이쪽을 향해 왔다. 겉보기에는 나보다 한두 살 정도 위인 것처럼 보였다.

"어서 오세요, '연구소'에. 저는 이 '연구소'의 단말이자 관리인인 아틀란티카라고 합니다. 티카, 라고 불러 주세요."

예의 바르게 허리를 숙여 인사하는 소녀를 보고 나는 조금 멈칫했다. 마치 사장 비서 같은 움직임이었다. 반듯하고 성실해 보이는 아이인걸? 말투도 유창하고. 행동이 거친 편인 모니카는 확실히 껄끄러워해도 이상할 게 없었다.

"티카, 구나. 잘 부탁해. 나는——."

"모치즈키 토야 님, 이시죠? 이야기는 박사님에게 들어서 알고 있습니다."

"박사한테?"

"네. 박사님이 만드신 '미래시의 보옥'으로 토야 님이 적어도 '정원'과 '연구소'에 오실 것이라는 사실만큼은 알고 있었답니다."

그러고 보니 그런 아티팩트가 '창고'에 있었지? 내가 사용하려고 해도 작동하진 않았지만. '창고'의 관리인인 파르셰가 말하길, 보옥의 힘이 미치는 미래에 같은 생체 파동, 즉 모든 속성을 지닌 사람이 없기 때문이라고 했다.

즉, 적어도 앞으로 최소한 5000년 동안은 모든 속성을 지닌 사람이 태어나지 않는다는 말이었다. 역사의 흐름이 변하지 않는다면.

물론 그 마도구는 파르셰가 망가뜨렸지만.

"토야 님은 '바빌론'을 얼마나 발견하셨나요?"

"이게 마지막이야. 다른 건 다 발견해서 도킹했어."

"그렇군요. 적합자로서 충분합니다. 그럼 '연구소'와 저, 아틀란티카의 양도 및 마스터 계약을 실시하겠습니다."

그렇게 말하더니, 티카는 가슴 주머니에서 둥근 면 같은 것이 달려 있는 작은 막대기를 꺼내 나에게 건네주었다.

"그걸 뺨에 닿도록 입에 물고 있어 주세요."

나는 하라는 대로 막대기를 물었다. 그리고 잠시 뒤, 꺼내라는 말을 들었다.

꺼낸 면봉을 건네받더니, 티카는 머리 부분을 덥썩 자신도 물었다.

"등록 완료. 마스터의 유전자를 기억했습니다. 이제부터

'연구소'의 소유권과 저, 바빌론 넘버 22, 아틀란티카는 마스터에게 양도됩니다."

"어, 어라?"

"왜 그러시죠?"

"아니, 아무것도 아니야……."

지금까지처럼 키스가 아니구나. 아니, 기대한 건 아니거든요?! 그냥 좀 맥이 빠진다고 해야 할지…….

이 아이는 진지해 보이니 그런 행동까지는 하지 않겠다고 딱선을 그어 놓은 것인지도 모른다.

"그럼 이쪽으로 오시죠. '연구소'를 소개하기 전에 마스터가 해 주셨으면 하는 일이 있습니다."

"일?"

티카의 안내를 받아 '연구소' 중 한 곳으로 들어갔다.

'연구소'는 몇 개인가의 건물로 나뉘어 있었는데, 각각 용도가 다른 모양이었다.

내가 들어간 곳은 제1 랩이라고 불리는 장소로, 그곳은 셰스카를 비롯한 바빌론 넘버즈가 태어난 곳이라고 한다.

'연금동'에도 있던 커다란 수면 캡슐 같은 물건들이 몇 개나 벽 쪽에 설치되어 있었다. 뭔지 알 수 없는 발광하는 배양액이 투명한 관 안을 흐르거나, 어떤 소재가 포르말린에 담겨 둥둥 떠 있는 캡슐이 보였다. 그야말로 수상한 '연구소' 그 자체였다.

어딘가 모르게 인체 실험 시설 같아서(정말로 그럴지도 모르지만), 기분이 썩 좋지 않았다. 개조 인간이라도 만드는 것 같은…… 아니, 만든 건가. 눈앞에 있잖아. 개조 인간이라기보다는 인조인간에 가깝겠지만.

티카는 가장 안쪽 방에 설치되어 있던 원통형 기계 앞으로 나를 데려가더니, 그곳에 있는 관의 창문 같은 곳을 가리켰다.

유리 너머에서는 옅은 녹색으로 빛나는 용액에 떠 있는 어린 소녀의 얼굴이 보였다. 플라티나 블론드 머리카락은 긴 것처럼도 보였지만, 창문으로는 얼굴에서 턱까지만 보였기 때문에 자세히 판별하기는 힘들었다. 눈을 감고 있어서 알기 힘들기는 했지만, 어딘가 눈앞의 티카, 아니, 바빌론 넘버즈의 모두와 닮았다.

"이 아이는……."

"바빌론 넘버즈, 라스트 넘버 29. 저희 마지막 여동생입니다."

역시 10명째였구나……. 개발 도중에 포기했든가, 무언가 이유가 있어 각성시키지 못한 건가?

그런 생각을 하는 나에게 티카가 거대 포탄을 내던졌다.

"그와 동시에 이 아이는 우리를 낳은 부모, 레지나 바빌론 박사님이기도 합니다. 마스터는 그 각성을 도와주십시오."

……………………………………뭐?

　　　　　　　　◇　◇　◇

"이 아이가 바빌론 박사……라니, 그게 무슨 소리야?"

"네. 간단히 말씀드리면, 육체를 새로 배양한 뒤, 그곳에 박사의 몸에서 적출한 뇌를 마법으로 이식, 융합하여 최적화한 다음 오랜 시간에 걸쳐 마력 동조를 시킨 개체가 바로 이것입니다."

켁. 복제인간이라고 생각했는데, 그건 아니었다. 뇌 그 자체를 이식했단 말이야?!

"그런데 겉보기엔 완전히 어린아이인데……."

적어도 내가 셰스카에게 넘겨받은 영상으로 본 모습은 20대였다. 젊어지는 것은 역시 여성의 꿈인 걸까? 아니, 그래도 너무 젊어졌잖아.

"이 이상 성장시키면 마력 동조가 어려워져, 박사의 기억이 저해될 가능성이 있습니다."

"……어른의 뇌가 어린아이의 머리에 들어간 거야?"

"마법으로 꽈악 하고 넣었습니다."

티카가 마치 주먹밥을 쥐는 듯한 동작을 선보였다. ……너무 깊게 캐묻지는 말자. 그로테스크할 것 같아. 오랜 경험 덕에 마법 기술에 과학적 상식이 통하지 않는다는 것은 잘 알았다. 생각해 봐야 그냥 헛수고다.

이야기를 들어 보니, 아무래도 수명이 다해 죽은 뒤에 이식한 것이 아니라, 살아 있을 때, 스스로의 의지로 이렇게 했다는 모양이었다.

바빌론 넘버즈의 육체는 평범한 인간에 비해 훨씬 내구성이 좋았다. 팜므의 이야기로는 5000년 동안 계속 가동되고 있었다는 모양이니까. 거의 불로불사가 아닐까 한다. 엘프처럼 장수하는 종족의 세포를 사용했을지도 모른다.

"그럼 나는 어떻게 해야 돼?"

"각성을 위해 마력을 주입해 주셨으면 합니다. 전의 바빌론 박사님과 같은 생체 파장을 지닌 마스터라면 틀림없이 눈을 뜨게 할 수 있습니다."

크으음. 안 일어나는 편이 좋을 것 같은데. 틀림없이 성가신 타입일 테니까. 이 사람.

지금까지의 이야기를 종합해 보면, 천재일지는 모르지만 올바른 양식을 지닌 사람이 아닐 것 같은 냄새가 풀풀 풍긴다. 어떻게 하지~? 틀림없이 나한테 불똥이 튈 텐데~. 이대로 조용히 잠들어 있게 하는 것도 좋지 않을까? 으으음~.

"고민하시는데 죄송하지만, 시간이 별로 없으니 빨리해 주셨으면 합니다."

"응?"

내가 깊게 끙끙대며 고민하자, 옆에 있던 티카가 말을 덧붙였다.

"시간이 없다니, 무슨 말이야?"

"마스터가 이곳으로 전이된 이후부터, 이 캡슐의 생명 유지 장치를 정지시키는 타이머가 기동되고 있습니다. 이대로라면 앞으로 5분 후에 박사님은 돌아가실 겁니다."

"뭐……?! 그게 뭐야?! 왜 그런 타이머가 붙어 있는데?!"

"박사님의 의지입니다. 이곳에서 눈을 뜨게 해 주지 않는다면, 살아 있어도 의미가 없다고 하시면서요."

치사해! 내가 싫어할 거란 걸 미리 읽고 손을 써 뒀구나!

크으으으……. 역시 그냥 죽게 내버려 둘 수는 없으니……. 큭, 이런 내 생각도 읽고 행동한 거겠지? 나는 무심코 '네 이놈, 제갈공명!' 같은 소리를 할 뻔했다. 물론 실제로는 안 했지만!

"……어디에 마력을 흘려야 돼?"

"이쪽에 있는 캡슐의 마석에 손을 대고 조금 흘리시면 됩니다."

나는 티카가 가리킨 수정 같은 마석 구슬에 손을 올리고 가볍게 마력을 흘렸다.

그러자 캡슐 주변의 기계가 점멸하고 낮게 으르렁거리는 소리를 내기 시작했다. 수평이었던 캡슐이 설치된 대와 함께 자동으로 움직이며 수직이 되었다.

펌프가 캡슐 안을 가득 채웠던 빛나는 수용액을 배출하더니, 처걱 하고 무언가가 멈추는 소리가 났다.

"생체 파동 정상치, 마력 동조 문제없음. 신체 기능 정상적으로 가동 중."

캡슐 옆에 있던 패널을 보면서 티카가 스위치를 딱딱 조작했다. 마지막에 커다란 버튼을 누르자, 푸쉿 하고 공기가 빠지는 소리가 들리며 캡슐의 뚜껑이 옆으로 슬라이드 되어 수납되었다.

그곳에서 나타난 사람은 여섯 살 정도 되는 알몸 소녀. 금발이 허리까지 뻗어 있었다. 신기하게도 야릇하다는 생각이 들지 않았다. 그야 어린아이니까. 그런 것보다…….

"……왜 그렇게 콧김을 세게 내쉬어?"

"하아하아……. 신경 쓰지 마시길! 부디 신경 쓰지 마십시오!"

알몸 소녀를 응시하며 푸쉬푸쉬 하고 콧김을 거칠게 내쉬던 티카가 이내 코피까지 흘리기 시작했다. 신경 쓰지 말라니, 신경이 안 쓰일 리가 없잖아! 역시 이 녀석도 정상이 아니었어!

소녀가 눈을 뜨기 시작했다. 금색 눈을 슥슥 비비고 주변을 둘러보았다. 이윽고 눈앞에 있는 나를 보더니, 시익 하고 미소 지으며 깡총 캡슐 밖의 바닥으로 뛰어내렸다.

"여어여어, 모치즈키 토야. 처음 뵙겠습니다, 라고 해야 하는 건가? 나는 가끔 '미래시의 보옥'으로 너희를 봐서 그런지, 처음 만났다는 느낌은 들지 않지만 말이지."

"너…… 정말로 바빌론 박사야?"

내 질문에 히죽히죽 엷은 미소를 지으며 소녀가 대답했다.

"그렇고말고. 내가 레지나 바빌론. 옛 파르테노 성왕국(聖王國)의 마공학자이자, 마공기사, 그리고 너의 영원한 연인 ──── ."

"이미 충분하니 됐어. 그리고 얼른 옷 입어."

"어라?! 반응이 차갑네?!"

일일이 반응했다가는 이쪽이 버티지 못한다는 것도 이미 경험을 통해 충분히 알고 있으니까.

투덜거리면서 박사는 연구실 벽에 걸려 있던 흰 가운을 자신 쪽으로 끌어당겼다. 헐렁한 그 가운을 걸쳤지만, 그 흰 가운은 앞쪽에 단추가 없어서 전혀 몸이 가려지지 않았다. 앞이 훤히 다 드러났다.

알몸 앞치마라든가 알몸 와이셔츠라는 말은 들은 적이 있지만, 알몸 가운이라니, 몸을 가리지 못한 이상 그냥 변태잖아……. 하다못해 팬티 정도는 입어.

"입혀도 입은 것 같지가 않아……."

"반대로 좋습니다!!!"

코피를 흘리면서 엄지를 척 들어 올린 티카를 보고 나는 솔직히 오싹했다. 만났을 때의 성실해 보이는 소녀는 대체 어디로 간 거지?

"박사. 이 녀석 좀 이상하지 않아?"

"아~. 아틀란티카는 어린 여자애가 취향이거든."

"아무렇지 않게 불길한 소리 하지 마."

그래서 다른 아이들과는 달리 나한테 키스를 하지 않았던 거구나.

"덧붙이자면 나도 싫지 않아."

"그렇겠지!"

결국 이 녀석이 다른 바빌론 시리즈의 부모 같은 거니까! 악의 대(大)두목이다.

"어쩌지? 당연하지만 난 이런 사이즈인 옷이 없는데. 이건 진짜 예상외야."

성에 돌아가 레네나 스우의 옷이라도 빌릴까……. 아니, 내가 바로 가서 빌리면 분명히 이상한 눈으로 바라보겠지. 속옷까지 빌려 달라고는 절대 말 못 한다. 유미나 다른 아이들에게 사정을 대신 이야기해 달라고 할까……?

"그런데 그 흰 가운, 설마 5000년 전 거야?"

"그렇다만? 하지만 보호 마법이 걸려 있어서 항상 청결하고, 해어지지도 않아."

어쩐지 새것 같더라니. 내가 입은 이 코트도 【프로텍션】이 걸려 있어서 세탁이 필요 없기도 하니까.

아무튼 앞이 활짝 펼쳐져 있어서는 문제라, 나는 내 벨트를 풀어 박사의 흰 가운 앞을 여민 뒤 허리에 둘러 주었다. 유카타 같아졌지만, 응급처치로서는 나쁘지 않았다.

으~음. 일단 '연구소' 를 브륀힐드로 이동시키라고 할까?

티카가 방의 구석에 있던 모노리스를 조작하자, '연구소' 가 움직이기 시작했다. 이제 그만 코피 좀 닦아.

"생각보다 이 몸은 움직이기 편한걸? 성장이 여기서 멈춰 버린 것은 아쉽지만 말이야. 음, 대가로서 받아들일 수밖에 없는 건가?"

"응? 이제 성장하지 않아?"

"이 몸은 인간과는 다른 조직으로 이루어져 있거든. 캡슐 안에서만 성장할 수 있는데, 한번 각성하면 고정되어 버려. 아틀란티카도 계속 저 모습이잖아?"

그러네. 티카 일행도 영원히 살 수 있는 것은 아니겠지만, 저 모습만큼은 아마 죽을 때까지 변함이 없겠지. 생식 능력이 없으니 자연히 늘어날 일은 없지만.

"자, 그럼. 나는 '미래시의 보옥' 으로 네 행동을 가끔 봤지만, 단편적인 기억밖에 없어. 네 몸에도 흥미가 있지만, 그것보다도 흥미 있는 것은 네가 지닌 아티팩트야."

"아티팩트? 무슨 소리야?"

"검고 납작한 통신기 같은 거 있잖아? '스마트폰' 이라고 했던가?"

"아, 이거?"

나는 품에서 스마트폰을 꺼내 박사에게 보여 주었다.

"그래, 이거야 이거. 비슷한 것을 만들어 봤지만, 어떤 기능이 있는지 잘 몰랐거든. 조금 빌려줄 수 있을까?"

"그거야 괜찮지만, 부수지 마?"

다양한 것을 【인챈트】 해 두었기 때문에 쉽게는 부서지지 않겠지만, 잘못 만져 설정을 바꾸거나 하면 성가셔진다.

아마 대체적인 기능은 이해하고 있으리라 생각한다. 그렇지 않고서야 셰스카를 스마트폰에 접속시켜 마법을 기동하는 짓은 못했을 테니까. 아마 마법이 아닌 기능 쪽에 흥미가 있는 것 아닐까?

"음? 이 글자와 그림은 뭐지……? 흐음, 만져서 조작하는 건가……. 이 문자는 어느 나라의 문자지?"

"일본."

"일본? 들어 본 적이 없는데, 어느 시대의 나라일까? 토야의 출신지인가?"

"음~……. 그러네. 마침 좋은 기회이니 모두에게도 이야기해 줄까? 언젠가는 이야기할 생각이었으니까."

"?"

내 말을 듣고 고개를 갸웃하면서도 바빌론 박사는 스마트폰을 계속 확인했다.

"하———————………. 설마 그 아이가 바빌론 박사 본인이었을 줄이야……."

린이 어린아이 모습의 박사를 보고 놀랐다. 바빌론 넘버즈에게 둘러싸여 있는 박사를 보면서 에르제와 야에도 마찬가지로 놀란 표정을 지었다.

"하지만 지금까지 수많은 일을 봐 왔으니……."

"불가능한 일은 아니라는 생각이 듭니다."

그렇게 중얼거리는 소리를 듣고 린제, 힐다, 루가 맞아, 맞아라고 하듯이 고개를 끄덕였다.

당사자인 박사는 셰스카, 로제타, 플로라 등과 이야기를 하고 있었다. 박사는 스우에게 빌린 옷을 입었는데, 저런 차림을 하니 평범한 어린아이로밖에 보이지 않았다.

소파에서는 모니카가 뒤에서 껴안고 있는 티카 탓에 발버둥 치고 있었다. 티카의 코에 꽂힌 티슈는 이미 새빨갛게 물든 상태였다.

"이제 그만 놔!! 기분 나쁘단 말이야!"

"우후후후후후후후후."

모니카가 껄끄럽다고 한 말의 의미를 이해했다. 저 로리콘 취향인 티카에게 모니카는 최고의 먹잇감이었다. 참고로 조금 전에 갑자기 포옹을 당한 스우는 무서워하며 내 곁을 떠나지 않았다.

약혼자들과 바빌론 관계자를 성의 한 방에 모이라고 했지만, '탑' 의 노엘만큼은 소파에 앉은 '성벽' 의 리오라의 무릎을 베고 계속 잠을 잤다. 이 녀석을 굳이 데리고 올 필요가 있었을까……?

'정원' 의 프란셰스카.
'공방' 의 하이로제타.
'연금동' 의 벨플로라.
'격납고' 의 프레드모니카.
'성벽' 의 프레리오라.
'탑' 의 파메라노엘.
'도서관' 의 이리스팜므.
'창고' 의 리루루파르셰.
'연구소' 의 아틀란티카.

그리고 바빌론 박사.
대가족이야……. 팜므, 노엘, 리오라는 기본적으로 지상에 내려오지 않지만.
모니카와 로제타도 개발에 매달리느라 거의 내려오지 않았던가?
파르셰도 되도록 내려오지 말라고 말해 두었다. 덜렁이라 피해를 줄 수 있으니까.
싫어하는 모니카를 껴안는 티카를 보니, 이 녀석도 내려오지 말라고 말해 두는 편이 좋을 듯했다. 레네에게 이상한 짓을 해서 트라우마라도 걸렸다간 이쪽이 얼굴을 못 든다.

"그런데 토야 오빠, 모두를 모이게 하다니, 무슨 이야기인가 요?"

스우와 나를 사이에 두고 옆에 앉아 있던 유미나가 물었다.

"응. 박사에게도 질문을 받았지만, 기왕에 모두에게도 솔직히 말해 두고 싶어서. 지금까지 아무 말도 하지 않았던 나에 관해서."

주변의 시선이 나를 향했다. 나는 일어서서 주변을 둘러보며 각오를 다졌다.

"믿어 주지 않을지도 모른다는 불안 탓에 이야기를 하지 않았지만, 굳이 말할 필요가 없다고도 생각했었어. 하지만 이제부터 모두와 함께 살아가야 하니, 역시 알려 줘야 한다는 생각이 들더라고."

나는 스마트폰을 조작해 벽에 커다란 영상을 비췄다. 동영상 사이트의 스트리밍으로, 다양한 거리가 잇달아 화면에 나타났다. 런던, 파리, 워싱턴, 뉴욕, 자카르타, 방콕, 뉴델리, 베이징, 모스크바, 그리고 도쿄.

그 외에 계속 화면에 보이는 다양한 대도시를 보고 모두 할 말을 잃었다.

"이곳에 비치는 곳이 내가 원래 있던 세계야. '지구'라고 부르는 곳이지. 나는 여기에 보이는 세계에서 왔어."

◇ ◇ ◇

　나는 모두에게 이쪽 세계에 오기까지의 일을 이야기해 주었다.

　지구의 일본이라는 나라에서 살았던 것, 학생이었다는 것, 그쪽 세계로는 더 이상 돌아갈 수 없다는 것이었다.

　프레이즈의 존재 덕에 모두도 '이세계'라고 하는 곳, 즉, 자신들의 세계와는 다른 세계가 있다는 사실을 어렴풋이 이해하고 있었던 듯했다.

　"그렇군요……. 토야 오빠가 왜 평범하지 않은지 알 것 같아요."

　"설마 다른 세계에서 왔을 줄이야……. 깜짝 놀랐습니다."

　유미나와 야에가 크게 숨을 내쉬며 놀랍다는 듯이 말했다.

　"그, 그럼 카렌 형님과 모로하 형님은……."

　"응, 진짜 누나가 아니야. 하지만 틀림없이 이쪽에서는 내 가족 맞아. 솔직히 말하면 아직 몇 명이 더 있다는 모양이지만."

　린제의 의문에 나는 솔직히 대답해 주었다. 신력이 각성하여 나는 하느님의 권속이 된 모양이니까. 친척에 해당하는 신들이 잔뜩 있다고 한다.

　일단 하느님에 관한 점이나 누나 두 사람이 하급신에 해당한다는 사실은 말하지 않았다. 너무 신에게 의존하게 되면 곤란하기도 하고, 일단은 사적인 정보이기도 하니까. 이쪽은 허가를 받은 다음에 이야기하자. 이세계 운운보다도 믿어 줄 가능성이 더 낮을 것 같아 불안하긴 하지만.

교황 예하 때처럼 하느님한테 내려와 달라고 하면 단번에 믿어 주겠지만, 굳이 그런 것 때문에 부르는 것도 황송하다고 해야 할지 뭐라고 해야 할지.

"그럼 그 자전거라든가 총은 원래 있던 세계의 기술인가요?"

"응. 그쪽에서는 흔한 것들이야. 아, 아니. 총은 내가 살던 나라에서는 거의 없었지만."

루가 오해하지 않도록 나는 말을 정정했다. 그런 것을 쏘는 것이 일상적인 생활이었다고 생각하길 원하지 않았기 때문이다.

"하지만 다른 세계에서 왔다고 해서 무언가가 변하는 것은 아니잖아?"

"그러네요. 우리가 토야 님을 사모하고 있다는 것은 변함이 없기도 하고요."

"오히려 왜 더 빨리 말해 주지 않았냐는 생각이 들어서 화가 나."

린, 힐다, 에르제가 잇달아 그렇게 말해 주었다. 표정을 보니, 당황한다든가 어색해한다든가 하는 그런 느낌은 전혀 받을 수 없었다. 내가 이세계에서 온 사람이라도 상관없다는 마음이 나타난 거겠지.

"토야는 토야 아닌가. 우리도 이야기를 해 줘서 참으로 기쁘이."

"응, 나도."

"고마워, 스우, 사쿠라."

받아들여 줘서 정말 기뻤다. 솔직히 나를 싫어하게 되거나, 거리를 두게 될지도 모른다고 생각했다. 이세계 사람이라면 이쪽에서는 우주인이나 마찬가지 느낌일지도 모르고, 프레이즈 탓에 이세계에서 온 침략자 같은 이미지를 가지게 되면 어쩌나 하는 생각까지 했는데…….

"훌륭해!"

갑자기 큰 소리를 지른 어린 소녀 박사 탓에 우리는 흠칫 놀랐다. 와아, 깜짝이야!

"이세계에서 온 방문객! 미지의 기술과 문화, 지식과 역사! 이렇게 가슴 뛰는 일이 과연 또 있을까?! 아니, 없겠지! 토야, 나와 결혼하자!"

""""""""안 돼!""""""""

우오오. 약혼자들 모두가 거부했다. 모두가 나를 지키려는 듯이 나를 둘러쌌다. 조금 무섭다. 더 이상 아내는 늘리지 않겠다고 말했으니…….

"그럼 내연녀라도 좋아. 우리는 어차피 아이를 못 만드니까. 어때?"

""""""""그거라면 좋아.""""""""

"좋다고?!"

무심코 딴지를 걸고 말았다. 어?! 보통 아내들은 싫어하지 않나?!

"토야 오빠의 아내를 더 이상 늘리지 않는 이유는 쓸데없는 문제를 일으키지 않기 위해서예요. 다른 나라의 왕족이나 귀족들이 끈질기게 '우리 딸을 받아 주십시오.' 라고 말하면 성가시니까요."

"게다가 아이가 태어났을 때의 왕위 계승 문제도 있잖아? 왕비와 내연녀의 선을 딱 그어 놓으면 별문제 없어."

유미나와 린의 말을 듣고도 좀 이상하지 않아?! 라는 생각이 드는데, 역시 일부다처제에 내가 적응하지 못했기 때문일까?

물론 '이 사람은 내 거야! 접근하지 마, 이 도둑고양이야!' 라는 상황이 되는 것보다야 훨씬 낫지만…… 어딘가 모르게 서운한 느낌이 든다. 독점욕과 애정은 같지 않다는 걸 이해는 하고 있지만…….

"좋아. 아내들의 허락도 받았으니, 이제 우리도 가족이다! 아아, 그렇지. 왕위 계승 문제라면 걱정할 거 없어. 너희의 아이들은 한 사람을 빼고 모두 여자아이이니까."

""""""""어?""""""""

아무렇지도 않게 엄청난 사실을 발설하다니!! 한 사람을 제외하고 모두 여자아이라니, 무슨 말이야?!

"무슨 말이신지요?"

"무슨 말이긴. 미래를 엿봤을 때, 그런 얘기를 나누는 소리를 들었거든. '왕비 아홉 명 모두 아이가 생겼지만, 왕자는 한 사람뿐이다' 라는 이야기."

……진짜로? 그렇다면 아홉 명 중 누군가와의 사이에서 왕자가 태어나고, 나머지는 모두 공주라는 말이야? 장래의 즐거움 중 하나를 빼앗긴 것 같은 느낌이…….

최소한 딸이 여덟 명이라는 건가? 어? 뭔가 엄청나게 큰일 난 것 같은 느낌이 들어. 아빠는 이제 집에서 빈둥거리고 싶어도 그럴 수 없는 건가요?

물론 박사가 본 미래보다도 더 후에, 두 번째 남자아이가 태어날지도 모르지만, 열 명째는 글쎄? 역시 너무 많지 않을까? 물론 아홉 명도 많은 거지만.

토쿠가와 이에야스는 열여섯 명, 조조는 아들만 스물다섯 명이 있었다고는 하지만. 그래 봐야 50명이 넘는 아이가 있었던 토쿠가와 이에나리에는 못 미친다.

참고로 토쿠가와 이에나리는 재임 기간이 역대 쇼군 중에서도 가장 길었지만, 아이를 너무 많이 낳은 것은 막부의 재정이 기우는 한 원인이 됐다고도 한다. 막부의 붕괴는 그때부터 시작됐다고도. 과유불급이라는 말인가.

"흐~응……. 하지만 그건 굉장한 일일지도 몰라."

"무슨 말씀이시죠? 린 씨?"

"잘 생각해 봐. 딸이라면 언젠가 시집을 가잖아? 아이들은 엄연한 한 나라의 공주. 상대는 다른 나라의 왕자가 될 가능성이 높아. 그렇다는 것은 그 왕가 각각에 달링의 혈통이 태어나 이어진다는 거야."

"그렇구나……. 친척이 굉장히 많아질지도 모르겠네요. 장래에 토야 님의 손자들이 각국의 왕이 될 수도 있어요……. 분명히 이건……."

린과 힐다가 무언가 이야기를 했지만, 이건 못 들은 것으로 해 두자. 아직 태어나지도 않았는데 딸을 시집보내는 이야기는 듣고 싶지 않다.

"아무튼 우리는 가족이 됐으니, 그 이세계의 지식을 가르쳐 줘! 자자자자! 저 높은 건물은 뭐지?! 세 가지 색으로 빛나는 가로등에는 무슨 의미가 있는 거야?! 저기 달리는 철 상자는 마력으로 움직이는 건가?!"

"잠깐잠깐잠깐! 한꺼번에 물어봐야 대답하기 힘들고, 나도 모르는 게 있어. 예를 들어 저 고층 건물은 빌딩, 세 가지 색으로 빛나는 가로등은 신호등, 달리는 철 상자는 전철이라고 하는 거지만, 어떤 식으로 만들어져 있는지, 구조는 어떻게 되어 있는지는 나도 몰라."

핏발이 서서 다그치는 박사를 보고 쩔쩔매면서 내가 그렇게 솔직히 대답했다. 아마 나는 이 사람이 원하는 수준의 대답을 해 줄 수 없다.

"그래……? 으으음. 저 세계의 정보를 얻을 수 있는 기술이 있다면 좋을 텐데!"

공중에 비친 거리를 바라보면서 박사가 아쉽다는 듯이 한숨을 내쉬었다. ……아.

"정보라면 손에 넣을 수 있어. 인터넷을 이용하면 되거든. 나한테는 어려울지 몰라도 박사라면 이해할 수 있을지도 몰라. 그래도, 음……."

"그, 그게 무슨 말이지?! 방법이 있다면 가르쳐 줘!"

과연 이 박사에게 지구의 정보를 가르쳐 줘도 될지 좀 망설여지네. 얻은 지식으로 손쉽게 원자폭탄 같은 것을 만들면 곤란한데. 마법과 과학의 합체는 상당히 위험한 거 아닐까?

"지구의 지식은 위험한 것도 많아. 내가 살던 세계에서도 꽤 큰 전쟁이 두 번 일어났는데, 다음에 한 번 더 전쟁이 벌어지면 세계가 멸망할 거라는 이야기도 나오고 있어. 그런 지식을 과연 가르쳐 줘도 될까 싶어서."

아인슈타인은 이런 말을 남겼다.

'제3차 세계대전 때 어떤 병기가 사용될지는 모른다. 하지만 제4차 세계대전 때에는 돌과 막대기로 싸우게 될 것이다.'

제3차 세계대전이 일어나면 세계는 반드시 멸망한다. 그런 경고를 담은 메시지다.

"그렇군……. 그건 당연히 해야 할 걱정이야. 확실히 그런 걱정을 할 만도 해. ……그렇다면 문화적인 것부터 가르쳐 주면 안 될까? 그쪽 세계의 신화나 옛날이야기, 그런 것들 말이야."

"괜찮네. 그럼 모두 모였으니 영화 같은 거라도 볼까?"

"영화?"

지구의 이야기라고 한다면, 역시 픽션성이 강한 것은 안 될 것 같다. 판타지가 되어 버리니까.

그렇다면 역사물인가? 삼국지라든가 아서왕 이야기라든가 일본의 추신구라(忠臣蔵)라든가?

또는 내가 있던 현대를 이해할 수 있도록 현대적인 러브스토리라든가.

전에 모두에게 보여 줬을 때는 이세계의 이야기라는 것을 숨겼기 때문에 이쪽 세계와 비슷한 면이 있는 작품을 틀었지만, 이세계라는 것을 밝힌 이상, 이제 그런 것을 신경 쓸 필요는 없다.

일본에 대해서 보여 줘야 한다면, 역시 이 작품이 좋을 것 같다. 내가 태어난 곳은 카츠시카 시바마타, 라고 하는 것 말이야.

나는 스마트폰을 조작해 그 동영상을 재생해 주었다.

그 후, 몇 개인가 일본 영화와 외국 영화를 섞어 작품을 보여주자, 어느 정도는 지구가 이해된 모양이었다.

"역시 신경이 쓰이는데, 토야가 가지고 있는 그건 저쪽 세상에서는 모두 가지고 있는 건가?"

박사가 스마트폰을 가리키며 물었다. 굉장히 신경 쓰이는 모양이다. 그러고 보니 조금 전에 보여 준 영화에도 나왔었지?

"내가 가지고 있는 이건 이쪽에 와서 다양한 【인챈트】를 부여했으니, 저쪽 세상에 있는 거하고는 사실상 다른 물건이야. 원래는 통신 기기로 정보를 주고받거나, 영상을 기록하거나 등의 일을 할 수 있는 기계지."

"으으음. 그것만이라도 해석할 수 있게 해 주면 안 될까? 비슷한 것을 만들어 모두에게 나눠 주면 편리할 것 같은데."

흐음. 연락 수단으로서 모두가 스마트폰을 가지고 있으면 편리하긴 할 것 같다. 마법과 조합하면 전파 장애와도 무관하게 사용할 수 있는 것이 만들어질지도 모르고 말이야. 실제로 박사는 프레임 기어의 통신 기기 같은 것을 이미 만들기도 했으니……. 박사라면 전원도 마력 변환 등으로 가능하지 않을까?

아마 지구의 인터넷에 접속할 수 있는 것은 이 스마트폰뿐일 테니, 한번 시험 삼아 만들어 보는 것도 좋긴 하겠어.

"그럼 잠깐만 그걸 빌려주겠어?"

박사는 내 스마트폰을 건네받더니, 스마트폰에 손바닥을 올리고 마력을 집중하기 시작했다. 어이어이, 뭘 하려고?

"【애널라이즈】."

박사의 손바닥에서 부드러운 빛이 흘러나왔다. 이건…… 무속성 마법인가?!

"흐음……. 호오호오. 그렇군. 구조는 이해했어. 이쪽 세계에도 있는 재료로 생산은 가능해. 문제는……."

작은 목소리로 무언가 중얼거리기 시작한 박사에게서 스마트폰을 건네받은 뒤, 제대로 동작하는지 살펴보며 문제가 없다는 사실을 확인했다.

조금 전의 마법이 신경 쓰여 나도 시험 삼아 해 봤다.

"【애널라이즈】."

우오오! 이거 뭐야?! 머릿속에 스마트폰의 분해도 같은 것이 떠올라 어디에 어떤 것이 들어가 있는지 알 수 있었다. 솔직히 뭘 위해 그런 부품이 있는지는 전혀 몰랐지만.

앗, 소재 분석도 가능한 건가? 알루미늄규산염……이라니, 뭐지?

박사에게는 이게 이쪽 세계의 언어로 번역되는 것일까?

구조를 해석하는 마법인가……? 인간에게 사용하면 MRI처럼 내장까지 손에 잡힐 듯이 알 수 있을지도 모르겠다. 의사가 사용하면 더없이 편리한 마법이라는 생각도 들지만, 솔직히 내장을 보고 싶지는 않다…….

"으음! 어떻게든 되겠어! 똑같이 만드는 것은 어려울지도 모르지만, 이건 편리한 마도구가 될 것 같아! 로제타, 날 도와라! '공방'으로 가자!"

"네에, 그건 상관없지만, 소생의 명령권은 이제 박사님에게는 없으니, 마스터의 허가를 받지 않으면……."

"으응? 아, 그런가? 토야, 로제타를 빌려도 될까?"

상관없다고 허가를 내리자, 둘 다 방을 뛰쳐나가 버렸다. 로제타도 몸이 근질거렸던 모양이다.

"보니 며칠간 틀어박혀 나오지 않겠네요."

"변하지 않았어요. 평범한 몸일 때보다 더 심해질지도 몰라요. 지금 몸은 내구력이 아주 빼어나거든요."

밖으로 나간 두 사람을 바라보면서 셰스카와 리오라가 한숨을 내쉬었다.

너무 무리하지 말았으면 하는데, 괜찮을까? 스마트폰을 양산할 수 있으면 여러모로 편리해지기야 하겠지만, 이상한 기능을 더해 놓을 것 같아서 조금 무섭다.

그런 말을 중얼거렸더니, 내가 들고 있던 스마트폰을 가리키며 셰스카가 딱 잘라 말했다.

"이상한 기능이 마구 더해진 건 마스터가 가진 그거예요."

맞는 말이야.

"토야, 이건……."

회의를 위해 모인 사람들에게 각각 한 대씩 건네준 '그것'을 보고 모두 눈을 휘둥그렇게 떴다.

형태만 보면 내가 가지고 있는 것보다 조금 컸다. 색은 희었고, 오리지널인 내 것과는 딱 봐도 달라 보였다.

"이건 토야 님이 갖고 있는 아티팩트와 비슷한데, 설마⋯⋯."

"네. 정식 명칭은 '스마트폰', 생략해서 '맛폰'이라고 부르기도 합니다. 여러분에게 나눠 드린 것은 간이형이라 제 것과는 다르지만요."

리니에 국왕의 질문에 대답하면서 나는 설명을 시작했다.

"일단 측면 상부의 버튼, 이것인데요, 이곳을 누르면 기동됩니다. 눌러 봐 주세요."

"오오?! 뭐, 뭔가가 나왔다만?!"

"작은 그림이 몇 개나⋯⋯."

아무래도 전원이 제대로 들어온 모양이었다. 참고로 글자는 이쪽 세계의 공통어로 해 두었기 때문에 아마 문제없이 읽을 수 있으리라 생각한다.

"위에 표시된 것이 시간과 배터리⋯⋯. 아, 잔량 마력입니다. 이곳이 100%에서 0%로 떨어지면 이 도구는 움직이지 않으니 주의해 주세요. 움직이지 않게 되어도 마력을 주입하면 원래대로 돌아가니 걱정은 마시고요."

다음으로 '연락처'에서 '레굴루스 황제'를 선택해 전화를 걸었다.

"우옷?!"

갑자기 울린 수신음을 듣고 무심코 손에 들고 있던 스마트폰을 떨어뜨릴 뻔한 황제 폐하.

모두의 시선이 그쪽으로 모였고, 개중에는 벌떡 의자에서 일어서는 사람도 있었다.

"걱정 마세요. 이건 제가 황제 폐하에서 '전화'를 건 거니까요. 황제 폐하, 화면에 나와 있는 문자, 읽을 수 있나요?"

"그, 그래. '브륀힐드 공왕'이라고 적혀 있군."

"이처럼 누구에게서 연락이 왔는지 알 수 있습니다. 그럼 그 아래의 녹색 마크를 만진 뒤, 저처럼 스마트폰을 귀에 대 주세요."

조심스럽게 황제 폐하는 내 말대로 화면을 만지고 스마트폰을 귀에 댔다.

〈여보세요? 들리시나요?〉

〈오오오, 귓가에서 토야의 목소리가 들리는군! 아하, 이렇게 통신 도구로써 사용하는 건가!〉

다들 프레임 기어의 통신 기능도 알고 있어서 그런지 이해도 빠르네.

"화면 안의 '연락처'라고 적힌 아이콘을 건드리면, 이름 목록이 나올 겁니다. 그 이름을 건드리면 상대에게 전화를 걸 수 있습니다. 그럼 시험 삼아 이쪽 자리에 있는 사람이 맞은편에 앉아 있는 상대에게 전화를 걸어 보죠."

어딘가 모르게 고령자 상대로 컴퓨터 교실을 열고 있는 느낌이다.

그 뒤에도 각국의 임금님들에게 다양한 기능을 가르쳐 주었다.

그렇지만 그다지 어플리케이션이 많이 들어가 있지는 않았다. 겉모양은 내가 있던 세계의 스마트폰이지만, 내용물은 박사의 오리지널(이라기보다는 표절)이었다.

전화, 카메라, 동영상 촬영, 지도, 나침반, 계산기, 메모, 시계, 문자, 라이트, 캘린더, 게임이 들어가 있으니, 이 정도면 충분하긴 하다.

물론 지도 등은 내 것에는 있는 【서치】가 없으니 꽤 다운그레이드 된 것이지만. 그럼에도 자신의 현재 위치나 도시 이름 정도는 검색할 수 있다.

잠시 동안 전화를 하거나 문자를 주고받는 등, 새로운 장난감을 손에 넣은 아이들처럼 들썩이는 임금님들을 방치해 두었지만, 도저히 수습이 되지 않아 나는 일단 모두를 진정시켰다.

"이야기의 앞뒤가 바뀌었는데요, 그 스마트폰은 드리겠습니다. 만약 잃어버리거나 도둑맞아도 이쪽의 조작으로 다시 되찾을 수 있으니 바로 저에게 알려 주세요."

"이건 굉장히 편리하네요……. 국가 간의 논의가 굉장히 편해질 것 같아요."

감탄했다는 듯이 로드메어 전주 총독이 스마트폰을 매만지며 감상을 말해 주었다.

"토야. 조금 전부터 신경이 쓰였다만, 이 '게임'이라는 아이콘? 은 혹시……."

"아, 그건 조금 시험 삼아 넣어 봤습니다. 몇 종류인가 게임이 들어 있어요. 통신을 통해 두 사람이 쇼기를 두거나, 네 명까지 동시 대전으로 마작도 가능하고 트럼프도 가능합니다."

""""호오.""""

번뜩, 하고 게임을 좋아하는 벨파스트, 레굴루스, 리프리스, 미스미드의 네 아저씨들이 눈에서 빛을 뿜었다.

"일단 이쪽은 하루에 두 시간으로 제한이 되어 있지만요."

""""그럴 수가!""""

그럴 수가는 무슨. 그렇게 하지 않으면 이 아저씨들은 틀림없이 끝없이 게임을 계속한다. 국정에 영향이 가면, 그 나라의 재상이나 국민들에게 면목이 없어지니…….

아무튼, 허물없이 전화나 문자를 하는 관계가 되어 더욱 사이가 좋아지면 좋겠다.

"그리고 카메라로 찍은 영상 말인데요, 저희 쪽에서 이렇게 인쇄도 가능하니 필요하면 말씀해 주세요."

떡하니 완벽하게 카메라에 눈을 맞추며 찍은 카렌 누나의 사진(정확하게는 인쇄물이지만)을 보여 주자, 벨파스트 국왕이 벌떡 일어섰다.

"……이러고 있어선 안 되겠군. 어서 돌아가 야마토의 사진을 마구 찍어야겠다!"

이 사람, 이렇게 팔불출 같은 면이 있었던가?

아무튼 딱 좋아서 이번 회의는 그만 마치기로 했다. 그러자 이번에는 라밋슈 교황 예하가 내 곁으로 다가와서는.

"저어, 이 그림, 모로하 님 것은 없나요? 있으면 두 장 정도 받아가고 싶은데요!"

이 사람, 이렇게 가벼웠던가? 성직자로서 잘못된 행동인 것은 아닐지도 모르지만.

회의가 끝난 뒤, 바로 연락이 왔다. 그렇지만 임금님들은 아니었다. 화면에는 '박사'라는 문자가 떠올랐다. 이쪽의 통신은 전파가 아니라 마소(魔素)를 사용한 술식과 각인 마법이 사용되고 있는 모양이라, 연결되지 않는 일은 거의 없다고 한다. 박사가 있었던 고대 마법 문명 시대에는 평범한 기술이었던 모양이었다.

"네, 여보세요."

〈여어, 토야야? 그 '여보세요'라는 말은 대체 무슨 의미지?〉

"내가 있던 나라에서는 '여봐요'를 조금 높여 이르는 말이었어. '이제부터 이야기하겠습니다' 같은 인사? 라든가 뭐라든가."

텔레비전에서 그렇게 이야기했었던 것 같다. 하지만 보지는 않았기 때문에 확실한 것은 아니다.

〈그렇구나. 흥미로운걸. 그건 그렇고, 임금님들의 반응은 어때?〉

"아주 좋아. 다들 기뻐했어."

〈그거 참 만족스럽네. 하지만 그건 버전을 꽤 많이 내린 거니…….〉

"당신이 만든 건 너무 쓸데없는 기능이 많아서 문제야. 스마트폰에 자폭 장치를 다는 바보가 세상에 어디 있어?"

이쪽 세계에는 있지만! 그 외에 유리를 파괴하는 초음파 발생 기능 등, 쓸데없는 기능을 덧붙인 걸 보면.

역시 이 박사는 아무래도 이상하다. '천재와 바보는 종이 한 장 차이'라고 하는 말이 내 뇌리를 몇 번이나 스쳐 지나갔다.

〈아무튼, 그건 됐어. 그런데, 로제타와 모니카가 만들고 있던 신형 프레임 기어 말인데, 스우에게 줄 것은 두 사람에게 맡긴다고 하고, 린제와 린의 기체는 내가 만들어도 될까?〉

"그래. 양쪽 다 마법을 중심으로 싸우는 방식이 될 거라 생각하지만, 프레이즈에게는 마법이 먹히지 않으니까, 마법 계열은 방어 마법을 중심으로 하고, 공격은 프라가라흐를 사용하는 스타일이 되어야 할 것 같아."

〈그 무기, 괜찮더군. 설마 '사테라이트 오브'에서 그런 것을 만들다니. 그것도 '지구'의 지식인가?〉

"그렇지 뭐."

애니메이션의 지식이지만. 그 이야기를 하면 또 성가셔질 것 같아서 굳이 말을 하지는 않았다. 목마 전함을 만들겠다고 해도 난처하니까.

박사의 전화를 끊은 뒤에 바로 이번에는 사쿠라에게서 전화가 걸려 왔다. 음? 무슨 일이지?

"네, 여보세요?"

〈저어, 여보세요? 임금님, 지금 괜찮아?〉

"괜찮은데, 무슨 일이야?"

〈있잖아, 엄마가 학교 일로 할 이야기가 있대.〉

"피아나 씨가?"

사쿠라의 어머니, 피아나 씨의 직장이 될 예정인 학교는 이미 80퍼센트 정도 완성되었다. 지금은 아직 시험 단계라 반도 하나뿐이지만, 학생이 늘어나면 증축할 예정이다.

"지금 피아나 씨는 어디에 계셔?"

〈나랑 학교에 있어.〉

"그럼 지금 바로 갈 테니까 기다려."

전화를 끊고 【게이트】를 열어 학교에 가 보니, 교사(校舍)의 건축 현장에 사쿠라와 피아나 씨, 그리고 나이토 아저씨와 냥타로가 있었다.

"아, 토야 씨. 여기까지 오시게 해서 죄송해요."

"아니요. 무슨 일이신가요?"

고개를 숙이는 피아나 씨. 무슨 문제가 생긴 걸까?

"실은요, 아이들을 위해 학교를 시작한다고 몇 집인가 아이가 있는 집에 이야기를 해 보았답니다. 그런데 소문이 퍼져 생각보다 인원이 많이 모여서요. 저 혼자로는 대처하기 어려운 인원이 되어 버려서……."

"네? 몇 명 정도나 됐는데요?"

옆에 있던 나이토 아저씨에게 물었다.

"전부 80명에 가깝습니다."

"어? 우리 나라에 아이들이 그렇게 많았던가요?"

"최근에 이주자가 또 늘었으니까요. 농지 개척자의 아이들부터 상인, 목수의 아이들, 모험자 부부의 아이들도 있습니다."

아, 그렇구나. 모두 독신이 아니니까. 가족이 다 같이 이사 온 사람도 있어.

당초 예상은 스무 명 정도였으니. 네 배인가?

"으~음. 그럼 한두 사람 정도 선생님을 고용할까요?"

"그렇게 해 주시면 좋겠습니다. 세 사람이면 숨통이 트일 것 같아요."

피아나 씨가 안심했다는 듯이 가슴을 쓸어내렸다. 일단 국가 시설이 될 테니, 면접은 내가 봐야 하겠구나.

모집을 해 달라고 코사카 씨한테 말해 둬야겠어. 이대로는 비좁을 테니, 나이토 아저씨에게 교실을 증축해 달라고 부탁했다.

그건 그렇고.

"여기서 뭐 하는 거야, 냥타로?"

"그러니까! 달타냥입니다냥! 이 몸은 공주에게 공주의 어머니의 경호를 해 달라는 부탁을 받았습니다냥!"

"그래~?"

가슴을 펴는 냥타로의 모습을 보고, 체면을 살려 주면서 곁에서 떼어 낸 것이 아닌가 하고 슬쩍 생각도 해 보았지만, 본인이 의욕적이니 쓸데없는 소리를 해서 풀 죽게 해서는 안 된다는 생각이 들어 나는 아무 말도 하지 않았다.

"달타냥이 이것저것 많이 도와줘서 도움이 많이 된답니다."

"어머님……. 이 몸의 이름을 제대로 불러 주시는 분은 어머님뿐입니다냥. 요즘에는 공주님까지 냥타로라고 불러서……."

"부르기 쉽거든."

태연하게 대답하는 사쿠라. 냥타로는 피아나 씨를 잘 따르는 모양이었다.

일단 문제를 해결한 듯하니, 오랜만에 '은월'에서 식사를 하고 갈까? 사쿠라와 피아나 씨도 같이.

그렇게 생각했는데 품 안에 있던 휴대전화가 진동하기 시작했다. 또~? 이번엔 누구지?

꺼낸 스마트폰의 화면에는 '코사카 씨'라는 글자가 떠 있었다.

〈폐하. 인가를 내려야 하는 서류가 쌓여 있으니 【게이트】를 사용해 바로 돌아와 주십시오.〉

"네~에……."

뭔가…… 괜히 스마트폰을 양산했다는 생각이…….

어딘가 모르게 시간에 쫓기는 느낌이 들었다. 얼마나 바쁜지 실감해 버렸다고 해야 할지.

쉽게 연락을 할 수 있는 것도 꼭 좋지만은 않다고 생각하면서, 나는 성으로 가는 【게이트】를 열었다.

스마트폰에 대한 평판은 아주 좋아서, 역시 편리한 도구라는 사실을 새삼 인식하게 되었다.

다른 나라에는 동서 동맹의 국왕과 지도자들에게만 건네주었지만, 브륀힐드에는 약혼자 모두는 물론, 바빌론 넘버즈, 카렌 누나, 모로하 누나, 츠바키 씨, 옛 타케다 사천왕의 면면, 기사단장, 부단장 두 사람, 집사 라임 씨, 메이드인 라피스 씨, 세실 씨, '은월'의 미카 누나 등에게도 나눠 주었다.

각각 연락처는 본인의 가까운 사람만을 입력했다. 예를 들어 미카 누나의 스마트폰에는 벨파스트 국왕의 번호는 들어 있지 않았다. 내 것은 들어가 있었지만. 기껏해야 기사단장 레인 씨까지만 들어 있었다.

물론 벨파스트 국왕이 번호를 가르쳐 주면 등록할 수 있다. 쓸데없이 다른 나라의 임금님에게 전화를 걸어서는 곤란하긴 하지만.

폐해라고 한다면, 사소한 일로도 모두 나에게 전화나 메시지를 보내서 조금 성가셔졌다는 것이다. 그건 그냥 전화를 해 봤을 뿐, 메시지를 보내 봤을 뿐, 정도에 불과했다.

새 장난감이 생겨서 잔뜩 들떠 있는 어린아이나 마찬가지다. 물론 그 마음을 모르는 것은 아니지만. 시간이 지나면 진정되겠지.

"이건…… 정말 대단하네요……. 우리가 사용하는 통신용 아티팩트보다 고성능이에요. 이것을 저에게, 주시는 건가요?"

"네, 드리겠습니다."

전체적으로 기능을 설명한 다음, 길드 마스터인 레리샤 씨에게 스마트폰을 건네주었다. 오늘은 그 일로 길드에 들른 것이었다.

레리샤 씨가 내준 홍차를 맛보았다. 매번 다른 잎인데, 항상 맛있다. 레리샤 씨는 홍차를 좋아한다는 모양이었다. 선반에는 다양한 찻잎 캔이 늘어서 있기도 하고 말이지.

"요즘 프레이즈의 모습은 어떤가요?"

"지난주에도 하노크 왕국에 하급종이 두 마리……. 그건 빨간색 랭크 모험자 파티가 쓰러뜨렸습니다. 이거로 이번 달 들어 세 건째네요. 조금씩 출현 빈도가 많아지는 듯합니다."

맞다. 그만큼 결계의 틈새가 많아졌다는 것이겠지. 작은 구멍이 벌어져 틈새가 열리는 정도라면 그나마 낫다. 만약 그 작은 구멍이 근처에 집중적으로 열리면 더 큰 구멍이 된다.

그 구멍이 벌어지면 이윽고 상급종, 지배종이 자유롭게 오갈 수 있을 정도의 구멍이 되어 버릴지도 모른다.

어차피 우리가 할 수 있는 일에는 한계가 있다. 어떻게 대처할지 몇 가지 예를 들자면.

1: 프레이즈를 전멸시킨다.

꽤 어렵다. 상대의 전력이 어느 정도인지도 모르니까. 이쪽도 상당한 피해를 각오해야 한다.

2: 프레이즈와 대화한다.

말이 통하는 상대는 지배종뿐이고, 대화가 통할지도 의심스럽다. 상대는 이쪽을 죽일 생각으로 오는 거니까. 적어도 만난 적이 있는 지배종 두 사람은 꽤 성가신 성격인 듯했다.

3: '왕'의 핵을 발견해 다른 세계로 보낸다.

이쪽 세계는 무사할지 모르지만 뒷맛이 나쁘다. 다른 세계에 재앙을 떠넘기는 셈이니까. 게다가 방법도 모른다. 하느님에게 부탁……하기는 힘들겠지? 기본적으로 간섭하지 않는 주의니까.

4: '왕'의 핵을 파괴한다.

틀림없이 엔데가 적으로 돌아선다. 게다가 과연 '왕'도 순순히 파괴당할까? 자칫 이상하게 각성을 시키면 오히려 이쪽이 곤란할지도 모른다.

5: 세계의 결계를 완벽한 것으로 다시 만든다.
어떻게?

모두 어딘가 결정적인 것이 부족하다. 현실적으로는 1이 진행 중이라고 할 수 있을까. 다음으로 다른 지배종을 만나게 되면 2를 시험해 보는 것도 좋지만⋯⋯.

"그러고 보니 유론 말씀입니다만, 얼마 전에 새로운 천제가 나타났다고 합니다."

"또요?"

대체 몇 명째지? 자칭 천제가 나온 게. 각각의 도시에서 천제가 나타나서 지금 유론은 도시마다 모인 집단 국가처럼 된 모양이지만.

"아니요. 이번 천제는 상당히 본격적이라는 모양입니다. 잇달아 다른 천제에게 싸움을 걸어 아래에 두고 있다고 합니다. 상당히 강경한 수단을 쓰고 있는 것 같더군요."

"강경한 수단이오?"

"다른 천제가 있는 도시의 궁전을 폭파하거나, 상대의 부하를 매수하거나 하며 이기기 위해서는 수단을 가리지 않는 느낌인데……. 그런 것보다도 문제인 것이 철기병이라고 불리는 병기입니다.”

“철기병?”

레리샤 씨의 말을 듣고 나는 눈썹을 찌푸렸다. 혹시.

“그 이름 그대로 철로 만든 기계 장치 병사입니다. 저희는 그것을 프레임 기어의 기술을 도용해 만든 것이 아닌가 하고 생각합니다.”

“역시 그렇군요.”

무언가에 사용되지 않았을까 생각했는데, 예상보다 빨랐다. 상당한 기술력과 자금력을 지닌 모양이다.

어디까지나 예상이지만……. 우리의 기체를 훔친 자들이 그 황금결사(고르디아스)라고 한다면, 그 기술로 만든 철기병을 유론의 새 천제에게 가져갔다……라고 할 수 있는 건가? 고르디아스의 멤버에는 학자부터 상인까지 포함되어 있다고 하니, 다리는 얼마든지 놓을 수 있을 테니까.

아니, 어쩌면 천제 본인이 멤버일 가능성도 있다. 애초에 진짜로 전(前) 천제의 피를 잇고 있는지 어떤지도 의심스럽고 말이다.

“그 철기병이라는 것은 어떻게 생겼죠? 역시 프레임 기어 같이 생겼나요?”

“그러네요. 비슷합니다. 아, 길드원이 스케치한 그림이 있습니다. 으음…… 아, 이겁니다. 이거예요.”

레리샤 씨가 책상 위에 놓아둔 서류에서 종이 한 장을 꺼내 나에게 내밀었다.

"그렇군요……. 확실히 비슷하네요."

그 그림에 그려져 있는 것은 땅딸막한 실루엣으로, 팔이 길고 다리가 짧았다. 목도 짧아서 전체적으로 멋은 없었지만, 튼실하고 안정감은 있었다. 이게 철기병인가.

확실히 프레임 기어의 유사품이야, 이건. 성능은 어떤지 모르겠지만.

"이건 몇 대나 되나요?"

"길드원의 보고에 따르면, 적어도 100기 이상은 된다고 합니다. 그 군내를 이용해 다른 도시의 천제들을 습격한 모양으로, 승부가 되지도 않을 정도였다고 합니다."

평범한 병사가 이런 녀석을 상대할 수 있을 리가 없었다. 그래도 몇 기 정도는 쓰러뜨릴 수 있었겠지만, 100기나 있어서는…….

"그런데 그 천제는 유론을 어떻게 할 생각일까요?"

"다시 나라를 하나로 만들어, 새로운 왕조를 열겠다고 했다더군요. 그 철기병이 있으면 불가능하지는 않아 보이기도 하고요."

확실히 이 철기병의 힘은 강력하다. 유론을 하나로 통일하는 것도 꿈은 아니겠지.

그런데 어떻게 하지? 이 기술은 틀림없이 우리에게서 훔쳐간 것이다. 그것이 전쟁에 이용되고 있다고 하니, 솔직히 기분이 좋지는 않았다. 그렇다고 무력 개입을 하는 것도 꺼려졌다. 굳이 따지자면 이건 내분이니까.

하지만 배후에 고르디아스라는 조직이 있다고 한다면, 이상한 생각을 하고 있어도 이상하지 않다. 무력 개입을 해야 한다면 그 이유 정도야 얼마든지 만들어 낼 수 있지만.

"그런데, 아……. 이쪽 기체도 도둑맞았으니, 그쪽 것을 우리가 받아간다고 해도 상관없겠죠?"

"네?"

레리샤 씨가 깜짝 놀라 그렇게 되물었다.

"그래서 유론에게서 그 '칠기병' 이라는 것을 훔칠까 합니다."

"호오, 호오. 딱 내 취향이야. 물론 손에 넣은 뒤에는 나에게 【애널라이즈】하게 해 줄 거지?"

히죽거리며 박사가 사악한 표정을 지었다. 자신이 만든 기술이 어떻게 이용되고 있는지 흥미가 생긴 모양이었다.

반대로 어이없다는 눈으로 나를 바라보는 사람은 유미나, 루, 힐다처럼 순수한 공주님들이었다. 사쿠라도 공주님에 속하지만, 자란 환경은 귀족 정도에 불과했으니. 에르제나 스우, 린은 그럭저럭 적극적으로 참여할 생각인 듯했지만, 나머지인 린제, 야에, 사쿠라는 어떻게 할까 하고 곤란해 하는 모양이었다.

"일국의 왕인 자가 도둑질을 하는 것은 과연 어떨까요?"

"그럼 영원히 빌리는 거로 하지 뭐. 무허가이긴 하지만."

"같은 의미 아닌가요?"

힐다가 눈썹을 가운데로 모았다. 이 아이는 워낙에 착실하니…….

"일단 정체는 숨길 거야. 이렇게."

"또 그것입니까…….”

꺼낸 은색 도깨비 가면을 보고, 야에가 한숨을 내쉬었다. 별로 평판이 안 좋네, 이건. 정체를 숨길 수도 있고, 마음껏 날뛸 수 있는 편리한 아이템인데.

"훔치러 가는 것은 가는 것인데, 혼자서 가실 생각이십니까?"

"아니, 일단 츠바키 씨랑 코하쿠를 데리고 가려고 생각해. 너무 많이 가면 들키니까."

"나도 데리고 가 주게. 안 되겠는가? 토야?"

"안 돼."

"우우. 몰인정하구먼."

스우의 부탁을 기각했다. 내가 있는 한 위험한 일을 당하게 두지는 않겠지만, 그래도 만에 하나가 있다.

참고로 코사카 씨에게는 비밀로 해 두었다. 틀림없이 뜯어

말릴 테니까.

"그건 그렇고 참 취미 한번 별나다니까. 그런 나라는 그냥 내 버려 둬도 되잖아?"

"그 철기병이 언제 이웃 나라를 침략할지 모르잖아. 펠젠, 하노크, 제노아스, 로드메어……. 만약을 위해 상대의 전력을 알아 두는 편이 좋아."

"그렇다고 토야 씨가 갈 필요는……."

"이건 나라의 문제가 아니라 개인적인 생각이니까, 다른 사람에게 부탁하기는 좀 그래."

쌍둥이 자매인 에르제와 린제에게 그렇게 대답했지만, 솔직히 말하자면 슬쩍슬쩍 성가신 녀석들의 정체를 밝혀내 단숨에 해치울까 하고 생각하는 중이었다.

하나, 신경 쓰이는 점도 있고 말이지.

펠젠 국왕이 이야기해 준 전 고르디아스 말이다.

'지금으로부터 20년 전, 「고르디아스」는 한 가지 금기 마법을 부활시키려고 했다.'

녀석들이 부활시키려고 했던 금기 마법. 그것이야말로 현재의 고르디아스의 목표가 아닐까.

유론의 천제에게 힘을 빌려주고 있는 것도 그 목적을 이루기 위한 일환에 불과하다. 아무래도 그런 생각이 들었다. 물론 현재는 감에 불과하지만.

내 감은 잘 맞는다. ……어라? 혹시 이것도 신화(神化) 현상의 영향인 걸까? 으으음……. 아무튼 좋아. 곤란할 것은 없으니까.

생각해 보면, 녀석들이 하려는 금기 마법은 쉽게는 발동할 수 없을 듯했다. 하지만 반대로 말하면 그만큼 위험한 것일 가능성이 컸다.

만약 정말로 그렇다면 지금 제압해 두는 것이 좋다. 그러기 위해서는 확실한 근거가 필요하다.

조금 거친 일이 될 것 같다.

일찍이 유론의 제도 셴하이가 있던 땅은 잔해의 산으로 변해 있었다. 대륙이 크게 도려져 나가, 눈부셨던 도시의 흔적은 전혀 찾아볼 수 없었다.

상급종의 일격으로 이렇게까지 날아가 버릴 줄이야. 새삼 현장에 서 보니, 얼마나 위력이 강했는지 알 수 있었다.

브륀힐드에서 전이해 온 우리가 주변을 둘러보는데, 발치에 있던 코하쿠가 크르르릉…… 하고 으르렁거리기 시작했다.

코하쿠가 노려본 방향에서 거칠어 보이는 남자들이 어디선가 나타나 가까이 다가왔다. 그 사람들은 모두 손에 나이프나 도끼 등을 들고 있었다.

"이봐, 거기 꼬마. 목숨이 아까우면 있는 돈을 전부 내놓고, 여자는 남겨 두고 떠나라."

상스러운 웃음을 지으면서 남자들 중 한 명이 그렇게 말을 걸었다. 그곳의 여자란, 내 옆에 서 있는 츠바키 씨를 말하는 거겠지.

"이 사람들 뭐지?"

"아마 제도에 파묻힌 보물을 찾아다니는 도적 떼가 아닐까 합니다."

혼잡한 틈을 타서 도둑질하고 다니는 녀석들인가. 전부 머리가 나빠 보인다.

"이 자식아, 내 말 듣고 있는 거냐?!"

"듣고 있어. 귀는 아직 쌩쌩하거든."

조롱당했다고 생각했는지, 우리를 둘러싸고 있던 남자들이 모두 나이프를 고쳐 잡았다. 성가시네.

"【불꽃이여 작렬하라, 홍련(紅蓮)의 폭발, 익스플로전】."

말해 봐야 소용없을 테니, 나는 잔해의 산을 향해 폭발 마법을 날렸다. 화려한 소리를 내면서 그 주변이 빈터로 변해 버렸다. 으응? 마법의 위력이 올라간 것 같은데. 이것도 신화 현상의 영향인가?

이런 일이 있으면 가끔, 자신은 이대로 신들의 동료가 되는 것이 아닌가 하는 생각이 든다. 수명이 다해 죽지 않는다는 것은 좋은 일일까?

"히이이이이이익?!"

"이 자식, 마법사다! 도망쳐라!"

그런 나의 작은 우울을 무시한 채, 새끼 거미들이 흩어지듯이 도적들이 뒤도 돌아보지 않고 도망쳤다.

생각 이상으로 이곳은 무법지대인가 보네. 어서 그 새 천제인가가 있는 곳으로 갈까.

지도를 공중에 표시해 주변 지도를 확대해 보았다.

"으으음, 헤이룽이었던가?"

"네. ……이곳이군요. 현재 있는 곳에서 북서쪽으로 가면 나옵니다."

"좋아, 그럼 가죠."

〈자, 잠깐 기다려 주십시오, 주인님. 혹시 날아갈 생각이십니까?〉

"응? 그런데?"

아무렇지 않게 대답하자, 코하쿠와 츠바키 씨의 얼굴이 절망감으로 가득 찼다. 다들 굉장히 하늘을 나는 게 싫은 모양이었다.

【텔레포트】로 이동해도 되지만, 장거리 이동은 아직 익숙하지 않으니까. 강 위에 도착하기라도 하면 차마 눈 뜨고 볼 수

없는 꼴을 당하잖아. 참, 어쩔 수 없네.

"……알았어. 나 먼저 헤이룽에 가서【게이트】를 열어 주면 되는 거지?"

"그렇게 해 주시길 부탁드립니다."

〈저도 마찬가지입니다.〉

쳇. 이럴 줄 알았으면 고속 비행정인 '궁니르'를 타고 올걸. 하지만 그것보다 내가 날아오는 편이 더 빠르니.

아무튼 좋다. 나는【플라이】를 사용해 단숨에 날아갔다.

전속력으로 날았더니 3분 만에 도착했다. 눈 아래로 커다란 도시가 보였다. 저게 헤이룽인가. 동양의 도시 같은 느낌의 거리가 쭉 늘어서 있었다. 벽에 둘러싸인 성채 도시다.

도시에서 조금 떨어진 숲 안에 내려 나는 센하이로【게이트】를 열었다. 연결된【게이트】를 지나 코하쿠와 츠바키 씨가 이쪽으로 건너왔다.

"그럼 가죠. 앗, 변장해야지."

나는 내 주변에 커튼 대신 불가시(不可視) 마법인【모자이크】를 걸고 옷을 갈아입었다. 참 나. 내가 원래 있던 세계 사람이 본다면 알몸이라고 생각해도 이상하지 않을 마법이다.

"……화려하군요……."

은색 귀무자로 변한 나를 보고 츠바키 씨가 그런 감상을 흘렸다. 그런가? 가면이야 어쨌든, 하카마나 진바오리는 검은색이니 수수하다고 생각하는데.

"색이 문제가 아니라, 그 차림이 유독 눈에 띕니다. 훔치러 가는데 그런 모습이라도 정말 괜찮을까요……? 닌자로서는 틀림없이 낙제점입니다."

으으음. 닌자 검정은 참 엄격하네. 뭐 어때. 지금 당장 몰래 들어가는 것은 아닌데.

일단 츠바키 씨와 코하쿠를 데리고 헤이룽으로 들어갔다. 도시의 입구에서 조금 다툼이 벌어졌지만, 문지기에게 뇌물을 건네주었더니 히죽거리면서 통과시켜 주었다. 이 시점에 나는 이 도시의 경비가 허술하다는 사실을 실감했다. 전혀 경비가 되어 있지 않았다.

헤이룽은 지붕에 기와를 얹고 기둥이 붉은 집이 늘어서 있었고, 높은 탑도 보였다. 노점이 늘어서 있었고, 그곳에는 조롱 같은 것이 매달려 있었다. 지붕 위에는 용 같은 장식도 보였다. 수호신의 일종일까?

멀리서는 커다란 성 같은 건물이 보였다. 주변을 높은 벽이 빙글 둘러싸고 있는 모양으로, 세세한 부분까지는 잘 보이지 않았다.

다양한 것들이 늘어서 있는 잡다한 거리네. 오가는 사람들은 어딘가 침울한 것처럼도 보이는데, 그냥 착각인 걸까?

"다들 이쪽을 보는 것 같은데……."

〈다들 주인님을 보고 있습니다.〉

"그러니까 너무 눈에 띈다고 말씀드리지 않았습니까."

으으음. 기왕에 이렇게 된 거 어쩔 수 없다. 시비를 걸면 그 때 가서 생각해야지.

"그런데 어떻게 하실 생각이시죠?"

"츠바키 씨는 철기병에 관한 정보를 모아 주세요. 코하쿠는 츠바키 씨를 호위해 주고. 어디에 철기병이 있는지, 누가 만 들었는지, 그런 것을 조사하면 됩니다. 너무 깊게 들어가지는 않아도 되니, 밤까지 모을 수 있는 데까지만 모아 주세요. 무 슨 일이 있으면 전화하고요."

"알겠습니다."

〈맡겨 주십시오.〉

츠바키 씨와 코하쿠가 혼잡한 거리의 한가운데로 사라져 갔다.

나는 거리의 사람들을 통해 새 천제의 소문을 들어보기로 했 다.

"이런 정보 수집은 술집이 기본이려나?"

하지만 아직은 해가 중천이다. 어느 가게에서 소문을 들어 볼까? 그러고 보니 아직 점심을 안 먹었네.

"으~음……. 아, 저기가 좋겠어."

길 끝에 가게를 낸 노점에 들러 야외석에 앉았다. 탁자 위에 는 메뉴판이 놓여 있었지만, 처음 들어 보는 요리 이름이라 어 떤 요리인지 알 수 없었다. 뭐야, '고기 라메인'이라니. 고기 가 들어간 거겠지만, 무슨 고기지?

"……주문은 뭐로 하실 겁니까?"

노점 안에 있던 점주가 말을 걸었다. 가면 효과인지 어딘가 수상해하는 것처럼도 보였다.

"아~. 그럼 이 고기 라메인 하나 주세요."

"네네, 고기 라메인 말씀이죠?"

요리를 기다리는 사이에 사람들이 오가는 길을 바라보았는데, 문득 묘한 사실을 깨달았다. 여자들이 적은 것 같은 느낌이 든 것이다.

대신에 용의 머리를 본뜬 특수한 어깻바대를 한 병사를 쉽게 발견할 수 있었다. 저 사람들은 이 거리의 병사들이겠지?

무슨 사건이라도 일어나 경비를 하러 나온 건가?

"자, 고기 라메인 나왔습니다."

"……차슈멘?"

나온 그릇에 들어간 면을 보고 무심코 나는 웃음을 터뜨리고 말았다. 라메인은 라멘을 말하는 거였구나. 아니, 달라. 면이 가늘고 짧다. 굳이 따지자면 소면 같다.

일단 숟가락으로 국물을 한 모금 먹어 보았는데, 유난히 밍밍했다. 면도 싱거웠다. 병원 음식도 아니고. 그런 주제에 차슈는 단단해서 꼭 육포를 씹는 느낌이었다. 아, 국물에 담가 부드럽게 만들어 먹는 건가? 차악차악차악. ……딱딱해!

그냥 이건 육포라고 생각하고 먹자. 씹으면 씹을수록 맛이…… 맛이…… 맛이…… 고무 같아! 비릿해!

그런데 이건 대체 무슨 고기지……?

"사장님, 이 고기는 무슨 고기죠……?"

"트롤의 정강이살인데 말이죠."

"잔돈은 필요 없어요!"

나는 동화(銅貨)를 세게 놓아두며 자리를 떴다.

왜 그런 걸 파는 거야……. 그런 걸…….

무심코 그런 말이 나오며 눈물이 고였다. 다른 의미로.

여기는 마왕국 제노아스와 가까우니 그런 식문화도 뒤섞인 걸까? 사쿠라나 스피카 씨처럼 일정 이상의 지위를 지닌 귀족은 이른바 마수(魔獸)의 고기는 거의 먹지 않는다고 한다. 그냥 별로 맛이 없기 때문이라는 모양이지만.

하지만 우리도 용 고기를 먹기도 한다. 다만, 그건 트롤의 정강이살과는 비교도 안 될 정도로 맛있다. 용이 강하지 않았나면 닥치는 대로 사냥을 하지 않았을까 하고 생각할 정도로.

입가심으로 뭔가 마시고 싶었지만, 가게에 들어갔다가 또 이상한 걸 마시게 되는 건 싫었다. 그래서 근처 가게 앞에 있던 댓돌에 앉아 【스토리지】에서 물통을 꺼내 아주 평범한 물을 마셨다. 맛있어! 그냥 물이 이렇게 맛있다니. 응?

"어디로 갔지?! 멀리 가지는 못 했을 거다! 찾아라!"

어딘가 모르게 어수선하다. 병사들이 온 거리를 뛰어다니는 중이었다. 누군가를 찾는 건가? 무슨 일 있었나?

"이봐, 너! 처음 보는 얼굴이군! 그 가면은 뭐냐?!"

그중 한 사람이 나에게 말을 걸었다. 당연히 걸겠지. 수상하니까.

"저는 여행하는 모험자입니다. 이 가면은 오래전, 얼굴에 화상을 입어서 쓰고 있는 겁니다."

"정말이냐?! 벗어 봐라!"

위압적으로 명령하는 병사에게 조금 발끈하는 심정이 일었지만, 나는 슬쩍 【미라주】를 가면 안의 얼굴에다 걸었다. 엄청난 화상으로 문드러진 환영을 얼굴에 붙이고 가면을 벗었다. 민얼굴도 조금 환영으로 바꾸어 두었다.

"으…… 아, 알았다. 이제 됐다."

무시무시한 얼굴을 보고 병사가 어쩔 줄을 몰라 했다. 조금 화가 가라앉은 나는 다시 가면을 쓰면서 병사에게 물었다.

"대체 무슨 일이죠? 소란스러운데요."

"괘씸하게도 천제 폐하의 목숨을 노린 녀석들을 쫓고 있다. 남자 두 사람과 여자 같은 사람이 포함된 3인조나. 아마도 다른 가짜 천제의 수하겠지."

어라라. 유론의 명물, 암살자 보내기인가?

듣자 하니, 성의 안뜰에서 습격을 당했다고 한다. 거기까지 침입을 당하는 것은 성의 경비가 허술하기 때문이라고 생각하지만. 천제의 경비를 담당하던 자들이 습격을 미연에 막긴 했지만, 범인들은 도망을 간 모양이었다.

"침입한 세 명 중, 봉술사인 남자는 오른쪽 어깨를 베여 상처를 입었다. 수상한 녀석이 있으면 바로 알려라."

병사는 할 말만 하고 빠른 걸음으로 떠나갔다. 여전히 흉흉한 나라다.

관계없다고 한다면 관계없는 일이지만~. 적의 적은 아군이라고도 하니, 무언가 정보를 얻을 수 있을지도 모른다.

"검색 가능할까?"

눈에 띄기 때문에(새삼스럽지만), 공중 투영은 하지 않고 지도를 스마트폰으로 열어 축척을 헤이룽에 맞췄다.

"검색. 오른쪽 어깨를 다친 사람."

〈검색 완료. 한 건입니다.〉

오, 나왔다. 타박상 정도라면 겉으로 봐서는 모르니, 지금 검색된 녀석은 눈으로도 다친 사실을 알 수 있을 만큼 크게 다쳤든가, 어깨를 드러내고 있다는 말이다.

회복 마법으로 상처를 고치지 않았을까도 생각해 봤는데, 아무래도 동료 중에 빛 속성 마법을 사용할 수 있는 사람은 없는 모양이었다. 포션도 없을지도 모른다.

일단 가 볼까? 전의 암살자처럼 자폭하는 것만은 사양이지만.

"이쪽인가."

큰길에서 벗어나 뒷골목으로 들어가자, 사람이 거의 다니지 않는 울창한 대나무 숲이 펼쳐진 길이 나왔다.

판다 같은 동물이 있다면 재미있을 것 같다. 아니지. 이쪽 세계의 판다가 평범할 리 없다. 어차피 팔이 네 개라든가, 쿵후를 사용한다든가 이상한 녀석들일 게 틀림없다.

그런 생각을 하면서 길을 걸었는데, 나는 그 자리에서 멈춰섰다.

있다. 이 앞에 두 사람, 그리고 다른 기척이 한 사람. 한 사람은 이미 나를 눈치채고 어디에선가 이쪽을 바라보는 중이었다. 응? 위인가?

"하아아아아아아앗!"

"앗……!"

대나무 숲에서 날라차기를 날린 습격자의 공격을 나는 종이한 장 차이로 피했다.

그대로 착지해 몸을 돌린 상대가 연속으로 날리는 주먹을 오른쪽 왼쪽으로 피하면서, 바로 날아온 돌려차기를 백스텝으로 피해 거리를 벌렸다.

새카만 후드를 쓰고 로브를 걸치고 있어서 몰랐지만, 목소리를 듣기에 아무래도 여성인 듯했다.

나는 거리를 유지하며 대치했다. 로브를 걸친 여자가 살짝허리를 낮춘 자세로 바탕손을 잇달아 내뻗었다. 어?!

"핫!"

날아온 충격을 팔을 교차해 막았다. 이건…… 발경?!

여유를 주지 않으려는 듯이 틈을 노려 접근한 상대의 주먹이내 팔을 폭풍처럼 덮쳤다.

주먹을 피하려고 웅크렸던 나는 그대로 상대의 다리를 걸었다. 그러자 균형을 잃은 상대는 백팀블링을 하여 뒤로 이동하다니, 다시 자세를 잡았다. 그 기세로 후드가 뒤로 떨어져 여성의 얼굴이 태양 아래에 드러났다.

"아————! 역시나!"

"?!"

놀란 나머지 갑자기 소리를 지르면서 손가락을 뻗은 나를 보고 조금 후퇴하는 용인족(龍人族) 여성.

다름 아닌, 대수해의 '가지치기 의식' 때 에르제와 격렬하게 싸웠던 소니아 팔라렘이었다.

"뭐 하세요? 이런 곳에서!! 아, 혹시 상처를 입은 봉술사는 렌게츠 씨?!"

"……누구냐?"

"어? 아, 그렇구나. 이래선 모르겠어."

가면을 쓰고 있으니까. 나는 뒤의 끈을 풀어 가면을 벗었다.

"보세요, 저예요!"

"누구냐?!"

"어라?!"

움찔하며 소니아 씨가 내 얼굴을 보고 깜짝 놀랐다. 아, 【미라주】를 해제하는 걸 깜박했어!

나는 급히 얼굴에 걸어 두었던 환영을 해제했다. 소니아 씨는 환각을 꿰뚫어 보는 마안을 가지고 있지 않았나? 발동시키지 않으면 모르는 건가? 그거야 유미나나 교황 예하도 그러니까.

"저예요. 모치즈키 토야."

"토야 님?!"

겨우 내가 누군지 안 모양이었다. 그런데 왜 소니아 씨가 유론에 있는 거지?

◇ ◇ ◇

"【빛이여 오너라, 여신의 치유, 메가힐】."

대나무 숲 안에 웅크리고 잇던 렌게츠 씨에게 회복 마법을 걸어 주었다. 오른쪽 어깨에 입은 베인 상처가 점점 아물더니 이윽고 원래대로 돌아갔다.

"……굉장하군요. 완전히 다 나았습니다."

오른쪽 어깨를 빙글빙글 돌리면서 렌게츠 씨가 일어섰다.

"그건 그렇고, 왜 토야 씨가 유론에 계신 거죠? 앗, 브륀힐드 공왕 폐하셨죠? 죄송……."

"아아, 괜찮아요, 괜찮습니다. 몰래 들어온 거라서요. 지금 저는 은색 귀무자. 이셴의 떠돌이예요."

나는 렌게츠 씨가 무릎을 꿇으려고 해서 급히 말렸다. 역시 정체를 밝혀서는 안 되었던 건가? 하지만 그래서는 소니아 씨가 물러서 주지 않았을 테니까.

"그런 건 제가 묻고 싶은 말이에요. 거리에 떠도는 천제를 암살하려는 3인조는 렌게츠 씨 일행인가요?"

"암살이라. 물론 성에 몰래 들어간 것은 사실이고, 죽이려고 하는 것도 맞습니다. 하지만 이건 암살이 아닙니다. 복수입니다."

"큭, 자오파 자식! 성공 직전이었는데, 그렇게 뛰어난 호위가 있을 줄이야……."

소니아 씨가 답답하다는 듯이 그런 말을 내뱉었다.

"자오파?"

"이 도시의 천제입니다. 본명은 치에 자오파. 천제라고 하지만, 정체는 사실 한때 모험자였던 도적입니다."

렌게츠 씨도 답답하다는 말투로 말했다. 천제가 도적? 무슨 말이지?

"그 유론을 습격한 프레이즈의 대침공으로 인해 이쪽에는 천제를 자처하는 녀석들이 매우 많습니다. 죽은 지난 천제가 여러 마을에서 끊임없이 아이를 만든 탓에 어디에 숨겨둔 아이가 있어도 이상하지 않은 상황이니까요. 게다가 정처와 측실의 아이들은 모두 셴하이와 함께 사라져 버렸습니다. 다른 마을에 있다가 무사했던 아들들도 지금은 모두 죽었지요. 이런 상황에서는 누가 천제를 자처해도 그 정통성을 확인할 방법이 없습니다."

물론 그거야 그렇겠지. 대충 이야기를 꾸며 내서 '이건 지난 천제가 아들인 내가 태어났을 때 하사해 주신 물건이다'라고 말하면, 그거로 충분하다.

왜냐하면 그것을 '거짓말'이라고 단언할 자료도 인물도 이미 이 세상에는 없으니까.

이제는 오직 실력이다. 실력만 보여 주면 천제 후보로 떠오르는 것이다.

하지만 당연히 위험도 있다. 다른 천제 후보가 그것을 인정할 리가 없기 때문이다. 자신이 가장 천제에 어울리는 사람이라고 서로 주장했고, 그들은 결국 충돌할 수밖에 없었다.

"자오파도 그중의 한 사람으로, 녀석은 천제의 증거인 고대의 '옥새'를 꺼내 들며 '이것이야말로 우리 집안에 전해져 오는 천제의 증거'라고 선언했습니다."

"자오파라는 사람은 천제의 혈통인가요?"

"그럴 리가 있습니까. 그 '옥새'는 어느 유적에서 발굴된 것입니다. 그것을 발견한 모험자를 죽이고 손에 넣은 겁니다."

가로챈 건가? 그렇다면 '옥새' 자체는 진짜일지도 모르겠어.

"녀석이 죽인 모험자는 우리 두 사람의 은인입니다. 몇 번이나 저희의 목숨을 구해 주었지요. 우리는 자오파에게 복수해야만 합니다."

"보통이라면 자오파 같은 도적은 '옥새'를 가지고 있든 어쨌든 아무도 천제라고 인정을 해 주지 않았을 겁니다. 하지만 어디에선가 녀석은 강력한 힘을 손에 넣었습니다. 그것이——."

"철기병, 이라는 말이군요."

렌게츠 씨가 고개를 끄덕였다.

유론의 천재라는 증거인 '옥새', 강력한 힘, '철기병'. 확실히 천제라고 자처해도 이상하지 않았다.

그런데 그 자오파라는 도둑은 어디서 '철기병'을 손에 넣은 걸까? 역시 뒤에서 '고르디아스'가 조종하고 있는 건가?

"그런데 토야 씨…… 아니, 귀무자 님은 왜 이곳에 계신 것인지요?"

"아……. 그 철기병 말인데요, 아무래도 우리 나라에서 훔친 프레임 기어를 참고로 해서 만든 것 같아요. 그래서 복수를 좀 하려고요."

"그러셨군요……. 어쩐지. 그거라면 그 뛰어난 기술력을 어떻게 가졌는지 이해가 됩니다. 단지, 제가 보기에는 우드골렘을 쓰러뜨린 프레임 기어가 더 강한 것 같습니다."

그건 그렇다. 굳이 따지자면 철기병은 개악형이다. 그렇지만 재현한 기술력은 얕보기 힘들다. 응? 누가 온다.

"소니아 씨, 렌게츠 씨! 괘, 괜찮으신가요?! 그, 그 녀석은 누구죠?!"

"괜찮다, 제스티. 이분은 우리의 지인이거든. 렌게츠의 부상을 치료해 주셨어."

순간 추격자인가 생각했는데, 아니었다. 소니아 씨, 렌게츠 씨와 같은 로브를 걸치고 있는 사람이었다. 아무래도 두 사람이 내 발을 묶어 두고, 이 사람을 도망치게 해 준 모양이었다. 다시 돌아오기는 했지만.

"토야 니……. 귀무자 님, 이 사람은 제스티 패럴랙스입니다. 조금 전에 말씀드린 우리 은인의 아들입니다."

그렇구나. '복수'니까. 제스티라고 불린 남자가 후드를 벗었다. 짧은 갈색 머리카락에 개암나무색 눈동자. 나이는 스물하나, 둘 정도일까. 키는 180센티미터에 가까웠다.

물론 렌게츠 씨도 그 정도는 되었고, 소니아 씨도 나보다 키가 컸다. 용인족은 여성도 키가 큰 사람이 많으니까.

나는 170센티미터 정도밖에 안 된다. 성장기이기도 하니, 175센티미터는 돌파했으면 하지만……. 응? 어라……? 완전히 신화하면 성장이 멈추려나……?

"제스티 패럴랙스입니다. 렌게츠 씨를 도와주셔서 감사합니다!"

"네? 아, 아니요. 신경 쓰지 마세요."

생각하는 중에 말을 걸어서 조금 놀랐다. 유난히 쾌활하고 명랑한 청년이네.

"일단 계속 여기에 있어선 안 될 것 같아……. 【게이트】."

나는 눈앞에 조금 전에 있었던 옛 제도 센하이로 이어지는 【게이트】를 열었다.

"자, 어서 다른 곳으로 이동하죠."

깜짝 놀라는 세 사람을 두고 나는 먼저 【게이트】를 통과했다. 잠시 뒤, 소니아 씨와 제스티 씨, 렌게츠 씨가 순서대로 나처럼 【게이트】를 통과해 빠져나왔다.

"이곳은……?!"

"옛 제도인 셴하이예요."

"셴하이?! 그렇게 멀리까지?!"

"굉장해……. 이게 전이 마법인가……."

주변을 두리번거리며 둘러보던 세 사람이었지만, 갑자기 소니아 씨가 자세를 낮추며 전투 준비를 했다. 뭔데 그러지?

"이봐, 거기 꼬마. 목숨이 아까우면 있는 돈을 전부 내놓고, 여자는 남겨 두고 떠나라."

"……또 너희야?"

잔해 뒤에서 우르르 몰려나온 것은 조금 전에 도망갔던 노상강도들이었다. 이 녀석들 질리지도 않는구나. 조금 전이랑 대사도 똑같아.

가면을 쓰고 있기도 하고, 조금 전과 의상이 다르니 아무래도 내가 나라는 사실을 모르는 모양이었다.

"【패럴라이즈】."

"흐갹?!"

노상강도들에게 스마트폰을 통해 【패럴라이즈】를 발동, 일망타진해 버렸다. 따끔한 맛을 보지 않으면 반성하지 않는 것 같으니까.

"그건 그렇고 조금 전의 그 이야기인데요. 그 자오파라는 녀석이 천제가 된다면 어떻게 될 거라 생각하세요?"

"아마 세상이 더욱 흉흉하게 변할 겁니다. 거리를 보셨나요? 여자들이 거의 없었죠? 자오파의 병사들이 난폭하게 치근덕대서 그렇습니다. 다들 집에 틀어박혀 있는 중입니다. 게다가 수도의 큰 가게에서 계속 금품을 징수해서 상인들이 모두 도망치는 바람에, 음식 재료를 제대로 조달하지 못하고 있습니다. 들여온다고 해도 모두 성이 빼앗아가니, 이래서는 시민들에게 죽으라고 말하는 것과 다를 바가 없습니다.

으음. 혹시 그 맛없는 차슈멘도 그런 사정 때문이었던 건가? ……아닌가?

"그렇게 돈을 많이 모아서 어쩌려는 걸까요?"

"철기병입니다. 더욱 개량하여 양산할 속셈이지요. 우리가 얻은 정보에 의하면, 3일 정도 전에도 대량의 자재가 성으로 옮겨졌다고 합니다."

내 의문에 제스티 씨가 대답해 주었다. 아무래도 생산 공장은 성안에 있는 모양이었다.

그런데 그 대량의 자재는 어디에서 오는 걸까? 자오파와 '고르디아스'가 연결되어 있다고 한다면, 펠젠에서인가?

"자오파를 그냥 내버려 두면 반드시 그 녀석은 철기병을 이용해 다른 나라를 침공할 겁니다. 그 녀석은 유론이 목적이 아닙니다. 유론은 발판에 지나지 않아요. 이웃 나라, 더 나아가서는 유복한 나라를 손에 넣으려고 할 게 틀림없습니다."

소니아 씨의 말대로일지도 모른다.

그렇다면 과연 어디를 노릴까? 로드메어, 제노아스는 아무 래도 힘들 듯했다. 이셴도 위치상 공격이 어렵다.

나라면 어딜 노릴까?

……하노크다. 그곳이라면 서쪽이 큰 강으로 차단되어 있어 동쪽의 유론에게는 적수가 없다. 게다가 하노크에는 레어한 철강 소재를 캘 수 있는 광산이 많다. 새로 철기병을 제조하려 고 한다면 딱 알맞은 곳이다.

철기병의 힘으로 하노크를 제압하고 자신의 지배하에 두면 새 왕국을 수립할 수 있다. 황야와 폐허가 많고 재건에 돈이 드는 유론은 이제 필요 없다고 생각하고 있는지도 모른다. 그 러니까 금품을 갈취하고 제대로 정치를 하지 않는 건가? 어차 피 버려 버릴 토지이니까.

지금은 철기병의 생산과 병력의 충원을 위해 천제라고 자처 하고 있지만, 그것은 어디까지나 수단으로써 이용하는 것에 지나지 않는다, 그건가.

"……확실히 일리 있는 이야기네요."

"그렇죠?! 우리는 관계없긴 하지만, 다른 사람의 불행을 아 무 말 없이 그냥 보고만 있을 수는 없어요. 역시 지금 우리가 어떻게든 해야 합니다……!"

제스티 씨가 분하다는 듯한 표정을 지으며 주먹을 쥐었다.

부모님의 원수도 원수지만, 꽤 정의감이 강한 청년인 듯했다.

"우리는 전에도 자오파를 몰아붙인 적이 있습니다. 아직 천제를 자처하기 전이었지만, 그때는 실패하여 결국 놓치고 말았습니다. 그때 녀석을 쓰러뜨렸다면……."

그랬다면, 그랬으면, 하고 후회를 해 봐야 아무런 소용이 없다. 문제는 지금부터 어떻게 행동하는가이다.

"아무튼 곧 내정을 살피고 있는 제 동료에게서 연락이 올 겁니다. ……그러고 보니 여러분, '고르디아스'라고 아세요?"

"글쎄요. 저는 모르겠는데요……. 렌게츠, 제스티, 두 사람은 알아?"

"아니요. 저도 아쉽지만……."

"저도 모릅니다."

두 사람 모두 고개를 저었다.

그거야 뭐, 비밀 결사니까. 쉽게 정보가 들어올 리가 없다.

"그 '고르디아스'라는 건 뭐죠?"

"철기병 개발에 뒤에서 관여하고 있을지도 모르는 조직이에요. 어쩌면 자오파를 조종하고 있을지도 모르고요."

"황금이라고 하면……. 자오파의 호위를 하던 두 사람은 묘한 황금 펜던트를 하고 있었습니다……."

마침 생각나는 것이 있다는 듯이 소니아 씨가 중얼거렸다.

"어떤 거죠?"

"이런…… 황금으로 된 원 안에 육…… 아니, 칠각형 모양이 도안된 펜던트였습니다."

카륵카륵, 소니아 씨가 지면에 막대기로 그림을 그렸다.

수상해. 일단 황금이라는 점이 수상했다. 게다가 칠각형이라는 점이 더욱 수상했다. 린에게 들은 적이 있는데, 칠각형은 속성 마법의 근원을 나타내고 있다고 한다. 즉, 불, 물, 바람, 흙, 빛, 어둠, 무(無)라는 일곱 속성이다.

'고르디아스'는 마술 결사. 그 상징을 심벌로 했을 가능성은 매우 컸다.

펠젠 국왕에게 물어볼까⋯⋯. 앗, 그러고 보니 펠젠 국왕에게는 스마트폰을 안 건네줬었어.

어쩔 수 없네. 나는 스마트폰을 꺼내 '연락처'에서 집사인 라임 씨를 선택해 전화를 걸었다.

"여보세요. 아, 라임 씨이신가요?"

라임 씨에게 펠젠으로 '게이트 미러'를 통해 편지를 보내 달라고 하자. 내용은 '「고르디아스」의 심벌마크가 있으면 가르쳐 줬으면 한다'다.

잠시 기다려야 해서 나는 【스토리지】를 열어 테이블과 의자를 꺼낸 뒤, 넣어 두었던 간식인 도넛과 홍차를 내놓았다.

처음부터 이걸 먹었으면 굳이 트롤 정강이살을 맛볼 필요가 없었을 텐데. 하지만 한 번은 현지의 맛을 시험해 보고 싶은 법이잖아? 꽝이었지만.

갑자기 등장한 테이블과 도넛을 보고 세 사람 모두 깜짝 놀랐지만, 배가 고팠는지 급하게 도넛을 먹기 시작했다. 특히 소니아 씨가 아주 맛있게 먹었다. 용인족은 연비가 나쁜 걸까? 도넛이라면 아직 더 있으니 상관없지만.

나도 하나를 손에 들고 먹기 시작했다. 맛있다. 역시 우리의 주방장, 클레아 씨의 실력은 천하일품이다.

테이블 위의 도넛이 다 떨어져 갈 때쯤, 라임 씨에게서 사진이 첨부된 메시지가 도착했다. 나이가 있으신데도 꽤 잘 활용하시네.

화면에 비친 일러스트를 찍은 사진을 보았다.

"이거면, 결정이네."

그곳에는 원 안에 칠각형이 그려진 마크가 찍혀 있었다.

틀림없다. 새 천제와 '고르디아스'는 연결되어 있다.

"오호라. 철기병은 성안 지하의 격납고에 수납되어 있군요."

〈네. 성에는 잠입하지 않았지만, 그 수가 1천에 가깝다고 합니다.〉

"그렇게나 많다라……."

츠바키 씨의 전화를 받고 나는 조금 놀랐다. 1천 대에 가깝다니, 상당한 수다. 우리가 가지고 있는 프레임 기어조차도 기껏해야 400대 정도니까.

이건 자재의 양 때문일까, 생산 능력 때문일까? 아니면 다른 원인이 있을까? 어쩌면 '공방' 같은 시설이 있을지도……. 물론 프레임 기어와는 비교도 되지 않을 만큼 간략화한 것일지도 모르지만.

재료를 성으로 가지고 왔다고 한다면 그곳에 생산 공장이 있을 게 틀림없다. 반대로 말하면 그곳을 무너뜨리면 철기병을 더는 쉽게 만들 수 없다는 말이다.

후환을 없애는 의미로, 공장은 전부 부서뜨려 버릴까?

〈그리고 성에는 탄탄한 결계가 펼쳐져 있는 듯합니다. 마법 관련은 모두 지워 버린다고 합니다.〉

"귀찮게……."

그렇다면 철기병을 받아 가려고 해도 전이 마법으로는 어렵다는 거구나. 직접 들어가서 가지고 나올 수밖에 없다는 말이야.

아마 마법이 지워진다는 것은 방해하는 타입의 결계라는 거겠지.

결계도 종류가 다양한데.

마법의 대상이 되는 것을 피하게 하는 회피 결계.

마법의 발동을 저해하는 저해 결계.

어떠한 효과를 부여하는 부여 결계.

침입을 막는 방어 결계.

탈출을 막는 봉인 결계.

내가 알고 있는 것만 해도 이 정도다. 그 외에도 여러 가지가 있다는 모양이지만, 부적이나 호부(護符) 등을 이용한 것은 회피 결계, 프레이즈의 출현을 막고 있는 세계에 펼쳐진 결계 등은 방어 결계에 해당한다고 할 수 있다.

물론 결계에도 강도(强度)의 차이가 있어서, 탄탄하게 만들려면 나름의 마력과 시간이 필요해 손이 많이 간다고 한다.

가장 빠른 방법은 결계를 생성하는 아티팩트나 술식을 발견해 부수는 것이지만, 그 자체에도 결계가 펼쳐져 있을 가능성이 크다. 검색 마법으로는 아마 발견하기 힘들겠지.

가장 간단한 방법은 '도시를 통째로 소멸' 시키는 거지만. 음, 이건 안 된다. 훔쳐야 하는 철기병도 소멸될 테니까.

아무튼 츠바키 씨와 일단 합류하기로 했다.

자, 이제는 소니아 씨 일행인데…….

"성에 잠입할 거라면 같이 데리고 가 줄 수 없을까요? 자오파를 더 이상 내버려 둘 수는 없습니다."

"부디 부탁드립니다!"

소니아 씨뿐만이 아니라, 제스티 씨도 고개를 숙였다. 데리고 가는 거야 별로 상관없긴 한데.

"도시로 돌아가도 괜찮을까요? 혹시 얼굴을 들켰나요?"

"들켰, 을까요? 제스티는 이름까지 밝혔고요."

"아버지의 원수이니, 그건 어쩔 수 없었겠죠."

"으으⋯⋯."

그렇다면 지금쯤 수배서가 나돌고 있을 가능성이 크다. 게다가 일행은 용인족 여성에 스킨헤드 남자다. 너무 눈에 잘 띈다.

"어쩔 수 없네요. 환영 마법으로 모습을 바꾸죠."

성에 잠입하면 해제될지도 모르지만.

저해 결계는 마법의 발동을 방해하는 결계다. 그곳에 들어가면 마법의 지속 효과도 방해당한다.

그래도 마을 안에서만 몰라보면 되니 문제없나?

세 사람 모두를 【미라주】로 평범한 마을 사람인 남녀로 바꾸고, 나는 원래 있었던 대나무 숲으로 【게이트】를 열어 돌아갔다.

츠바키 씨와 합류하는 지점으로 가는 도중에도 많은 병사가 도시 안을 어슬렁거렸다. 【미라주】 덕에 세 사람은 들키지 않았지만, 가면 탓에 내가 몇 번이나 불심검문을 받았다. 대체 왜?!

그리고 밤이 깊어 주변은 완벽하게 어두워졌다.

나는 행동을 하기 위해 인기척이 없는 길을 선택하여 성 근처를 향해 갔다. 새삼 보니 참 높은 성벽이다.

"자, 어떻게 안으로 몰래 들어가면 될까."

성벽 근처로 이동해 시험 삼아 【라이트】를 사용해 봤지만, 잠깐 빛을 발했을 뿐 금방 사라져 버렸다. 아무래도 이미 결계 범위 안으로 들어온 모양이었다.

"마법을 못 쓸 것 같네요."

"정면의 성문은 경비가 삼엄하니, 어쩌면 좋을지······."

생각이 잠긴 렌게츠 씨와 소니아 씨, 그리고 제스티 씨의 【미라주】도 이미 풀렸다.

마법은 사용할 수 없다. 【인비저블】로 투명해진 뒤에 몰래 들어가려고 생각했는데······.

"으~음. 성가시네. 그냥 정면으로 돌파할까?"

""""네?""""

상대도 마법을 사용할 수 없지만, 이쪽은 총도 있다. 화살은 무섭지만 못 피할 것은 없다. 나 혼자라면 어떻게든 할 수 있다.

"자, 잠깐 기다려 주세요. 너무 호들갑스럽게 날뛰면 자오파가 도망갈지도 모릅니다. 그래선 곤란합니다."

제스티 씨가 다급하게 말렸다. 아, 그렇구나. 깜빡했다. 마법을 사용할 수 없어도 이 정도 성이라면 나 혼자서 제압할 수 있을 것 같긴 하지만, 상대가 도망을 가서는 별 의미가 없다.

으~음. 그렇다면…….

갑자기 코하쿠가 움찔하고 귀를 움직이며 어둠을 응시했다.

〈주인님. 누군가가 이쪽을 향해 오고 있습니다. 아마 순찰자인 것으로 보입니다.〉

"이런. 다들 근처 수풀에 숨어요!"

내 목소리를 듣고 모두 재빨리 수풀 안으로 뛰어들었다.

어둠 속에서 집중해서 보니, 조금 전에 우리가 있던 장소를 병사 두 명이 지나갔다. 아무래도 이쪽을 눈치채지는 못한 듯했다.

병사 두 사람의 기척이 멀어져 안전권이 된 뒤에 우리는 수풀 안에서 밖으로 나와 다시 성벽을 넘을 방법을 생각했다.

이렇게 높아서는 역시 뛰어넘을 수는 없을 것 같았다. 10미터는 되니까. 5~6미터 정도였으면 마법 없이도 뛰어넘을 수 있게 되긴 되었지만.

〈주인님. 저라면 쉽게 뛰어넘을 수 있습니다.〉

"등에 나를 태우고도 괜찮겠어?"

〈문제없습니다.〉

그럼 그렇게 할까. 어물거릴 수는 없으니까.

코하쿠가 원래 크기로 돌아가자, 츠바키 씨 이외의 세 사람이 또 깜짝 놀란 표정을 지으며 몸이 굳었지만 나는 별 신경 쓰지 않고 내버려 두었다.

【스토리지】에서 로프를 꺼내려고 했지만, 잠깐 열렸을 뿐,

금세 닫혀 버렸다. 결계의 영향인가?

성벽에서 어느 정도 떨어지면 열렸기 때문에, 안에서 긴 로프를 꺼냈다.

으음. 안에 들어가면 마법을 사용할 수 없게 될지도 모르니, 지금 써둘 수 있는 손은 다 써 둘까?

혹시 모를 때를 대비해 보험을 마련해 두고, 나는 모두가 있는 곳으로 돌아가 가지고 온 로프의 끝을 츠바키 씨에게 맡긴 뒤, 코하쿠의 등에 올라탔다.

스윽 하고 자세를 낮춘 코하쿠가 단숨에 뛰어올랐다. 그리고 10미터가 넘게 뛰어올라, 성벽 안으로 소리도 없이 착지했다. 역시 신수(神獸).

다행히 주변에는 아무도 없었나. 낮은 나무가 심겨 있는 정원 같은 곳이었다. 곧장 근처의 기둥에 로프를 묶고 그것을 당겨 츠바키 씨에게 신호를 보냈다.

나는 주변을 신경 쓰며, 언제든 브륀힐드를 빼낼 수 있게 해 두었다.

그러고 보니…… 조금 의문이 생겨서 시험해 보기로 했다.

"블레이드 모드."

브륀힐드의 도신이 아주 조금 늘어났다. 아하. 전혀 발동되지 않는 건 아니구나.

"블레이드 모드."

"블레이드 모드."

"블레이드 모드."

"블레이드 모드."

몇 번인가 반복하자 도신이 결국엔 끝까지 늘어났다. 순간적인 마법이라면 사용하지 못하는 것은 아닌가? 【슬립】이라면 1초 미만이라도 충분히 쓸 수 있고, 【부스트】나 【액셀】도 순간적으로 사용하는 것이라면 문제없을 듯했다. 【어포트】도 아마 가능하리라 생각한다. 그렇다면 건모드 때의 리로드도 순간적이라면 사용할 수 있겠지.

【파이어볼】은 아주 가까운 거리가 아니라면 소멸해 버리겠지만, 어차피 그렇게 가까운 거리에서 사용하면 말려들어서 이쪽까지 날아가 버리고 만다.

【멀티플】이 금방 사라져서 스마트폰으로 타깃을 록온하지 못하는 것은 조금 아쉬웠다. 【패럴라이즈】 같은 것도 접촉하면 사용은 할 수 있으려나?

앗! 【텔레포트】로 순간 이동하면 벽을 넘을 필요가 없지 않았을까?! 순간이라면 저해될 염려도 없을 것 같아서 시험해 봤지만, 생각한 위치로 이동되지 않았다. 역시 저해되는 모양이었다. 위험해서 사용 못 하겠네.

그런 시도를 하고 있을 때, 성벽 위에서 소니아 씨가 나타났다. 소니아 씨와 렌게츠 씨는 몸이 가벼워서 익숙한 듯했지만, 제스티 씨는 성벽에 올라오느라 조금 고생을 한 모양이었다.

모두가 다 올라온 뒤, 로프를 끌어당겨 이번엔 성벽의 바깥쪽에 걸고 반대쪽인 성안으로 내렸다. 그리고 그것을 사용해 스르르륵 모두가 내려왔다.

모두가 성안으로 내려온 다음 츠바키 씨가 한쪽 끝을 당겨 로프를 회수했다. 일단 낮은 나무의 수풀에 숨겨 두었지만, 철기병을 훔치면 그걸 타고 탈출할 테니 필요 없을지도…………라니, 잠깐만.

철기병을 훔친다고 해도, 과연 조종할 수 있을까? 대충 프레임 기어와 비슷한 느낌이라 움직일 수 있을 거라 생각했지만, 과연 어떨까?

"일단은 이 방해되는 결계부터 부숴야겠어."

〈주인님. 또 순찰병이 오고 있습니다.〉

벌써 작은 호랑이 상태로 돌아간 코하쿠가 주의를 주었다.

아무래도 이곳은 성의 뒤뜰에 해당하는 곳인 듯했다. 나무 그늘에서 엿보니 램프를 들고 순찰 루트를 도는 듯한 병사 두 명이 보였다.

"좋아. 저 녀석들한테 성에 관한 정보를 물어보죠."

"어떻게 하실 생각이시죠? 제가 할까요?"

"아니요, 제가 할게요. 한 사람은 행동 불능인 상태로 만들고, 나머지 한 사람에게 물어볼 생각이에요."

렌게츠 씨의 제안을 거절하고 내가 앞으로 나섰다. 그리고 램프의 불빛이 접근한 타이밍을 노려 순간적으로 【액셀】을 발동하며 단숨에 튀어나갔다. 【액셀】은 금방 소멸되었지만, 병사 두 사람의 등 뒤로 돌아가는 것에는 큰 문제가 없었다.

그대로 한 사람의 등에 손을 대고 【패럴라이즈】를 발동해 마비시켰다. 그리고 남은 또 한 사람의 목에 브륀힐드의 칼날을 갖다 댔다.

"조용히 해라."

"힉……!"

쓰러진 동료가 살해당한 거라고 생각했는지, 칼날을 들이대자 병사는 금방 얌전해졌다.

나무 그늘에서 소니아 씨 일행이 모습을 드러내더니 쓰러진 병사가 들고 있던 램프의 불을 껐다.

"이 성에 펼쳐진 결계는 어떻게 하면 꺼지지?"

"모, 몰라. 결계는 가드 님이 펼친 거라 난 몰라."

"가드? 그 녀석이 누군데?"

"처, 천제 폐하의 측근이다. 솔 님과 둘이서 항상 같이 행동하시는 분이다."

자세한 인물상을 물어보니, 소니아 씨 일행이 싸울 때 렌게츠 씨를 벤 사람이 솔이라는 검사였고, 그 파트너인 마법사가 가드라는 모양이었다.

아무래도 그 가드라는 마법사가 이 결계를 설치한 듯했다. 틀림없이 이 가드와 솔이라는 두 사람이 '고르디아스'의 멤버다.

결계를 펼칠 때 무언가 마도구를 사용한 듯했지만, 병사들도 거기까지는 모르는 모양이었다.

더 이상 아무것도 모르는 것 같아서, 나는 나머지 한 사람도 【패럴라이즈】로 움직이지 못하게 만들었다.

마비된 두 사람을 렌게츠 씨가 끌어당겨 덤불 안에 숨겼다.

일단 그 가드라는 마법사를 붙잡아서 결계를 해제하게 하자. 천제의 측근이라고 하니, 제스티 씨의 원수도 갚을 수 있다. 철기병은 일단 뒤로 미루자.

먼저 천제가 있는 곳으로 가기로 했다. 조금 전처럼 병사들에게 물으면 아마 도착할 수 있을 테니까.

"그럼 갈까요?"

우리는 성안으로 침입하기 시작했다.

"참 나, 왜 이렇게 된 거지?"

덤벼드는 병사들을 쏘아 쓰러뜨리면서 나는 한숨과 함께 그렇게 중얼거렸다.

으음, 뭐라고 할까요. 결국 발견되어서 열심히 전투하는 중입니다.

이런 일에 익숙한 츠바키 씨라도 나를 포함해 네 명이나 방해꾼을 데리고 있으니 어쩔 수가 없었다.

성안의 통로부터 잇달아 검을 들고 병사들이 덤벼들었다. 유일한 장점은 마법으로 멀리서 공격하는 적이 없다는 것이었지만, 그래도 화살은 날아왔다. 그 대부분을 내 총탄과 코하쿠의 포효 충격파로 중간에 떨어뜨렸고, 그 사이에 렌게츠 씨와 소니아 씨가 상대를 제압했다.

그리고 전진, 전진. 또 전진. 할아버지가 자주 부르던 노래처럼 되어 버렸다. 꽃과 함께 질 생각은 없지만.

"천제가 있는 궁정은 이쪽 맞나요?"

"네. 하지만 이렇게 발견됐으니, 어서 천제의 신병을 제압하지 않으면……."

"도망갈 가능성이 있겠군요."

츠바키 씨의 말대로 너무 시간을 끌면 도망갈지도 모른다. 그래서는 제스티 씨 일행의 목적을 달성할 수 없다. 어쩔 수 없네. 강행 돌파를 할 수밖에!

"코하쿠! 정면의 병사들을 단숨에 날려 버려!"

〈알겠습니다!〉

크게 변한 코하쿠가 크게 포효하면서 충격파를 날렸다. 통로를 막은 적병이 단숨에 휩쓸려 정신을 잃었다.

"좋아, 지금이다. 궁정까지 달려요!"

우리는 쓰러진 병사들의 옆을 달려 복도에서 붉은 양탄자로 이어진 복도를 단숨에 달려갔다. 통로 옆에는 비싸 보이는 항아리가 늘어서 있었지만, 색이 화려해서 너무 취향이 나쁘다는 생각밖에 안 들었다.

붉은 기둥이 늘어선 통로를 빠져나가 정면에 용이 돋을새김으로 새겨진 멋들어진 문을 힘껏 발로 찼다.

천장이 높고 널찍한 공간에 호들갑스러울 만큼 화려한 옥좌가 있었는데, 그곳에 남자 한 명이 걸터앉아 있었다.

서른이 지난 정도의 나이로 수염을 기르고 있는 아저씨였다. 움직이기 힘들 것 같은 노란색의 헐렁한 옷을 입고, 허리에는 황금 칼집에 꽂힌 만도(灣刀)를 차고, 머리에는 진나라의 시황제가 썼던 것처럼 앞뒤에 긴 줄이 잘락잘락 달린 모자를 쓴 모습이었다.

그리고 그 양쪽에는 호위처럼 남자 두 사람이 서 있었다.

한 사람은 검붉고 중후해 보이는 갑옷과 투구로 몸을 둘렀는데, 이쪽도 서른 정도 되어 보이는 남자였다. 왼손에는 커다란 방패, 오른손에는 별난 형태의 검을 든 모습으로, 검은 마치 커다란 손도끼 같았다.

또 한 사람은 검은 로브로 몸을 두르고, 물음표처럼 굽은 금속제 지팡이를 들고 있었다. 마법사인가? 전사보다 약간 젊으니, 서른 전후 정도? 금발벽안의 호리호리한 훈남이었다. 하지만 그 눈초리에는 어딘가 탁한 빛이 가득 차 있었다.

호위 두 사람은 모두 목에 커다란 펜던트를 걸고 있었다. 둥근 칠각형이었다. 고르디아스의 심벌이다. 병사가 말한 솔과 가드가 아마 이 두 사람이다.

보아하니, 갑옷을 입은 손도끼 남자가 솔이고 로브를 두른 훈남이 가드인 듯했다.

"질리지도 않고 또 찾아오다니. 그렇게 '옥새'를 가지고 싶은가?"

옥좌에 앉은 남자, 가짜 천제 자오파가 용 모양이 올라가 있는 황금 정육면체를 손에 들고 해죽거리며 웃었다.

저게 옥새인가? 꽤 크네. 사과 정도는 되는 크기잖아.

"닥쳐라! 그런 것은 필요 없다! 내가 원하는 것은 네놈의 목이다! 아버지의 원수, 각오해라!"

제스티 씨가 허리에서 검을 뺐고, 렌게츠 씨와 소니아 씨도 전투 자세를 잡았다.

긴박한 분위기가 흐르는 가운데, 총성이 한 번 넓은 공간에 울려 퍼졌다.

"아니……!"

손에 든 옥새가 총에 맞아 산산이 조각나는 모습을 경악한 표정으로 바라보는 가짜 천제.

물론 쏜 사람은 나였다. 천제를 쏴도 상관없었지만, 그건 내가 해야 할 일이 아니었다.

"네, 네 이놈! 이게 무슨 짓이냐?! 7000년이나 이어져 온 유론 천제의 증거인 옥새를!!"

"내가 알 바 아니지. 그리고 그건 거짓말이야. 7000년 전에는 이 나라가 없었거든."

솔직히 이제는 정당한 천제가 없으니, 그런 것은 굳이 필요 없잖아? 무엇보다 진심으로 그런 건 어찌 되든 상관없다.

이제 이 나라 자체가 성가시니, 한 번 내가 (은색의 귀무자로서) 전부 침략하여, 제노아스, 펠젠, 하노크 등에 분할 양도해 버릴까?

이를 가는 천제 앞에 서서 솔이라고 하는 전사가 나를 향해 검을 겨눴다.

나는 가차 없이 총을 마구 쏘았다. 솔은 총알을 커다란 방패로 튕겨 내더니, 이쪽을 향해 돌진해 왔다.

"으랴아아아아아!"

오른손의 커다란 손도끼를 힘껏 내리쳤다. 나는 그 공격을 가볍게 피한 뒤, 솔의 머리를 향해 몇 차례 방아쇠를 당겼다. 캉캉! 하고 투구에 맞은 총알이 튕겨 나왔다. 단단하네. 이 총알은 안 통하는 건가?

"코하쿠!"

〈네!〉

코하쿠가 발한 충격파가 솔을 날려 버렸다. 데굴데굴 구른 솔을 향해 이번엔 리로드한 '익스플로전(폭발탄)'을 발사했다. 목표물에 맞을 때 발동하는 이 총알은 저해 결계의 방해를 받아 위력은 상당히 낮아졌지만, 그래도 어느 정도의 대미지를 주기에는 충분했다.

"큭!"

비틀거리는 솔에게 한 발 더 총알을 쏘려고 총을 겨누었다.

"【빛이여 오너라, 반짝이는 연탄(連彈), 라이트 애로우】."

갑자기 마법 주문을 외우는 소리를 듣고, 나는 곧장 옆으로 뛰어 피했다.

조금 전까지 내가 있던 자리에 빛의 화살 몇 개가 박혔다. 위험해!

돌아보니 옥좌 앞에서 지팡이를 들고 있는 가드라는 마법사의 모습이 보였다. 이봐 이봐. 그건 치사하지 않아?

"……결계 탓에 마법이 저해받는 거 아니었어?"

"내가 만든 결계다만? 그 정도 대비도 안 해 두고 어쩐단 말이냐?"

그게 뭐야? 자신은 영향을 받지 않도록 해 두었다는 건가? 비겁하지만, 적지이니 당연하다면 당연한 일인가.

"역시 '고르디아스'의 마법사님이라는 건가?"

"?! 네 이놈…… 정체가 뭐냐?"

가드와 솔의 얼굴에 경계의 빛이 깃들었다.

"……펠젠의 개인가?"

"글쎄. 그런 것보다 이 결계를 어떻게 좀 해 주면 안 될까? 풀어 주면 아주 재미있는 마법을 보여 줄게."

"아쉽지만, 이 결계는 설치형이다. 한마디로 아티팩트를 파괴하거나, 내 마력을 없애 버리지 않는 한 사라지지 않지."

히죽거리며 웃는 가드. 역시 그렇구나.

"그렇다면 그 아티팩트만 부서뜨리면 된다는 거지? 이렇게 거대한 결계니, 숨기긴 어려울 거야. 아마 금방 찾을 수 있을 걸?"

"그 전에 자신의 목숨을 걱정하는 편이 좋을 게다. 【어둠이여 오너라, 나는 원한다 해골의 전사, 스켈레톤 워리어】."

가드가 주문을 외우자 바닥에 마법진이 나타났고, 그곳에서 너덜너덜한 검과 방패를 지닌 스켈레톤 워리어가 잔뜩 나타났다.

쳇, 성가시게. 스켈레톤 워리어는 소환수 중에서도 언데드에 속한다. 전투력은 그다시 높시 않다. 하지만 쓰러뜨려도 시간이 지나면 재생하는 능력을 지니고 있어서 완전히 쓰러뜨리려면 빛 속성의 마법을 쓰든가, 그에 속하는 무기로 공격할 수밖에 없었다.

이게 가장 성가신 이유는 마법을 봉쇄당한 지금, 이 녀석들을 쓰러뜨릴 방법이 없기 때문이었다. 아니, 없는 것은 아니지만, 바로 코앞에서 빛 마법을 발동하기는 조금 힘들었다.

"꽤 우릴 즐겁게 만들어 주는걸?"

"'고르디아스'라는 이름을 알고 있는 이상, 너는 여기서 죽어 줘야겠다."

습격해 오는 스켈레톤 워리어를 브륀힐드로 쓰러뜨렸다. 카르르륵 하고 무너졌지만, 1분도 지나지 않아 재생되겠지.

옆을 보니 츠바키 씨와 소니아 씨, 렌게츠 씨는 아주 쉽게, 제스티 씨는 간신히 스켈레톤 워리어를 쓰러뜨렸지만, 이대로는 서서히 이쪽이 불리해진다. 그에 더해 이 해골들과 함께 공격해 오는 솔이라는 존재가 또 성가셨다.

이대로는 정말 짜증 난다. 가능할지 어떨지는 모르지만 한 번 시도해 볼까?

손바닥에서 나온 신력을 브륀힐드에 두르고 탄창의 총알까지 닿게 했다. 그리고 그것을 스켈레톤 워리어의 머리를 향해 쏘자, 파아앙! 하고 순식간에 해골의 온몸이 가루가 되었다.

"아니?!"

놀라는 가드는 내버려 둔 채, 나는 잇달아 해골들을 가루로 만들어 갔다. 신력은 마력보다 상위의 힘이다. 내가 모든 속성을 사용할 수 있는 것도 이 힘의 은혜를 입었기 때문이라 생각한다.

즉, 신력을 변환한 신기(神氣)에는 모든 속성이 깃들어 있는 것이 아닐까, 하고 나는 생각했다. 그리고 신력은 결계의 영향을 받지 않는다. 마력이 아닌 데다, 신의 힘을 방해할 수 있는 것은 신의 힘뿐이기 때문이다.

깔끔하게 스켈레톤 워리어들을 해치운 나는 그대로 단숨에 옥좌로 달려가 천제의 목에 브륀힐드의 칼날을 갖다 댔다.

"힉!"

"무기를 버려. 안 그러면 이 녀석의 목이 날아갈 거야."

솔과 가드, 두 사람에게 말했다. 어차피 이 가짜 천제는 제스티 씨에게 넘길 생각이니, 목숨은 없다. 하지만 저 두 사람에게는 '고르디아스'에 대해 여러 가지를 물어봐야 한다.

가드는 크게 뒤로 물러선 뒤, 솔에게 가까이 다가가더니 나를 향해 지팡이를 뻗었다.

"【불꽃이여 오너라, 연옥의 화구(火球), 파이어볼】."

내뻗은 금속제 지팡이에서 커다란 불덩어리가 발사되었다. 어어어? 잠깐만.

"히이이이이익?!"

"쳇!"

날아온 불덩어리를 신기를 두른 브륀힐드로 반으로 잘라 버렸다.

두 동강이 난 불덩어리는 좌우로 나뉘어 뒤쪽에서 폭염을 일으키며 폭발했다.

"너…… 지금 이 녀석과 함께 나를 날려 버리려고 한 거지?"

"슬슬 물러날 때라 말이지. 더 이상 그 남자에게는 볼일이 없거든. 예정이 조금 빨라졌을 뿐이다."

"너희, 배신할 셈이냐?!"

가짜 천제가 가드와 솔에게 소리쳤다.

"배신은 무슨. 너와 우리는 동료도 뭐도 아니잖아? 우리는 철기병을 빌려주었고 너는 노동력을 제공한 것뿐이다. 네 덕에 철기병의 시험 운동이 가능했던 것은 감사하나, 그것도 여기까지. 우리 '고르디아스'는 다음 단계로 들어갈 생각이다."

"다음 단계?"

"철기병을 이용해 펠젠을 공격하는 거지."

이건 조금 놀랐다. 철기병으로 공격한다면 하노크일 거라고 생각했기 때문이다.

아무리 철기병이라고는 해도 펠젠의 마법 부대에 걸리면 무사하기 힘들다. 서로의 피해도 커질 텐데, 그것도 개의치 않겠다는 말인가?

"옛 '고르디아스' 수령의 원수를 갚기 위한 건가? 무의미한 복수를 하다니."

"이건 아버지의 원수를 갚기 위한 것이 아니다. '고르디아스'가 숭고한 세계를 구축하기 위한 첫걸음이다. 마법에 의한, 마법사만의, 마법으로 통일된 신세계. 마법 제국(마기아 임페리엄)을 말이다."

"아버지……? 그럼 네가 전 수령의 아들인가?"

"그렇다. 내가 가랜드 골디의 아들, 가르제르드 골디다."

가드, 아니, 가르제르드가 지팡이를 바닥을 찧으며 이름을 밝혔다. 이 녀석이 '고르디아스'의 보스인가.

"아버지가 성공하지 못했던 금기 마법【성역(생추어리)】을 발동시켜, 마법을 사용하지 못하는 우민들을 이 세계에서 도태되게 할 것이다. 정화된 세계가 태어나는 것이다!"

금기 마법 【생추어리】? 그것이, 이 녀석의 아버지가 20년 전에 발동시키려고 했던 마법인가? 이야기를 듣고 추측해 보면 마법을 사용할 수 없는 인간을 일소해 버리는 마법인 것 같은데…….

하지만 그것이 펠젠을 공격하는 것과 무슨 관련이 있는 거지? 그 마법을 발동하는 데 펠젠에 있는 아티팩트가 필요한 건가?

"모르는 것이 많지만 아무튼 좋아. 네가 '고르디아스'의 보스라면 도망치게 할 수는 없지."

"과연 그게 가능할까?"

가르제르드가 대담하게 웃었다. 다음 순간, 녀석의 등 뒤에 있던 벽이 부서지더니, 커다란 기계 장치의 손이 안으로 쭈욱 들어왔다.

가르르륵 하고 무너지는 벽 안에서 원뿔형의 랜스(돌격창)를 든 땅딸막한 실루엣의 목 없는 기체가 나타났다. 저게 철기병이구나!

철기병은 카창! 하고 오른손에 든 랜스를 겨누고 우리가 있는 옥좌를 향해 돌진했다.

"큭!"

"우히익!"

나와 가짜 천제는 흩어지며 그 공격을 피했다. 호화롭게 만들어진 옥좌는 그 흔적을 찾아보기 힘들게 무참히 부서져 잔해로 변해 버렸다. 파워는 그럭저럭 괜찮은 편인걸? 구식 중기사(슈발리에)가 10이라고 하면 이건 8 정도인가?

"히이이이이익!"

가짜 천제가 뒤도 돌아보지 않고 큰 공간의 구석으로 도망쳤다. 원래 도적이어서 그런지 도망가는 것 하나는 빠른걸? 하지만 여기서 놓칠 수는 없었다.

"쳇……. 제스티 씨 일행은 저 녀석을 쫓아가 주세요!"

"아, 알겠습니다!"

제스티 씨를 선두로, 렌게츠 씨, 소니아 씨 일행이 가짜 천제를 뒤쫓아 큰 공간 안쪽으로 사라졌다.

이 장소에는 나와 코하쿠, 그리고 츠바키 씨가 남았다.

〈이 몸의 철기병에 맨몸으로 대적할 생각인가? 목숨 아까운 줄 모르는 녀석이군.〉

철기병에서 싸구려 스피커를 통과한 듯한 귀에 거슬리는 음성이 들려왔다. 아마 안의 조종자가 낸 목소리이겠지.

노이즈가 있고 소리가 갈라지기는 했지만 이 목소리, 어딘가에서……. 아.

"……오호라. 이런 곳으로 도망쳤었구나. 응? 보만 박사?"

〈아니……! 너, 넌 대체?! 어떻게 나를 아는 거냐?!〉

하항. 역시나. 이 안에 타고 있는 사람은 옛 로드메어의 마공학사, 에드거 보만이었다.

무장 골렘을 폭주시켜 로드메어의 수도를 파괴한 죄로 직무와 박사 칭호를 박탈당한 뒤, 죄인이 되어 광산으로 보내진 녀석이다. 귀무자인 모습이라 나인 줄은 모르는 모양이구나.

광산에 보내지는 도중에 누군가의 도움으로 도망을 쳤다고 들었는데, '고르디아스'가 손을 뻗쳤었던 건가.

"그래. 너희 '고르디아스'가 이 녀석에게 만들라고 한 거구나? 이 바보 같은 물건을."

〈바보 같다고?! 내가 만든 철기병을 바보 같다고 말했겠다?! 유론을 제패할 정도의 힘을 지닌 이 최고 걸작을?!〉

"다른 사람에게서 훔친 것을 이용해 만든 주제에, 뭘 잘났다고 그런 소릴 해? 브륀힐드의 프레임 기어와 비교하면 하늘과 땅 차이잖아?"

〈감히 그딴 소릴 했겠다?!〉

철기병이 높이 들어 올린 랜스로 나를 찌르려고 했다. 움직임이 원패턴이네.

살짝 창을 피하고, 계속해서 창으로 찔러 오는 철기병을 피하면서 관찰했다.

아무래도 조종 계통이 프레임 기어와는 다른 것 같았다. 프레임 기어는 뇌파나 사고를 읽어 들여 어느 정도 추적함으로써 조종자의 움직임을 서포트해 줄 수 있다. 그래서 그 조종자의 움직임을 모방하여 움직일 수 있는 것이다.

하지만 철기병은 움직임의 패턴이 어느 정도 고정된 것처럼 느껴졌다. 예를 들자면, 커맨드 입력으로 기술을 사용하는 격투 게임처럼.

설마 A버튼을 누르면 펀치, B버튼을 누르면 킥처럼 단순하지는 않겠지만, 극단적으로 말하면 그것과 비슷한 것처럼 느껴졌다. 조종은 간단할지 모르지만, 인간이 탑승하는 기체인데 임기응변으로 대처할 수 없다는 것은 역시 문제가 있지 않을까?

아니면 결계의 영향을 받고 있는 건가? 프레임 기어에는 마법의 영향을 받기 힘들게 하는 각인 마술이 부여되어 있지만, 아무리 그래도 베껴 만든 것치고는 움직임이 너무 나빴다.

"역시 바보 같은 물건이야."

〈또 그딴 소릴!〉

앞으로 뻗어 나온 팔 아래로 파고들어 신기를 두른 브륀힐드로 팔꿈치를 베어 버렸다.

랜스를 들고 있던 오른팔은 팔꿈치 아래쪽이 절단당해 날아가 버렸다.

〈아니?!〉

그대로 넓적다리 아래를 빠져나가면서 똑같이 양쪽 무릎도 잘라 단번에 절단했다. 철기병이 무릎부터 앞으로 기울더니, 커다란 소리를 내며 큰 방의 바닥에 쓰러졌다.

〈이럴 수가……! 마마마, 말도 안 돼!! 내 철기병이 당할 리가 없다!〉

"처, 철기병을 맨몸으로……?!"

나는 놀라서 멍하니 서 있는 솔을 【액셀】을 사용해 강습했다. 결계 탓에 금방 효과는 사라졌지만, 기습을 하는 것뿐이라 순간적인 가속만으로도 충분했다.

"큭?!"

솔은 방패를 들었지만 그런 것은 관계없었다. 내가 휘두른 검은 방패와 함께 팔까지 절단해 버렸다.

"크아아아아아아아?!"

"시끄러워, 입 좀 다물어. 【패럴라이즈】."

"크헉……!!"

솔의 몸에 손을 대고 마비 마법인 【패럴라이즈】를 발동했다. 순식간에 상대가 몸의 자유를 빼앗겨 그 자리에 쓰러졌다.

일단 하려하게 피가 뿜어져 나오고 있는 팔의 상처는 회복 마법으로 아물게 해 주었다. 나중에 물어보고 싶은 것이 산더미처럼 많으니까.

"자, 이제 더는 손쓸 방법이 없는 건가?"

나는 가르제르드를 돌아보았다. 하지만 훈남은 엷게 웃음을 지었다.

"후후후. 강해. 강하구나, 귀무자여. 조금이나마 마법을 사용할 수 있다면 자격은 있다. 어떤가? '고르디아스'에 들어올 생각은 없나? 내가 마법 제국(마기아 임페리얼)의 황제가 되었을 때 대장군의 지위를 주겠다."

"대장군? 쩨쩨하긴. 전에 세계의 절반을 줄 테니 같은 편이 되라고 말한 거물도 있거든? 물론 거절했지만."

물론 그 용왕 본인은 용에게 물어뜯겼지만.

"그런가. 그것참 아쉽군. 그럼 역시 너는 죽어 줘야겠다."

"이런 상황에서 용케도 그런 말을 다 하네. 당신이 자랑하던 파트너도 철기병도, 이제 도움이 안 되는데."

"누가 철기병이 그것뿐이라고 말했지?"

가르제르드의 목소리에 대답하듯이 쿠구구구구……! 하고 낮은 땅울림이 발밑에서 들려왔다.

철기병이 부순 벽을 통해 보이는 정원과 성의 이곳저곳에 마법진이 떠오르더니, 그 안에서 잇달아 새로운 철기병이 올라왔다.

조금 전에 쓰러뜨린 것과 같은 타입이었다. 손에 든 무기는 검과 도끼 등으로 달랐지만. 활 같은 것을 들고 있는 녀석도 있었다.

"쳇. 그러고 보니 지하에 1000기나 되는 철기병이 모여 있었다고 했던가?"

"호오? 그런 것까지 조사했나? 하나, 이제 90퍼센트 이상의 철기병은 이곳에 없다. 이미 펠젠의 국경 부근으로 수송해 개량의 개량을 거듭한 덕에 더욱 강해졌다. 당장에라도 펠젠을 공격할 수 있는 상황이지."

용의주도한 녀석이다. 아니, 이쪽의 타이밍이 나빴다고 해야 하나? 90퍼센트 이상이라고 하면 대략 이곳에 50기가 정

도가 있다 치고, 나머지 950기가 펠젠 침공에……. 꽤 위험한
건가?

그 전에 이 장소에 있는 50기를 어떻게든 해야 하는데.

하지만 나는 전혀 당황하지 않았다. 왜냐하면――.

"……이봐, 가르제르드 대장. ――안 들려?"

"……뭐가 말이냐?"

내가 웃음을 짓자 수상하다고 생각했는지, 가르제르드가 움
직임을 멈추고 귀를 기울였다.

멀리서 금속이 부딪치는 소리가 들렸다. 땅울림과 떠들썩한
소리가 점점 이쪽으로 가까이 다가왔다. 쿠우웅! 하고 무언가
가 쓰러지는 소리를 듣고 가만히 있을 수 없었던 가르제르드
가 정원으로 뛰쳐나갔다.

"아니?!"

그곳에 보이는 것은 성의 바로 옆에 잘려서 쓰러져 있는 철
기병의 모습. 잔해 옆에 서 있는 것은 거대한 연보라색으로 빛
나는 갑옷 무사와 골든오렌지색의 기사.

야에의 '슈베르트라이테' 와 힐다의 '지그루네' 였다.

"이럴 수가……! 어째서 브륀힐드의 프레임 기어가……!"

가르제르드가 당황하는 가운데, 미끄러지듯이 야에의 슈베
르트라이테가 움직였다. 슈베르트라이테는 순식간에 주변의
철기병으로 다가가더니, 들어 올린 칼을 연속으로 휘두르며
눈 깜짝할 사이에 사지를 모두 잘라 버렸다.

힐다의 지그루네도 철기병의 랜스를 방패로 막고 화려한 참격(斬擊)으로 상대를 쓰러뜨렸다.

철기병이 나올 가능성이 있을 듯해서, 성에 몰래 들어오기 전에 프레임 기어만 지날 수 있는 전송진을 결계 밖에 설치해 두었다. 그다음엔 텔레파시로 루리와 코교쿠에게 연락을 해서, '격납고'에 열린 전송진으로 야에와 힐다를 불렀다. 결계에서도 텔레파시는 저해되지 않기 때문이었다.

잇달아 야에와 힐다에게 습격을 받는 철기병. 숫자는 20배나 많다. 수로 밀어붙이면 쓰러뜨릴 수 있다. 그런 생각을 하는 거겠지.

하지만 아무리 수가 많다고는 해도 가짜에게 질 정도로 우리 두 사람은 어설프지 않았다. 신형 프레임 기어는 겉치레가 아니었다.

잇달아 철기병의 잔해가 쌓여 갔다.

"큭……!"

"네가 뭘 하고 싶었는지는 모르겠지만, 그만 포기해. 뭐하면 펠젠 왕에게 끌고 가 줄까?"

"후, 후후후. 역시 펠젠의 개였던 건가? 하나, 펠젠 왕국에 미래는 없다. 우리 '고르디아스'의 힘에 굴복하는 날을 즐겁게 기다려라!"

가르제르드는 그렇게 말하며 지팡이를 하늘 높이 들어 올렸다.

그 순간, 눈부신 섬광이 지팡이에서 발산되어 나는 무심코 팔로 눈을 가리고 말았다.

빛이 가라앉아 눈을 뜨자 가르제르드의 모습을 찾아볼 수 없었다.

푸드득! 하는 소리가 들려 그쪽으로 시선을 돌려 보니, 박쥐 한 마리가 동쪽을 향해 날아가는 모습이 보였다. 설마…… 저 박쥐가 가르제르드인가?!

신체 변화 마법을 사용했나? 어쩌면 저 녀석의 무속성 마법일지도 모른다.

어느 쪽이든 간에 저 박쥐를 놓쳐서는 안 될 것 같은 예감이 들었다. 나는 쫓아가기 위해 【플라이】를 발동했지만, 2미터 정도 날았을 때 떨어지고 말았다. 젠장. 아직 결계의 영향이 있는 건가?!

"코하쿠!"

〈넷!〉

나는 달려온 코하쿠의 등에 올라탔다. 그대로 달려 크게 도약, 성벽을 뛰어넘었다. 곧장 결계 밖으로 나가 곧장 【플라이】로 날아올랐지만, 박쥐의 모습은 찾아볼 수 없었다.

"검색. 근처에 박쥐는 있어?"

〈──검색 종료. 반경 5킬로미터 이내에 박쥐는 존재하지 않습니다.〉

젠장. 박쥐가 그렇게 빨리 날 수 있을 리가 없었다. 아마 다른 생물로 변신한 거겠지. 아니면 특기인 결계를 이용해 검색 마법을 저해한 건가?

그대로 도망치다니. ……아니, 아직 방법은 있다.

지상에 있는 코하쿠에게 내려간 뒤, 마법을 걸기 위해 스마트폰으로 수도를 포함한 반경 5킬로미터 내에 있는 모든 나무를 【멀티플】을 이용해 타깃으로 지정했다. 조금 시간은 걸렸지만.

그리고 지정한 나무들에 걸 마법, 그것은.

"【어브소브】."

일제히 범위 내의 나무들이 스스로 주변에 있는 마력을 흡수해, 주변의 마법을 지워 버렸다. 이게 내 나름의 저해 결계다. 물론 내 마력은 흡수되지 않는다.

"검색. 가르제르드."

"──검색 종료. 동남쪽, 3킬로미터 앞입니다."

마력을 흡수당해 변신 마법이 풀렸구나. 잠시 효과는 지속되니, 그 사이에는 마법을 사용할 수 없다. 흡수 마법을 건 나무 주변에서 떨어지면 결계의 적용을 받지 않으니 서둘러야 한다.

코하쿠에 올라타 도시 안을 달리면서 【텔레포트】로 가르제르드가 있는 곳으로 날아갔다.

순식간에 이동해 보니, 그곳은 도시 외곽의 숲 안이었다. 그곳에는 열심히 지팡이를 휘두르며 고양이로 변신했다가 곧장 사람으로 돌아오기를 반복하는 가르제르드가 보였다. 그 얼굴이 코하쿠에 올라타 달려오는 나를 발견했다.

"이, 이것은 네가……?!"

"또 만났네. 그럼 약속대로 재미있는 마법을 보여 줄게. 【슬립】."

"컥?!"

【어브소브】를 해제하고 【슬립】을 발동했다. 호들갑스럽게 넘어진 가르제르드가 지팡이를 놓고 뒤통수를 땅에 박으며 그 자리에 쓰러졌다.

곧장 나는 그 쓰러진 지면에 브륀힐드로 악마의 총알을 박아 넣었다. 그래, '무한하게 넘어지는 총알'을.

슬립의 효과가 끊어지자마자 또다시 슬립이 발동. 그것에 담긴 내 마력이 사라질 때까지 계속. 참고로 말하자면 그곳에 담긴 내 마력은 내버려 둬도 3일 정도 계속 넘어지게 할 수 있는 양이었다. 아, 무한하지 않잖아. '3일 동안 넘어지는 총알'이라고 불러야겠어.

"크악?! 으억?! 흐야악?!"

저렇게 계속 넘어져서는 마력을 집중할 수 없다. 1밀리미터라도 움직이면 그 방향으로 넘어지니 말이야. 그리고 이 상황에서 멈추기란 거의 불가능하다. 한 번 넘어진 시점에 모든 것이 끝난 것이다.

계속 넘어지는 가르제르드를 무시하고 나는 휘파람을 불면서 【스토리지】에서 어떤 물건을 꺼냈다.

투욱, 하고 놓인 것은 모든 면이 유리(정확하게는 유리가 아니지만)로 둘러싸인 3미터 정도 되는 정육면체였다. 중심에는 심한 악취를 내뿜은 슬러지 슬라임의 사체. 그래, 공포의 '슬러지 슬라임 박스'다. 게다가 이전보다도 개량되었다.

마법을 사용하면 성가시니까 【어브소브】를 【인챈트】해 두자. 마법을 사용하면 흡수하도록 말이지. 물론 마법을 사용할 경황이 있을 거라고는 생각하기 힘들지만.

"한 분 안내하겠습니다~."

계속 넘어지는 가르제르드를 【게이트】를 이용해 박스 안쪽으로 전이시켰다.

"냄새애애애애애애애애애애애애애애?!"

파앙! 하고 벽에 부딪히며 코를 막는 가르제르드. 그 얼굴은 창백함을 뛰어넘어 새하얗게 변해 있었다. 덧붙이자면 내부의 목소리는 스피커를 통해 밖에도 들리도록 개조했다.

"냄새?! 심해, 냄새가아아아아아! 우웨에에에에에엑!!"

"네네, 아직 끝이 아닙니다~. 다음은 이거니까요~."

밖에 달린 버튼을 누르자, 안의 스피커에서 '칠판을 포크로 긁는 소리'와 '도자기 식기의 바닥을 서로 문지르는 소리' 등이 흘렀다.

"우히이이이이이이이이익?!"

"우왓?!"

안 되지, 안 돼. 음성을 차단하는 것을 깜빡했다. 스위치를 누르자 가르제르드의 목소리도 스피커에서 들리지 않았지만, 뭔가 외치고 있는 것만큼은 틀림없었다.

"—————! —————!!"

소리를 차단하려고 귀를 막으면 코로 악취를 흡입하고, 그 코를 막으면 이번엔 귀가. 그런 식의 움직임을 반복했다.

얼굴은 눈물과 콧물과 침으로 엉망진창이다. 더러워.

〈주인님……. 아무리 그래도 이건…….〉

"아니, 꽤 화가 났거든. 이 녀석의 결계는 정말 짜증 나기도 했고. 이 정도는 보복해도 괜찮지 않을까?"

〈너무 심하지 않을지요…….〉

그런가? 어딘가 모르게 뒷걸음질을 치는 듯한 코하쿠에게 나는 그렇게 대답했다.

이건 후각과 청각에 대미지를 주는 거라 할 수 있는데, 뭔가 부족하다. 시각에도 대미지를 줄까?

【미라주】로 발밑에 애벌레나 지네나 바퀴벌레 같은 환영을 가득 채워 두었다.

"—————! —————!!"

오오, 드디어 벽을 두드리기 시작했어. 하지만 미안. 일단 그 벽은 정재로 만들어졌거든. 같은 정재 무기가 아니면 부서지지 않으니 헛고생일 뿐입니다~.

비지땀을 줄줄 흘리고, 무릎을 덜덜 떠는 가르제르드의 모습은 막 태어난 새끼 사슴도 아니고 뭐 하는 거냐고 한마디 해 주고 싶을 정도였다.

　이윽고 뚜욱 하고 실이 끊어진 인형처럼, 가르제르드는 그 자리에서 쓰러졌다. 입에 거품을 물고, 흰자위를 드러낸 채, 경련을 일으키는 것처럼 온몸을 떨었다.

　그 모습을 보고 마침 뭔가가 생각났다.

　"【리프레시】를 걸고 체력을 회복시키면, 한 번 더 똑같은 모습을 볼 수 있으려나?"

　〈주인님. 더 이상은 도저히 사람이 할 짓이 아닌 듯합니다.〉

　코하쿠가 말렸다. 체엣.

　일단 슬러지 슬라임 박스 안에서 기절한 가르제르드를 코하쿠에게 맡기고 유론 성 쪽으로 돌아가 보았다.

　사람은 【스토리지】에 넣을 수 없고, 박스에서 꺼내면 냄새가 심하고. 게다가 근처에 동료가 있을지도 모르니, 그냥 내버려 둘 수는 없었다.

　성으로 날아가 돌아가 보니, 전투는 거의 끝난 상태였다. 주변에 온통 철기병의 잔해가 흩어져 있었다.

　우와……. 가능하면 멀쩡한 녀석을 가지고 돌아가고 싶었는데…… 이래선 어렵겠는걸? 물론 박사라면 아무런 어려움 없이 고치겠지만.

성에서 잇달아 병사와 메이드들이 도망쳤다. 그렇게나 소동이 벌어졌으니 당연한 일인가?

옥좌가 있던 방으로 돌아가니, 츠바키 씨가 솔과 보만을 묶는 참이었다. 솔은 가르제르드와 함께 펠젠에, 보만은 로드메어에 넘겨주자.

"폐하. 가르제르드는 어떻게 되었죠?"

"잡았어요. 코하쿠가 지키는 중이에요."

자, 그럼. 제스티 씨는 어디 있지? 검색 마법은 결계 탓에 사용할 수 없었기 때문에, 가짜 천제가 도망간 방향을 찾아보기로 했다.

그러자 긴 연결 복도 한가운데에 피투성이가 되어 죽어 있는 가짜 천제 자오파를 제스티 씨 일행이 내려다보고 있는 모습을 발견했다. 아무래도 목적을 이룬 모양이었다.

제스티 씨는 온몸에 베인 상처를 입은 채, 손에는 피로 물든 검을 들고 있었다. 소니아 씨와 렌게츠 씨는 손을 대지 않은 듯했다. 두 사람이 전투에 참여했으면 이런 상처를 입을 리가 없으니까.

"끝난 모양이네요."

"네……. 감사합니다. 덕분에 아버지의 원수를 갚을 수 있었습니다. 이제 아버지도 편히 잠드시겠지요."

울었던 건가? 어딘가 모르게 눈이 빨갰다. 무참하게 살해당한 아버지의 억울함을 겨우 풀 수 있었으니, 당연한 일인가.

"일단 여기서 철수하죠. 가실 곳이 없다면 나중에 브륀힐드로 보내 드리겠습니다."

"잘 부탁드립니다."

그렇게 대답한 사람은 렌게츠 씨로, 제스티 씨는 아직도 어딘가 마음이 허전한 듯했다. 세 사람을 데리고 츠바키 씨가 있는 곳으로 돌아가 보니, 야에와 힐다가 프레임 기어에서 내려와 있었다.

"으음? 이쪽 분들은 분명히 '가지치기 의식' 때……."

"어머? 정말이네요. 에르제 씨와 루시아 씨의 대전 상대였던……."

"아아, 그때의……."

"여러분들이 그 프레임 기어를 움직인 건가요?"

네 사람 모두 서로 대전했던 팀의 일원이긴 했지만, 직접 대전했던 상대가 아니라 그렇게까지 잘 알고 있다고는 할 수 없었다. 기껏해야 얼굴을 아는 정도였다.

나는 소니아 씨 일행에게 야에와 힐다를 정식으로 소개했다. 양쪽 모두 내 약혼자라는 말을 듣고 깜짝 놀라기는 했지만. 게다가 에르제와 루를 포함해 일곱 명이나 약혼자가 더 있다는 말을 듣고는 더욱 놀랐다.

그거야 어쨌든, 밖에 굴러다니는 철기병을 어떻게 할까 고민했다. 【게이트】로 전이해 버리면 한 방에 끝나지만…….

결계의 핵심을 어디에 설치해 둔 거지? 이런 때에는 보통 범위 내의 구석이든가 중심인데……. 구석에는 특별히 아무것도 없으니, 중심이면 저기인가? 옥좌라면 이미 부서져 있고……. 아.

고개를 들었을 때, 그것이 눈에 들어왔다. 궁정의 지붕 위, 용마루의 각각 양쪽 끝에 달려 빛나는 용머리 물고기 장식이 있는 곳에 황금 용이 설치되어 있었다. 저걸 정문(正吻)이라고 한다 했었던가?

나는 브륀힐드를 빼내 연사하여 양쪽 모두 부쉈다. 저게 결계를 만들어 내는 아티팩트라고 하더라도, 가르제르드밖에 사용할 수 없는 물건은 필요 없으니까.

파괴한 뒤 시험 삼아 【플라이】를 발동해 보니, 확실히 날 수 있었다. 역시 저게 결계를 만드는 아티팩트였던 건가. 더 빨리 눈치챘으면 좋았을 텐데.

나는 곧장 【게이트】를 열어 철기병의 잔해를 '격납고'로 보냈다.

이걸로 이 도시도 천제가 없어져 살기 좋은 곳이 됐으면 하는데. 아니, 또 새로운 천제가 나올지도 모른다. 어딘가 모르게 제자리걸음을 하는 느낌이다.

실질적으로 다른 천제라는 사람들을 자오파가 제거해 버렸으니, 이미 이 나라는 나라로서 기능하지 못하고 있는 것이 현실이었다.

이제 도시끼리 동맹을 맺고 그중에서 지도자를 뽑으면 좋을 것 같지만, 유론인이니까 이상한 지도자가 나오는 게 아닐까 하는 생각도 들었다.

안 되지, 그런 생각을 하면 안 된다. 유론 사람들도 훌륭한 사람이 많을 거야. 아직 만난 적은 없지만…….

이번에는 철기병 탓에 엮이게 되었지만, 원래 이 나라의 문제는 이 나라의 사람들이 해결해야 한다.

하노크 근처에 있는 유론의 도시가 하노크 쪽에 흡수되길 원한다는 이야기도 있었던 듯하니, 영토도 조금씩 이웃 나라에 합병되어 갈지도 모른다.

프레이즈에게 습격을 당한 뒤 같은 나라끼리 싸우기 시작했으니. 그러고 있을 때가 아닐 텐데 말이야. 그렇게 된 상태에서는 이미 손쓸 도리가 없었던 게 아닐까 한다.

성의 지하에는 철기병의 제조 공장이 있었다. 하지만 이미 가동되지 않았는데, 철거된 상태였던 듯, 아무것도 남아 있지 않았다. 또 이용되면 성가시니 꼼꼼하게 파괴를 한 뒤, 우리는 궁전에서 철수했다.

그다음 날, 로드메어에 가서 보만을 넘겨주었다. 당연하지만 이번에는 광산에 보내지 않고 사형을 집행한다고 한다. 이 로드메어의 죄인이 탈주한 탓에 많은 유론 사람들이 희생되었다. 그 속죄를 해야만 했기 때문에, 전주 총독이 엄격한 처분을 내렸다.

문제는 펠젠에 넘겨준 두 사람 쪽이었다. 솔은 그나마 나았지만, 가르제르드는 굉장히 꺼려했다. 냄새가 심해서. 도저히 참을 수 없을 만큼.

게다가 정보를 캐물으려고 해도 솔은 별로 아는 게 없었고, 가르제르드는 정신이 완전히 나간 상태라 말을 제대로 듣고 있는지조차 의문인 상태였다.

퀭한 눈으로 침을 흘리며 가끔 "에헤헤, 에헤헤헤……," 하고 이색한 웃음을 흘렸다. 너무 심했던 건가.

"공왕……. 대체 무흔 지슬 항거지?"

"……화가 소꾸쳐서요. 반성하는 주이에요."

펠젠의 지하 감옥에서 처참해진 '고르디아스'의 보스를 바라보며, 코를 막고 펠젠 국왕이 눈을 가늘게 뜨며 나를 노려보았다.

이 감옥은 마법을 사용할 수 없게 결계가 쳐져 있어 그런 점에선 문제가 없지만, 냄새는 지울 수 없었다.

우리는 도저히 참을 수 없어서 지하 감옥에서 탈출했다. 밖의 안뜰로 나가 맛있는 공기로 폐를 가득 채웠다.

"그래도 아직 냄새가 나네……."

자신의 옷에 코를 대고 킁킁 냄새를 맡으니, 흐릿하게 슬러지 슬라임 냄새가 났다. 악취를 없애는 마법이 분명히 있었던 것 같은데. 다음에 '도서관' 에서 조사해 두자.

펠젠 국왕이 어디선가 향수를 꺼내 칙칙 뿌리기 시작해서, 나도 빌려 냄새를 향수로 덮었다. 완전히 스트러스민트 향기로 뒤덮였으니, 이 정도면 되겠지.

그런데 웬일로 이런 거를 다 가지고 있는 거지? 어울리지 않는다고 생각했는데, 약혼자인 엘리시아 씨의 마음에 들고 싶다는 일념으로 이런 것을 가지고 있는 것인지도 모른다.

"그런데 공왕. 그, 우리 '마공상회' 의 길드 마스터, 기억하고 있는가?"

"'마공상회' 요? 아, 그 선글라스를 쓴 수상한……."

분명히 이제스라고 했었지? 펠젠의 마법사, 상인, 직인을 책임지고 관리하는 거대 길드의 마스터였다.

"그 녀석의 아래에 세 명의 서브 마스터가 있는데, 오늘 아침에 그중 한 명이 사라졌네. 그런데 그 녀석의 집에서 발견된 것이 이것이야."

품에서 펠젠 국왕이 꺼낸 것은 황금으로 만들어진 둥근 칠각형 펜던트였다. '고르디아스' 의 멤버라는 증거다.

"가르제르드가 붙잡힌 것을 알고 서둘러 도망친 걸까요?"

"아마도, 그렇겠지. 게다가 이 녀석은 내 암살을 노렸던 듯해."

집안을 수색해 본 결과, 그런 종류의 증거가 계속해서 나온 모양이었다. 가르제르드가 밖에서, 그 서브 마스터가 안에서 펠젠을 노렸던 것은 틀림없는 듯하다.

"공왕이 만든 이 '브레이브킹'의 도움을 받지 않아 다행이 군."

"이름을 지은 건가요……."

허리에 찬 검의 손잡이 끝을 툭툭 기쁜 듯이 두드리는 펠젠의 마법왕. '브레이브킹'이라니……. 네이밍 센스는 별로 없 는 것 같네, 이 사람. '패션킹 자낙'의 자낙 씨와 좋은 승부가 될 것 같아.

"그런데 녀석들이 하려던 금기 마법에 대한 건데요……."

"【생추어리】말이군. 알기 쉽게 말하면 '지배' 마법인 듯 해."

"'지배'?"

"궁정 마술사인 루드에게 들었는데, 이른바 정신 조작 계열 이라고 하는 계통의 마법이라더군. 두려운 것은 상당히 넓은 범위에 적용되도록 발동시키는 것도 가능하고, 그 영역에 있 는 자들은 자신이 지배받고 있다는 것조차 의문스럽게 여기 지 않는다고 들었네."

세뇌라는 건가? 무의식에 자신이 원하는 것을 주입하는 서 브리미널 효과 같은 것 말이다.

"그 '성역'에서는 아무리 이상한 일이라도 당연한 것이 되지. 아마 그것을 사용해 가르제르드는 마법사 지상주의의 나라를 만들려고 했던 것이 아닐까 하네만."

아쉽게도 발동 조건 등은 모르는 모양이었지만. 물어보려고 해도 솔은 마법을 조금 쓸 수 있는 정도의 전사라, 이 일에 대해서는 거의 지식이 없었다. 가르제르드는 저 꼴이고 말이야.

"어쩔 수 없네요. 알고 있을 것 같은 사람에게 물어볼 수밖에."

"뭐라?"

금기 마법은 고대 왕국이 만든 고대 마법이다. 그렇다면 그 시대에 살았던 사람에게 물어보는 것이 가장 빠르다.

나는 품에서 스마트폰을 꺼내 어떤 인물에게 전화를 걸었다. 벨 소리가 세 번 울리고 상대가 전화를 받았다.

"여보세요? 박사야?"

〈네네. 그런데 좀 그러네. '박사' 라는 호칭은 너무 서먹서먹해. 내연녀니까 내연녀답게 '레지나' 라고 불러 줄 수 없을까?〉

바빌론 박사가 가벼운 말투로 그렇게 대답했다. 뭐가 내연녀야. 난 인정한 적 없어.

"그건 그렇고 박사, 조금 박사에게 물어보고 싶은 게 있어. 괜찮을까, 박사?"

〈우음. 계속 그렇게 부를 생각인가 보지? ······아무튼 좋아. 무슨 질문인데?〉

"【생추어리】이라는 마법 알아?"

〈【생추어리】? 으으음……. 그래, 범위가 넓은 정신 지배 마법인데, 그게 왜?〉

"발동 조건이나 의식 같은 걸 아나 싶어서."

〈음~. 마력이 강한 제물이 필요해. 지배하는 자와 같은 종족이. 범위가 커지면 커질수록 많은 제물이 필요하지. 물론 그것을 대신하는 막대한 마력이 있으면 문제없지만.〉

제물이라. 피 냄새가 나네. 물론 그런 마법이기에 금기 마법이 될 가능성이 크겠지.

〈하지만 그건 지정 범위 밖으로 나가면 효과가 사라지고, 마법이 강한 사람에게는 효과가 잘 통하지 않아서 별로 사용되지 않았어.〉

"어? 그래?!"

〈응, 확실히 그랬을 거야. 기본적으로는 종신형을 받은 죄인이 있는 형무소 정도에서나 사용했을걸? 그것도 극히 일부 나라에서만. 파르테노에서는 사용하지 않았어.〉

그게 뭐야. 그런 곳이었다면 반란을 일으키지 못하게 사용했을지도 모르지만, 제물을 사용해서까지 그래야 하나? 제물도 사형수가 된 사람이라든가? 아무리 그래도 그러면 안 되잖아.

"그럼 나라 전체에 【생추어리】를 발동시키는 것은……."

〈별로 의미가 없지. 게다가 나라 전체에 영향을 미치려면 얼마나 많은 제물이 필요할지. 그거야말로 전쟁이라도 하지 않는 한 무리가 아닐까? 성역을 유지하는 데에도 제물은 필요하

다는 듯하니, 그렇게 쓸데없는 짓을 하다간 인류가 사라질 거야.〉

그렇구나. 펠젠과 전쟁을 일으켜 전사자를 제물로 이용해 【생추어리】을 발동시키겠다, 그런 심산이었어. 펠젠의 마법병이라면 마력이 높은 엘리트뿐이니, 제물에는 딱 안성맞춤이다.

하지만 정작 중요한 것은 몰랐던 모양이었다. 범위 밖으로 나가기만 해도 효과가 사라진다면, 세뇌해도 나라가 제대로 성립될 거라고는 생각하기 어렵다. 게다가 그것을 유지하려면 제물이 더 필요하다니. 끝없이 전쟁을 계속할 생각인가?

어차피 어딘가에서 발견한 고문서를 보고 그 마법을 발동하는 법을 배운 거겠지만, 그 이외의 중요한 부분이 빠져 있었거나, 해독하지 못했거나, 아마 그런 정도이겠지.

"흐음. 알았어. 고마워."

〈앗. 인사는 다른 것으로 대신해 줬으면 하는데. 얼마 전의 '애니메이션'의 다음 편을 보여 줬으면 해.〉

"으음……. 그거야 상관없지. 밤을 새우면서 며칠 동안 보기는 없기다?"

〈알았어, 알았다고. 약속했다?〉

프라가라흐를 참고한 애니메이션을 보여 줬는데, 역시 그걸 보여 준 것은 실수였을지도 모른다. 이제 첫 번째 작품만 본 참이라, 그 시리즈를 따라가려면 아직 한참 남았으니……. 여러모로 참고가 된다는 모양이다. 얼마 안 있어 다리가 없는 프레임 기어를 만드는 건 아니겠지? 그건 우주용이지, 지상용이 아냐.

아무튼 박사에게 들은 내용을 펠젠 국왕에게 이야기했다. 처음에는 그 내용을 듣고 깜짝 놀랐지만, 이야기를 들으면서 나름 납득이 되는지 고개를 끄덕였다.

"그렇군. 그 성역 밖으로 나가면 효과가 사라진다는 부분이 전승되지 않아, 무시무시한 금단의 마법이라고 알려지게 된 건가."

"아니요. 꼭 틀렸다고만은 할 수 없을 것 같아요. '성역 밖으로 나가는 것은 몹시 나쁜 것이다.'라고 인식시켜 놓으면 어떻게든 통제할 수 있을 테니까요. 무서운 마법이라는 사실에는 변함없어요."

자신이 이상적이라고 생각하는 장소를 한정적이라고는 하지만, 만들어 버리는 것이다. 그렇게 생각해 보니, 조금 전의 형무소에서 사용했다는 것도 꽤 일리가 있는 이야기였다. 사형수를 제물로 사용해 발동된 마법으로 수형자들을 묶어 놓는 것이다. 인도적으로 어떤지는 둘째치고, 금기 마법으로 지정된 것이 당연하다는 생각이 들었다.

"흠, 그렇다면 '고르디아스'가 해 왔던 일들은……."

"완전히 엉뚱한 짓이었다는 거네요."

이렇게 되고 보니 불쌍할 지경이다. 있지도 않은 것에 매달리는 백일몽의 신자, 인가.

"하지만 문제는 그것을 믿는 자들이 아직 있다는 것이야. 솔에게 들은 이야기에 따르면 '고르디아스'의 멤버는 상당한 숫자에 이른다고 하더군. 게다가 아직 철기병이라는 것도 남아 있지 않은가? 보스를 붙잡아 그 존재가 확실히 밝혀진 지금, 【생추어리】만이 녀석들의 희망일 터. 그런 녀석들이 할…… 아니, 취할 수밖에 없는 행동이라면……."

"폐하! 유론과의 국경 근처에서 철기병으로 보이는 것과 무수히 많은 우드골렘이 나타나, 왕도를 향해 진군하고 있습니다! 그 수가 3000에 이른다는 보고입니다!"

우리 아래쪽으로 병사 한 병이 숨을 헐떡이며 달려와 그렇게 보고했다.

당연히 그렇게 나오겠지.

하시만 우드 골렘까지 동원했단 말이야? 보만 녀석, 쓸데없는 짓을.

"뭐라? 3000이라고……?!"

그 숫자를 듣고 눈을 번쩍 뜨는 펠젠 국왕에게 내가 말을 걸었다.

"……도와, 드릴까요?"

"괜찮겠나?"

"애당초 우리 기체가 도둑맞은 것도 원인 중 하나이니까요. 게다가 이제 그만 성가시기도 하고요."

안 그래도 프레이즈 하나만으로도 상대하기 벅차니, 더 이상 귀찮은 일을 늘리고 싶지는 않았다.

————이 기회에 녀석들을 섬멸하겠어.

"오~오~오~. 숫자 하나는 참 많네."

아직 꽤 멀리 떨어져 있었지만, 이쪽을 향해 철기병과 무장 골렘이 진군해 왔다.

그 수는 대략 3000. 그중 950은 철기병이었고, 나머지가 무장 골렘이었다.

950명이나 되는 마법사가 타고 있는가 하면, 꼭 그렇지는 않은 모양이었다. 3분의 2는 골렘의 핵을 이용한 자동 조작이라는 모양이고, 나머지 조종사들도 마법사가 아닌 사람이 꽤 된다고 한다.

'고르디아스'는 조금이라도 마법을 사용할 수 있으면 동지로 인정한다고 하니까. 솔도 그랬고 말이야. 그 대신, 마법을 전혀 사용하지 못하는 자는 뒤떨어지는 종, 구(舊)인류라고 본다는 모양이지만.

솔은 마법 제국(마기아 임페리엄)이 완성된 후에는 마법검

장군이라는 지위를 부여받기로 약속되어 있었다고 하지만, 그것도 이제는 물거품이 되어 사라져 버렸다.

철기병은 움직임이 단순해서 조작도 어렵지 않다. 초보자라도 며칠간 연습하면 충분히 탈 수 있었다. 물론 조종할 수 있다는 것과 싸울 수 있다는 것이 같은 의미는 아니지만.

철기병 950, 무장 골렘 2050. 반면에 이쪽은 펠젠 측에 전개해 둔 브륀힐드의 프레임 기어가 겨우 60여 대. 대략 50분의 1에 불과했다.

숫자로 따지면 압도적으로 불리하지만, 나는 전혀 걱정하지 않았다. 보만이 조종하는 철기병과 싸워 본 느낌으로 보면, 프레임 기어와의 차이가 너무나도 극명했기 때문이다. 그래도 혼자 50대를 쓰러뜨리는 것은 힘들 테니 서포트는 해 주겠지만.

"브륀힐드 공왕, 정말로 괜찮은가? 겨우 이 정도의 병력으로……."

"괜찮아요, 걱정 마세요. 전혀 문제없어요. 펠젠이 자랑하는 마법병단에 수고를 끼치는 일은 없을 겁니다."

나는 옆에 서 있는 펠젠 국왕을 안심시키듯이 그렇게 말한 뒤, 후방에 늘어서 있는 병사들을 돌아보았다.

일단 2000명 정도의 마법병단이 프레임 기어의 뒤에 대기하고 있었다. 괜찮다고 말했는데, 이렇게 해야 안심이 된다고 해서 그럼 그렇게 하라고 했다.

우리 아래쪽으로 토끼 귀의 기사가 달려왔다.

"폐하. 모두 탑승을 완료하였습니다. 언제든 갈 수 있습니다."

"알겠습니다. 모두에게 무리하지 말라고 전달해 주세요."

"넷!"

단장인 레인 씨가 고개를 숙이고 자신의 기체인 백기사(샤인 카운트)에 올라탔다. 레인 씨도 이제는 단장직에 익숙해진 모양이네. 예전에는 자주 푸념을 늘어놓았는데.

토끼 수인인 레인 씨의 기체에는 어깨에 토끼 문양이 새겨져 있었다. 저 문양을 디자인한 사람은 린제라는 모양으로, 나도 그 숨은 재능에 깜짝 놀랐다.

두 부단장도 마찬가지로, 여우 수인인 니콜라 씨의 흑기사(나이트 바론)에는 여우 문양이, 늑대 수인인 노른 씨의 청기사(블루문)에는 늑대가 새겨져 있었다.

세 사람의 산하에는 각각 20기의 중기사(슈발리에)가 속해 있었고, 그것과는 별도로 에르제의 게르힐데, 야에의 슈베르트라이테, 힐다의 지그루네가 참전했다. 그에 더해 나와 모로하 누나가 서포트를 맡았다. 불안할 만한 요소는 전혀 찾아볼 수 없었다.

"자, 선제공격을 해 볼까?"

【스토리지】에 넣어 둔 정재로 만든 소프트볼 크기의 '별'을 적의 머리 위에 연【게이트】로 내보냈다. 그리고【그라비티】

로 무게를 더해 '별'을 단숨에 내리꽂히게 하였다.

"【유성우(미티어레인)】."

일제히 수많은 별이 쏟아졌다. 높은 하늘에서 떨어뜨리는 거라 정확히 록온 할 수는 없었지만, 그래도 떨어지는 별을 피하기는 쉽지 않았다.

잇달아 떨어지는 별에 맞아 철기병과 무장 골렘이 점차 줄어들었다. 쿠캉! 쿠웅! 카앙! 쿠우웅! 하고 대지가 크게 흔들렸다.

3분의 1 정도는 줄었나?

스마트폰을 모두에게 목소리가 닿을 수 있도록 전환했다.

〈모든 기체 전투 개시! 지금부터 섬멸전을 시작한다!〉

〈오오오오오오오오오오오오오!!〉

각자 대장 기체를 따라 돌격을 시작했다. 회색 중기사(슈발리에)가 철기병과 검을 맞부딪쳤다. 두세 번 정도 검을 부딪친 뒤, 프레임 기어가 단번에 철기병의 몸체를 가로로 두 동강내 버렸다.

높이로 따지면 철기병은 프레임 기어의 가슴 정도밖에 되지 않는다. 하지만 땅딸막한 형태라, 겉보기에는 중후한 이미지가 있어 매우 튼튼해 보인다. 하지만 뭐라고 하면 좋을까, 만듦새가 허술했다. 대충 겉날려서 만든 것이 아닐까 할 정도였다.

공장 책임자가 자재를 횡령한 게 아닐까? 무슨 질 나쁜 가짜 상품도 아니고 말이야.

프레임 기어가 한 번 공격할 때마다 무언가 작은 부품이 철기병에게서 떨어져 나왔다. 저래도 되는 건가.

"그럼 나도 슬슬 참가해 볼까?"

"너무 심하게는 하지 말아 주세요. 지면이나 공간까지 베기는 없기예요? 어디까지나 서포트니까요."

"그래, 알았어."

도신이 두껍고 길이가 2미터가 넘는 정재 검 두 자루를 양손으로 가볍게 들고, 모로하 누나가 기쁘게 전쟁터로 뛰쳐나갔다.

상대도 놀라겠지? 맨몸으로 저 안을 휘젓고 다닐 테니까.

〈부수고부수고부수고부수겠어! 분──쇄!〉

에르제의 게르힐데가 날리는 파일벙커에 무장 골렘의 핵이 꿰뚫린다. 진홍색 파괴신은 건재했다.

그에 지지 않겠다는 듯 전쟁터를 바람처럼 누비며 스쳐 지나가는 야에의 슈베르트라이테가 철기병을 일도양단한다. 검이 파랗게 번뜩이는 그 움직임에는 아무런 낭비가 없었다.

대조적으로 상대의 무기를 방패로 막고 단번에 베어 쓰러뜨리는 견실한 기체는 힐다의 지그루네였다. 주로 적이 밀집해 있는 곳을 지원하며 움직였다.

〈토야, 토야! 아직인가?! 내가 나갈 차례는 없는가?〉

나와 함께 유일하게 진격을 하지 않은 황금색 기체에서 조종자의 목소리가 흘러나왔다. 스우의 전용기 '오르트린데'였다.

방어에 특화된 기체로 다른 기체보다 장갑이 두꺼웠다. 또 오레이칼코스 위에 정재로 코팅을 해 두었다. 금색 보디에 검은색 장식을 해서 상당히 화려한 기체로, 조종자의 요구라 어쩔 수 없었다. 우는 아이에게는 못 이긴다…….

참고로 기체 이름이 스우의 가문 이름과 겹쳤는데, 이건 완벽한 우연이었다. ……겹친 것은 완전한 우연이다. 중요한 거라 두 번 말했다.

방어에 특화한 기체이긴 하지만, 오르트린데의 진가는 그것이 아니었다.

"좋아. 그럼 첫 출격을 해 볼까. 처음이니까 수동 모드로 가자. 셰스카, 로제타, 모니카, 준비는 됐지?"

스마트폰을 귀에 대고 나는 각자에게 최종 확인을 했다.

〈궁니르, 문제없습니다.〉

〈레바테인, 준비 완료되있습니다.〉

〈뮬니르, 언제든지 갈 수 있어!〉

리시버 대신으로 활용되는 스마트폰에서 각자의 목소리가 들려왔다. 준비는 다 된 모양이었다.

"좋아. 스우, 합체 시퀀스 개시. 도킹 승인!"

〈알았네! 프레임 도킹!〉

스우의 목소리에 맞춰 하늘 저편에서 창 같은 것이 날아왔다. 고속 비행정 '궁니르' 다.

흙먼지를 흩날리면서 뒤쪽에서 엄청난 속도로 달려오는 것은 탄환 장갑 열차 '레바테인'.

그리고 땅 밑에서 대지를 뚫고 튀어나온 것이 만능 지저(地底) 전차 '묠니르'였다.

레바테인은 노선이 없어도 달릴 수 있기에 열차와는 조금 다르다고 할 수도 있었다. 지표에서 살짝 떠서 달리니까. 리니어 모터카에 가깝다…… 아니, 전혀 가깝지 않네.

묠니르는 앞쪽 끝의 드릴로 흙을 파는 것이 아니라 앞쪽의 흙을 공간 이동시키며 나아가고 있으니, 드릴은 그냥 장식에 불과했다.

이것에 대해 알기 쉽게 말해 보자면, 묠니르 주변의 흙만을 일시적으로 【스토리지】에 수납하고, 이동할 때마다 후방의 빈 공간에 흙을 되돌리길 반복하여 나아가는 것이다. 따라서 터널은 만들 수 없다. 흙 마법과 공간 마법을 응용한 것이라고 하는데, 명백하게 기체의 외관은 내가 보여 준 애니메이션의 영향을 받았다.

그런 세 기의 서포트 메카닉이 오르트린데의 합체 범위에 도착하자, 오르트린데가 공중으로 떠오르더니 팔다리가 접혔다. 그대로 공중에서 일단 둘로 나뉜 드릴 전차 묠니르가 각각 오른다리와 왼다리 부품으로 변형되어 오르트린테의 양다리에 도킹했다.

다음으로 마찬가지로 두 개로 나뉜 탄환장갑 열차 레바테인이 각각 오른팔과 왼팔에 도킹한 뒤, 그 끝에서 오른손과 왼손이 튀어나왔다.

마지막으로 대나무 잎 모양에서 역 V자 형태로 변형한 비행정 궁니르가 오르트린데의 등에 합체했고, 가슴 부분에서 튀어나온 마스크가 얼굴을 감쌌다. 그리고 이마의 뿔이 빛났다. 그런 장치가 필요한가?

〈완성! 오르트린데 오버로드!〉

……오버로드라니 대체 뭐야?! 저 녀석들 완전히 제멋대로 만들었잖아?! 역시 그냥 다 맡겨서는 안 되었던 건가? 내 말은 전혀 안 듣지도 않고!!

쿠우웅! 하고 대지를 울리면서 오르트린데, 아~. 오버로드? 가 그 씩씩한 모습을 드러냈다.

그 커다란 프레임 기어의 두 배 이상. 중후함과 힘이 넘치는 금색 거신(巨神). 그야말로 힘의 상징이라 할 만한 프레임 기어였다.

"저, 저건 뭐지……?!"

"크다……. 저것이 싸우는 것인가?!"

펠젠의 마법병들이 놀라움을 감추지 못했다. 아니, 합체하는 모습을 보기는 처음이라 나도 비슷한 기분이지만.

〈받아라! 캐넌 너클!〉

위로 들어 올린 오르트린데 오버로드의 오른팔이 팔꿈치에서 떨어져 나와 똑바로 무장 골렘을 향해 날아갔다. 정재와 오레이칼코스의 덩어리가 엄청난 속도로 격돌해 무장 골렘은 허무하게 부서지고 말았다.

프라가라흐의 기능을 응용한 오른팔은 크게 호를 그리며 돌아오더니, 원래 있던 오른쪽 팔꿈치에 철컹! 하고 도킹했다.

저런 것까지 만들었단 말이야……? 정말 농담 같지도 않은 기체네. 프라가라흐인 채로도 괜찮잖아. 왜 로켓 펀치로 만들 필요가 있어?

물론 그런 말을 하면 박사가 로망이 부족하다느니 하는 말을 할 것 같지만.

오르트린데 오버로드는 멈출 생각을 하지 않고 전투하는 곳으로 돌격해 갔다. 장갑을 두껍게 하여 체격이 크고, 느릴 것 같지만, 움직임은 생각보다 빠른 편이었다. 포인트, 포인트마다 【그라비티】를 부여해 두었기 때문이다.

오버로드가 무장 골렘을 직접 때렸다. 아, 그렇지. 전용 무기를 준비해 주지 않았어. 그러니 필연적으로 이렇게 될 수밖에.

얻어맞은 무장 골렘이 크게 땅을 울리며 쓰러졌다. 얻어맞은 부분은 크게 파여 있었다. 엄청난 파워 머신이야……. 새삼스럽지만 정말 스우가 타게 해도 괜찮은 걸까?

"스우. 주변 사람들 안 말려들게 조심해. 날려 버릴 때는 앞일도 생각해야지."

〈알고 있네. 그런 쪽은 로제타가 봐 주고 있으니 괜찮으, 이!〉

대답하면서 쥐고 있던 무장 골렘의 머리를 꽉 쥐어 부서뜨리는 스우.

합체에 사용하는 서포트 메카닉은 자동 조종이 되게 할 예정이었지만, 가능한 한 수동으로 셰스카 일행이 타게 하는 편이 좋을지도 모르겠어.

〈캐넌 너클!〉

……스우를 말리는 의미에서도. 아~아. 한꺼번에 날아가 버렸네.

합체한 오르트린데가 참전한 단계가 되자, 상대는 완벽히 붕괴되기 시작했다. 당연하다. 저런 걸 보면 전의를 상실하고도 남지.

도망치려고 하는 철기병도 있었지만, 모로하 누나가 그걸 그냥 보고만 넘어가지 않았다. 멋지게 사지를 자른 뒤, 절묘하게 콕핏의 문을 변형시켜 열지 못하게 만들어 철로 된 관을 양산했다.

전투를 시작한 지 한 시간 뒤, 드디어 모든 적병이 움직이지 않게 되었다.

〈폐하. 작전이 완료되었습니다.〉

"수고했어요. 일단 도망가려는 녀석들이 없는지 망을 봐 주세요. 스우 일행은 수상한 마력 반응이 없는지 감시해 줘. 또 화재 현장에 나타나 도둑질을 해 가면 성가시니까."

〈알겠네.〉

입을 떠억 벌린 채 할 말을 잊은 펠젠 국왕에게 말했다.

"철기병에 올라탄 녀석들의 체포를 맡겨도 될까요?"

"응? 아, 아아. 알았네. 한 명도 남기지 않고 감옥에 처넣고, 다른 멤버가 없는지 신문하지. 이런 광경을 보고도 거역하는 자가 있을 거라고는 생각하지 않지만 말이야."

'고르디아스'의 꿈은 무너졌다.

펠젠의 마법병이라는 목격자들이 있었기 때문에, 이 일에 관한 소식은 온 나라에 퍼질 게 틀림없다. 설사 '고르디아스'의 잔당이 있다고 해도, 이제 더는 시비를 걸어오지 않으리라 생각한다.

물론 붙잡은 '고르디아스'의 멤버에게는 다른 멤버나 아지트가 어디에 있는지 철저하게 캐물을 작정이다.

솔직히 말해 이번에 나는 【유성우(미티어레인)】를 쏘기만 했을 뿐이다. 물론 프레이즈와는 달리 그 정도면 내가 없어도 어떻게든 해결할 수 있었을지도 모른다.

태양을 받아 황금색으로 빛나는 스우의 기체를 올려다보면서 나는 그렇게 생각했다.

'고르디아스'의 멤버는 모두 체포되었고, 아지트도 괴멸되었다. 그리고 '마공상회'의 서브 마스터도 붙잡아 이번 사건은 깔끔하게 종결되었다.

붙잡았을 때 【생추어리】의 올바른 내용을 가르쳐 주자, 모두 절망감과 허무함에 가득 찼지만, 다들 저항하지 않고 순순히 연행되어 갔다. 자신들이 해 온 일이 전혀 무의미한 것이었다는 사실을 알았으니 그렇게 되는 것도 당연한가?

하지만 자업자득이기도 하고, 수많은 제물을 만들어 바치려고까지 했던 흉포한 녀석들이다. 동정은 하지 않는다.

녀석들의 죄는 무거우면 당연히 사형, 가벼워도 50년 정도의 광산행이다.

문제는 철기병이었지만, 그것의 제조에 관해서는 마도 부문을 가르제르드, 마공 부문을 보만이 담당하여 각각 따로 제조했기 때문에 그 둘이 모두 갖춰지지 않으면 제대로 조립하기가 힘든 모양이었다.

아니, 둘을 합친 것도 '제대로 된 물건'은 아니었지만.

보만은 이미 단두대의 이슬로 사라졌고, 가르제르드도 역시 사형이 확정되었다. 각각의 부품을 담당한 대장장이나 기술자도 있었는데, 그 사람들도 모두 체포되었다. 즉, 철기병을 만들 수 있는 자는 이 세상에 없다……라고 할 수 있었다. 하지만.

이런 것은 일단 한번 제조되면 어딘가로 줄줄이 새어 나가는 법이다. 제2, 제3의 철기병이 나타나도 이상할 것이 없다.

"참, 조악하다, 조악해. 내 프레임 기어를 어떻게 하면 이토록 꼴사납게 만들 수 있는지, 오히려 감탄이 나오려고 해."

"그러네요. 어떻게 하면 이렇게 조잡하게 만들 수 있을까요. 소생의 머리로는 도달할 수 없는 영역이에요."

우리 두 꼬마가 노획한 철기병의 잔해를 보고 한심하다는 듯이 험담을 했다.

박사도 로제타도 너무 헐뜯으면 보만의 원령이 나올지도 몰라. 물론 나와 봐야 【배니시】 마법으로 정화하면 그만이지만.

일단 싸우다 파괴된 철기병의 잔해도 모두 이쪽으로 회수했다. 또 이걸 도둑맞아 철기병의 가짜가 등장하기라도 하면 체면이 말이 아니다.

펠젠도 불온한 자들을 일소할 수 있어 다행이라며 고마워했다. 반면에 유론에서는 내 악명이 더욱 높아졌다.

정체는 잘 숨겼지만, 야에의 슈베르트라이테와 힐다의 지그루네가 철기병을 쓰러뜨리는 모습을 딱 들켜 버렸으니까. '은색 귀무자는 브륀힐드와 관련되어 있거나 협력자다.' 라고 받아들여진 모양이었다.

천제에게 협박당했던 수도의 사람들은 기뻐했다는 듯지만, 결코 감사는 하지 않았다. '그쪽이 멋대로 한 것' 이라고 받아들인 모양이다.

아니, 물론 말이지, 유론 사람들을 돕자고 행동한 것은 아니니 별 상관은 없지만……. 어딘가 모르게 답답한 심정이다. 고맙다는 말을 듣고 싶은 것은 아니지만, 좀……. 그런 느낌 말이다.

이번 일로 인해 유론이 부흥할 가능성은 거의 사라졌다. 부흥을 위해서는 외국의 후원과 지원이 필요하지만, 이제는 어느 나라도 도와주려고 하지 않을 테니까.

이미 중앙부에서는 식량의 공급이 원활하지 않아 유통이 어려워진 바람에 사람들이 잇달아 주변국 부근의 도시와 마을로 이동하기 시작했다.

게다가 그 도시들도 생활을 위해서는 주변국을 의지해야만 하니, 언젠가는 하노크, 로드메어, 펠젠, 호른, 노키아 등의 나라에 흡수될 가능성이 컸다.

그런 가운데에서도 마왕국 제노아스만은 불간섭주의를 계속 유지했지만, 그건 새삼스러운 일이 아니다. 게다가 제노아스의 식문화는 어느 정도 익숙해질 필요가 있어서 유론 사람들도 그쪽으로는 거의 가지 않았다.

원래부터 제노아스와 가까운 도시는 꼭 그렇지도 않았지만.

이런저런 일이 있었지만, 이것으로 걱정거리 하나는 사라졌다.

한동안은 느긋하게 지내고 싶은데, 할 일이 참 많다 보니……. 후우.

"그런데 여러분은 이제부터 어떻게 하실 건가요?"

성 아래의 숙소 '은월'에 숙박하고 있던 소니아 씨, 렌게츠 씨, 제스티 씨에게 앞으로 어떻게 할 것인가 물어보았다. 원수를 갚았으니 이제는 여행할 필요도 없을 것 같은데 말이지.

"원래 우리는 모험자니까요. 이 나라에는 미궁도 있으니, 잠시 이곳을 거점으로 돈을 벌까 생각합니다."

렌게츠 씨의 말을 듣고 소니아 씨와 제스티 씨도 고개를 끄덕였다. 그건 좋은걸? 실력 있는 모험자는 이쪽으로서도 많은 도움이 된다.

일단 헤이룽의 수도에서 있었던 일은 발설하지 말아 달라고 부탁해 두었다. 물론 세 사람도 아무리 자칭이라고는 하지만 천제를 해쳤으니, 쉽게 입을 열 거라고는 생각하기 어렵지만 말이다.

솔직히 말하면 우리 기사단에 들어오라고 말할까도 생각했지만, 세 사람 모두 나라에 속하기를 별로 좋아하지 않는 듯해 굳이 말을 하지는 않았다.

나는 세 사람과 헤어진 뒤 오랜만에 성 아래를 산책했다.

"어? 폐하. 혼자이신가요?"

"맛있는 사과가 있어요. 하나 어떠신가요, 폐하."

"폐하~! 같이 쇠팽이 돌려요~!"

남녀노소, 어른부터 아이까지 마을 사람들이 말을 걸어 왔다. 잠행은 불가능하구나. 그거야 별 상관없지만.

그런데 아무래도 '폐하'가 별명이 되어 버린 듯한 느낌이다. 얕보고 하는 말이 아니라 친근함을 담아 부르는 호칭이니 문제는 없지만 말이지.

브륀힐드 공국에는 마을이 이곳밖에 없다. 그래서 마을 자체도 브륀힐드라고 불린다. 더 큰 도시가 되면 '브륀힐드의 수도'라고 불렸으면 좋겠다.

마을의 동쪽에 있는 농경 지대에 가 보았다. 그곳에는 널찍한 논이 펼쳐져 있다. 이미 모를 심기 시작해서, 이곳만은 마치 이센의 시골 같았다. 수차가 또 정취를 한껏 내뿜었다.

"순조로운가 보네."

"아, 폐하. 오셨나요?"

알라우네인 라크셰가 나무 그늘에서 휴식하는 모습을 보고 말을 걸었다. 라크셰도 기사단의 일원이긴 하지만, 거의 농경 작업원이나 다름없는 생활을 했다.

농작업 관련으로는 식물 계열의 마족인 라크셰를 당할 자가 없어, 각자 적합한 곳에서 일해야 한다는 의미에서도 훈련 등을 면제해 주고 있다. 기본적으로는 농림 장관인 나이토 아저씨의 부하 같은 포지션이다.

우리 기사단은 100명 정도이지만, 그중 40퍼센트 가까이가 비전투원이었다. 라크셰처럼 농지 개발을 하기도 하고, 사무, 첩보 활동, 건설 작업 등에 종사하기도 한다.

그렇다고 해서 약한 것은 아니었다. 그 시험을 돌파할 정도의 실력자들이다. 무슨 일이 있을 때는 검을 들 필요도 있으므로 자주적으로 훈련도 하고 있다.

"가을에는 많은 쌀을 수확할 수 있을 거예요!"

"기대되는걸? 뭐 부족한 거 없어?"

"으~음. 그러네요. 요즘엔 비가 별로 오지 않아서 조금 곤란해요. 아하하, 이런 말을 폐하에게 해도……."

"【비여 내려라, 맑디맑은 은혜, 헤븐리 레인】."

마력을 하늘로 발사하자 구름도 없는데 쏴아~ 하고 비가 내리기 시작했다. 내리는 곳은 농경지뿐이고, 마을 쪽까지는 영향이 미치지 않았다. 이전에는 힘 조절을 잘하지 못했지만, 지금은 괜찮은 듯했다.

작업을 하던 농부들은 갑작스러운 비와 자신들의 머리 위에 펼쳐진 【실드】를 보고 당황스러워했지만, 내 모습을 보더니 이해가 됐다는 듯, 근처의 오두막 처마 아래로 이동해 비가 그칠 때까지 쉬기로 한 모양이었다.

비를 내리게 한 나를 보고 라크셰가 어이없다는 듯이 말을 걸었다.

"……참……. 폐하는 못하는 것이 없으신가 봐요."

"많아. 그러니까 모두에게 도와 달라고 하는 거야."

혼자서 할 수 있는 것이라고 해 봐야 진짜 얼마 되지 않는다. 사람의 손을 빌릴 수 있다면 빌리는 편이 낫다. 전부 내가 하는 것은 불가능하다.

실제로 이 나라를 움직이고 있는 사람은 내가 아니라 나이토 아저씨, 코사카 씨, 라크셰와 일에 매진하는 마을 사람들 모두다. 내 역할은 모두가 마음 놓고 일할 수 있는 환경을 지키는 것이다.

그렇기 때문에 나는 이 나라를 해치려 하는 사람들을 용서할수 없다. 유론처럼 갑자기 대화도 없이 싸움을 걸면 망설이지 않고 받아들이고, 10배로 갚아 줄 생각이다.

비가 그쳐, 나는 농경지를 뒤로했다.

이번에는 막 지어진 학교로 가 보았다. 아직 학생은 없었지만, 사쿠라의 어머니인 피아나 씨와 얼마 전에 고용한 교사 두명이 교실을 청소하는 중이었다.

고용한 교사 중 한 명은 20대 초반의 여성, 또 한 사람은 엘프인 남성이었다. 나이는 엘프라서 젊어 보이지만 200살이넘었다고 한다. 그런데도 린이나 박사보다 연하이니, 은근히웃을 수 없는 일이다…….

이름은 여성 쪽이 미에트, 엘프 쪽이 레이세일이었던가?

미에트 씨는 원래 레굴루스의 제국 학교에서 공부했었는데, 이 나라로 흘러들어 온 모양이었다.

레이세일 씨는 전(前) 모험자였던 마법사로, 모험자 길드의길드 마스터, 레리샤 씨가 추천해 준 사람이다.

일단 유미나의 마안으로 확인했기 때문에, 나쁜 사람&엘프는 아니었다. 모두 온화한 사람들이다.

세 사람에게 인사를 하려고 했는데, 문득 운동장 구석 쪽에서 많은 고양이가 모여 있는 모습이 보였다.

"저건 뭐지……?"

굴 상자 같은 것에 올라간 냥타로가 고양이들에게 몸짓 손짓을 섞으며 무언가 말을 걸고 있었다.

"냥냥냥! 냐~. 냥, 냥냐! 냥냐냥냐, 냐~!"

고양이 언어?로 말을 하고 있어서 무슨 말을 하고 있는지는 전혀 알 수 없었다.

"뭐 해, 냥타로?"

"그러니까, 달타냥이라니까냥! 이 몸은 부하들에게 마을의 정보를 듣고 있었습니다냥!"

부하들이라니. 언제 이 마을의 보스 고양이가 된 거야? 음, 네 위에는 코하쿠가 있지만 말이지.

"마을의 정보를 모아서 어쩌려고?"

"수상한 녀석이 없는지 조사하고 있었습니다냥! 이 학교는 이 몸의 영지이니, 어머님과 이 학교는 이 몸이 지킬 생각입니다냥!"

네 영지로 나눠 준 기억은 없는데. 하지만 이렇게 고양이들에게서 정보를 얻을 수 있다면 활용 가치가 높다. 확실히 냥타로의 말대로 수상한 녀석이 있으면 한발 먼저 발견할 수 있을지도 모른다.

"음, 그런 거라면 좋아. 무슨 일이 있으면 반드시 사쿠라에게 텔레파시로 보고해야 한다?"

"알겠습니다냥!"

냥타로는 내 소환수가 아니라 사쿠라와만 텔레파시가 가능하다. 냥타로가 사쿠라에게 보고하면 사쿠라가 스마트폰으로 연락하겠지.

그런 생각을 멍하니 하는데, 품 안에 넣어 둔 스마트폰이 지지징 하고 진동했다. 전화인가. 스마트폰을 꺼내 보니 '전화 / 박사'라는 문자가 떠 있었다. 불길~한 예감이…….

"네, 여보세……."

〈토야, 토야! 다음에는 역시 가변 기능을 넣는 게 좋다고 생각해! 전투형에서 인간형으로…….〉

〈마스터, 마스터! 그런 것보다도 초노급 전함이에요! 프레임 기어를 수송할 수 있는…….〉

〈A 부품과 B 부품을 말이지……!〉

〈사쿠라 님의 기체는 노래를 진동파로 사용하면……!〉

시끄러워!

스마트폰에서 박사와 로제타의 커다란 목소리가 들려와서 나는 무심코 스마트폰을 귀에서 뗐다. 아~. 역시 이 녀석들한테 로봇 애니메이션을 보여 주는 게 아니었어……. 완전히 푹 빠져서는, 하아…….

아니, 나도 남자아이니까 그 마음을 모르는 것은 아니다. 하지만 너무 열광적인 반응을 보이면 조금 싸해진다고 해야 할지……. 그리고 애니메이션의 메카닉 설정을 너무 꼬치꼬치

물어서 조금 질린 것도 있다.

자세히 설명하면 열핵반응로처럼 가르쳐 줘서는 안 되는 것까지 나와서, 그런 점은 어렴풋하게만 설명하거나 대충 설명해야 했다. 자세하게 설명하면 아무렇지도 않게 만들어 버릴 것 같아서 무섭다.

나는 스마트폰을 귀에서 떼도 들려오는 두 사람의 목소리를 들으면서, 해탈했다는 듯이 다시 한숨을 내쉬었다.

놀랍게도 냥타로가 조직한 고양이 순찰대는 매우 우수했다.

마을 안에서 무언가 문제가 생기면 곧장 기사단의 대기소로 달려가 기사들을 불렀다. 수상한 사람이 있으면 몰래 추적해 그 행동을 감시했다. 아이들이 위험한 놀이를 하려고 하면 어른들에게 주의를 재촉했다.

말은 못 했지만 그런 일들을 해냈다. 어느새인가 마을 사람들은 고양이를 귀여워하기 시작했고, 여기저기서 고양이들을 발견할 수 있었다.

수가 워낙 많으니 생선을 훔치거나 장난을 칠 법도 한데, 그런 이야기를 들은 적은 한 번도 없었다. 냥타로가 잘 제어하고 있기 때문이겠지.

또 얌전한 고양이를 일방적으로 괴롭혔던 모험자가 뒷골목에서 너덜너덜해진 채 발견된 적도 있다. 그 몸에는 무수히 많은 긁힌 상처가 있었다고 한다. 아무래도 집단적인 습격을 받은 모양이었다. 그 이후로는 재미로 고양이를 괴롭히는 모험자가 급감했다. 동물도 화가 났을 때는 화를 낸다. 참고로 습격당한 모험자는 상당한 트라우마가 생겼는지, 고양이 공포증에 걸려 마을을 떠났다.

이렇게 고양이들은 브륀힐드에서 자신들의 시민권을 쟁취했다.

"수상하다는 사람이 저 사람이야?"

"냥."

나는 냥타로와 함께 길드 옆의 술집에 있는 그 사람을 뒤에서 몰래 바라보았다. 오늘은 피아나 씨가 성에서 사쿠라와 함께 보내기 때문에 냥타로는 경호를 하지 않았다.

고양이들이 수상하다며 알려 온 그 인물은 카운터의 가장 끝에서 술을 찔끔찔끔 마셨다. 후드가 달린 지저분한 로브로 몸을 두르고 있었기 때문에 얼굴은 알 수 없었지만, 아무래도 여성인 듯했다. 그런 느낌이 들었을 뿐이지만.

로브에서 뻗은 팔과 다리에는 건틀릿과 그리브가 보였다. 어딘가의 기사인가?

확실히 수상하기는 수상하지만, 그렇다고 너무 경계해야 할 정도는 아니었다. 정체를 알리고 싶지 않은 나름의 사정이 있는 것일지도 모르니까.

"보기에도 수상하지만, 그보다 더 수상한 것이 저 사람에게서는 전혀 냄새가 나지 않는다는 것입니다냥."

"냄새가 안 나?"

"정도의 차이는 있지만, 사람에게는 그 사람 고유의 냄새,

체취가 있는 법입니다냥. 물론 향수 같은 것으로 그 냄새를 속이는 경우도 많지만, 전혀 냄새가 안 냐서 아무래도 이상합니다냥."

그렇구나. 고양이도 개 정도는 아니지만 후각이 사람의 몇십만 배에 달한다고 한다. 음식이 괜찮은지 않은지도 냄새로 판단한다고 하고, 주인의 다리에 몸을 비비는 것도 자신의 냄새를 마킹하고 위해서라고 한다.

그런 고양이들이 이상하다고 하는 것이니, 확실히 뭔가가 있는 거겠지.

"가능성은 세 가지로 볼 수 있습니다냥."

그렇게 말하며 냥타로는 짧은 손가락 세 개를 펼쳤다. 섬세하네, 의외로.

"하나. 마법으로 냄새를 지우고 있을 가능성. 이건 아티팩트라도 마찬가지입니다냥. 둘. 언데드일 경우입니다냥. 하지만 그거라면 시체 냄새가 냐야 합니다냥. 물론 영체(靈體)일 가능성도 없는 것은 아닙니다냥. 그리고 세 번째. 골렘, 또는 마법 생물일 가능성. 하지만 저렇게 작은 골렘은 본 적이 없습니다냥. 가능성으로서는 첫 번째가 가장 커 보입니다냥."

골렘은 플레시 골렘이라고 해서 프랑켄슈타인 괴물 같은 것도 있지만, 그것은 언데드 같은 거니까. 썩는 냄새가 안 날 리가 없다.

아무래도 마법으로 냄새를 지우고 있는 것 같은데, 왜 그런 짓을 하는 거지? 그런 생각이 든다. 애초에 그런 마법이 있긴 한 건가? 무속성 마법이라면 있을지도 모르지만.

일반적으로 생각하면 너무 냄새가 심해서 냄새를 없애는 마법을 걸고 있다고 봐야 하는데, 이 마을에는 목욕탕도 있다. 술을 마실 돈이 있으면 목욕탕에 가면 되지 않나?

"확실히 수상하긴 한데, 지금은 무슨 짓을 저지른 것도 아니라서."

"폐하는 너무 허술합니다냥. 뭔가가 일어난 뒤에는 늦습니다냥. 지금 대책을 세워 두는 것만큼 좋은 것은 없습니다냥."

그런가? 얌전히 술을 마시고 있을 뿐이니, 굳이 그렇게까지 하지 않아두…… 어라?

술에 취한 모험자 두 사람이 후드를 쓴 수상한 사람에게 시비를 걸었다. 워낙에 눈에 띄니 저런 녀석들이 접근하는 것도 어쩔 수 없는 일이긴 하지만…….

말려야 하나?

그런 생각을 하면서 술집 입구의 뒤쪽에 숨어 상황을 살펴보는데, 시비를 걸던 모험자가 엄청난 속도로 바로 내 눈앞을 지나 휙 날아가 버렸다. 어어?!

입구에서 밖으로 날아간 모험자가 머리부터 땅에 떨어졌다. 후드를 쓴 수상한 사람이 날려 버린 것이다.

모험자인 남자는 나름 키도 크고 몸이 튼실했다. 그런 사람을 몇 미터나 날리다니, 엄청난 괴력이다.

입구에서 다시 안을 들여다보려고 하자, 다른 모험자 한 사람이 또 이쪽을 향해 날아왔다. 위험해?!

거북이처럼 고개를 움츠리고 있는데, 조금 전과 마찬가지로 남자가 공중을 날아와 지면에 떨어졌다.

술집 안을 들여다보니, 아무렇지도 않다는 듯이 다시 유리잔의 술을 찔끔찔끔 마시는 후드 차림의 수상한 사람이 있었다. 꽤 배짱이 두둑한 사람인 모양이었다.

"이 자식!"

"까불지 마라!"

얼굴이 붉어진 모험자들이 허리에 차고 있던 검을 빼 술집 안으로 돌입하려고 했다. 꽤 취해 있는 거 아닌가? 역시 안 되겠다 싶어 내가 끼어들었다.

"앗, 거기까지. 역시 그건 너무 심해. 검을 빼지 않으면 그냥 싸움일지도 모르지만, 검을 뺀 순간 살인이나 마찬가지야. 그냥 두고 볼 수는 없어."

"이 꼬마는 뭐야?! 이 녀석의 동료냐?!"

"방해하지 마라! 너도 따끔한 맛을 보고 싶은 거냐?!"

꼬마 취급이라. 벌써 열일곱 살이 넘었지만, 겉보기에는 별로 성장하지 않은 듯, 아직도 사람들은 이런 반응을 보인다. 더욱더 신화 영향으로 늙지 않는다고 생각할 수밖에 없게 됐다……. 늙지 않는 것을 넘어 죽지도 않을지 모르지만, 그것을 스스로 시험해 볼 생각은 없다.

"무슨 일이지?"

"모험자가 날뛰고 있는 모양이더군."

"응? 저 사람은 폐하잖아."

술집 주변에 어느새인가 사람들이 모여들었다. 아이들까지 다가와 이쪽을 향해 손을 흔들었다.

"폐하~! 힘내요~!"

"해치워요~!"

"나쁜 녀석들을 혼내 줘요~!"

아니아니, 그런 거 아니야.

쓴웃음을 지으며 아이들에게 손을 흔들자, 그게 마음에 안 들었는지 한 사람이 나를 향해 칼을 휘두르며 덤벼들었다.

"으랴아아!"

크게 휘둘렀지만 힘이 들어가지 않은 검을 나는 슬쩍 몸을 비켜 피했다. 술에 취해서 그런지 발걸음도 불안정했다.

그렇지만 위험한 상황인 것만큼은 확실했다.

브륀힐드의 마비탄으로 제압해도 되지만, 이렇게 갤러리가 많으니 쏴서 죽이는 것으로 오해를 사면 이미지가 나빠지지 않을까 하는 생각이 들었다. 음, 그냥 평범하게 제압하자.

습격한 남자의 공격을 피하면서, 손을 대고 【패럴라이즈】를 발동했다. 실이 끊어지듯 쓰러져 가는 파트너를 보고 다른 한 사람도 검을 휘둘렀지만, 나는 그 도신을 손가락으로 막고 【파워라이즈】로 꺾어 버렸다. 싸구려네.

"아니?!"

그리고 곧장 마찬가지로 【패럴라이즈】를 발동해 상대를 제압했다.

"후우."

마침 두 사람을 해치웠을 때, 술집 옆에 있는 길드 안에서 길드 마스터인 레리샤 씨가 나왔다.

"폐하? 대체 무슨 일이죠? 이런 소동이 벌어지다니."

"음~. 술에 취한 사람이 날뛰어서 제압했어요. 모험자인 듯하니 일단 주의를 주세요."

정확하게 말하자면 길드가 모험자를 단속하지는 않지만, 모험자의 지위와 품성을 현저히 저해하고 길드에 실제적인 피해를 주는 경우, 보수 삭감에서 길드 카드 박탈까지 다양한 페널티를 줄 수 있다. 뒤에서는 암살 부대도 움직인다고 하는 소문이 있는데, 진짜인지 아닌지는 모른다.

"알겠습니다. 이번에는 페널티를 주지 않고 엄중하게 주의를 주겠습니다. 몇 번이고 같은 일이 반복된다면 주의만 줄 수 없지만요. 하지만 보통은 한 나라의 왕에게 검을 휘둘렀으니 사형이 되어도 할 말이 없는 상황입니다."

"모르고 한 짓일 테니, 너그럽게 봐주는 거로 하죠."

길드 직원이 쓰러진 두 사람을 길드 안으로 끌고 갔다. 몸은 마비되어 있지만 시각과 청각은 그대로이기 때문에 조금 전의 이야기도 다 들렸겠지. 둘 다 얼굴이 새파래졌다. 취기가 사라졌을까?

"하나 묻겠는데."

"우오옷?!"

갑자기 뒤에서 말을 걸어서 나는 무심코 이상한 소리를 내고 말았다. 등 뒤에 서 있는 사람은 술집의 카운터에서 술을 마시던 그 수상한 사람이었다. 전혀 기척이 안 느껴졌어?! 정체가 대체 뭐지……? 목소리를 들어 보면 여자인 것 같은데…….

"폐하라는 것은 이 나라의 '왕'이라는 건가?"

"그런데……?"

"그럼 네가 모치즈키 토야인가?"

후드를 쓴 수상한 사람을 보고 나는 고개를 끄덕였다. 뭐야 대체. 또 어딘가의 나라가 보낸 암살자는 아니겠지? 유론 이외에 그런 사람을 보낼 만한 나라는 따로 떠오르지 않는데.

"사람이 없는 곳에서 조금 이야기할 수 있을까? 시간이 오래 걸리진 않을 거다."

"……좋아."

수상함이 폭발하는 것 같은 사람을 따라가기는 조금 꺼려졌지만, 나를 대적하는 느낌이 없기도 하고, 조금 흥미가 생겨 상대의 제안을 받아들였다.

앞을 걷는 후드 차림의 여자에게서는 뭐라고 해야 하나…… 열이 느껴지지 않았다. 인형이나 로봇의 뒤를 따라가고 있는 기분이다.

일단 냐타로는 그 자리에 남겨 두고, 우리는 동쪽의 운하 옆에 있는 숲으로 들어갔다.

주변에 아무도 없다는 사실을 확인하더니, 눈앞의 여자는 후드를 뒤로 젖혀 얼굴을 태양 아래에 드러냈다.

"아니……!"

무심코 뒤쪽으로 뛰며 반사적으로 허리의 브륀힐드를 뺀 뒤, 나는 여자를 겨냥했다. 총의 가늠쇠 끝에 떠오른 얼굴은 꽤 단정한 미형에 속했다.

하지만 그것보다도 눈길을 끈 것은 붉게 빛나는 눈과 머리에서 뻗은 단단해 보이는 머리카락이었다. 반짝반짝한 수정같이 빛나는 그 머리카락을 나는 이전에도 두 번 정도 본 적이 있다. 처음에는 로드메어에서, 그다음은 제노아스에서.

"지배종……!"

큭! 왜 또 지배종이 브륀힐드에 들어온 거지?!

"기다려라. 나는 싸울 의사가 없다."

"………?!"

싸울 의사가 없어? ……무슨 말이지?

"내 이름은 리세. 네가 모치즈키 토야라면 엔데뮤온을 알고 있겠지?"

"엔데뮤온……? 엔데를 말하는 건가?"

그 녀석, 그게 본명이었구나.

"엔데뮤온이 차원의 틈새에서 안 돌아오고 있다. 조금 빠져

나오는 데 시간이 걸리는 모양이야. 그래서 너에게 구조를 부탁하고 싶다."

"구조?"

무슨 말인지 이해가 되지 않아 의심스럽게 생각하는데, 리세라고 이름을 밝힌 지배종이 로브 아래로 무언가를 던져 주었다. 반사적으로 받아 보니, 그것은 길이 10센티미터 정도 되는 수정 프리즘이었다.

"거기에 마력인가 하는 것을 주입해라. 일정량을 넘게 주입하면 엔데뮤온을 이쪽으로 데려올 수 있다…… 모양이다."

"모양이다?"

"엔데뮤온이 그렇게 말했다. 하지만 나는 마력인가 하는 것을 지니고 있지 않다. 곤란해지면 이 나라의 '왕'인 모치즈키 토야에게 부탁하라고 말했다."

진짜 무슨 얘기인지 모르겠네. 눈앞에 있는 사람은 틀림없이 지배종인데, 왜 엔데를 구하려고 하는 거지? 그 녀석은 프레이즈와 대적하는 사이 아니었나?

아니면 이건 함정인가?

힐끔, 하고 리세라고 자신을 밝힌 지배종을 엿보았지만, 이 사람에게서는 아무런 감정을 느낄 수 없었다. 하지만 이전에 만났던 두 지배종과는 어딘가 달라 보이기도 했다.

아주 조금 프리즘에 마력을 주입했다. 프리즘에도 나 자신에게도 특별한 변화는 일어나지 않았다. 괜찮으……려나?

조금씩 마력을 흘리면서 점차 그 양을 늘려 갔다. 이윽고 내 모든 마력의 10분의 1 정도를 주입하자, 프리즘이 산산조각이 나며 흩어졌다.

"으악?!"

무심코 부서진 프리즘에서 손을 놓자, 반짝이는 작은 파편이 된 그것이 커다란 원을 만들었다. 그 안에서 엔데가 휘익 고개를 내밀더니, 아무렇지도 않다는 듯이 이쪽으로 빠져나왔다.

"오. 역시 토야였구나. 덕분에 살았어. 네가 아니었으면 앞으로 반년은 못 나왔을 거야. 앗, 다녀왔어. 리세."

"돌아왔나, 엔데뮤온."

여전히 흰 머플러를 나부끼고 미소를 지으면서 엔데가 이 세계로 귀환했다.

"자, 그럼. 뭐부터 이야기하면 좋을까."

"전부 이야기해. 이야기할 수 있는 데까지만이라도 좋으니까."

성의 한 방에서 라피스 씨가 타 준 홍차를 미시면서 엔데가

중얼거렸다. 그 옆에는 후드를 벗은 리세라는 지배종 여성이 앉아 술을 마실 때처럼 찔끔찔끔 홍차를 마셨다.

이 장소에는 나밖에 없다. 다른 사람을 피한 것이 아니라, 일단 내가 먼저 상황을 파악하고 싶었기 때문이다. 일이 일인 만큼.

"하지만 전부 이야기하면 길어지는데?"

"그럼 내가 질문할게. 옆의 여성…… 리세, 라고 했던가? 그 아이는 지배종이야?"

"맞아."

홍차를 마시면서 시원스럽게 엔데가 인정했다.

"지배종은 프레이즈의 상위종 맞지?"

"맞아. 하급, 중급, 상급, 그리고 지배종. 그 위에 '왕' 이 있어. 지배종은 그 이름대로 아래의 종을 이끌고 있고, 지성과 감정도 있지. ……거의 감정을 밖으로 드러내지는 않지만."

리세를 향한 내 시선을 눈치챘는지 엔데가 쓴웃음을 지으면서 대답했다.

"한 번 더 확인하는데…… 그 아이는 '적' 이 아닌 거지?"

"어떤 점을 근거로 '적' 이라고 하는지에 따라 달라. 토야 일행이 '왕' 을 소멸시키려고 한다면 우리는 '적' 인 셈이야."

조금 위험한 빛을 띠면서 엔데가 나를 똑바로 바라보았다.

"엔데는 프레이즈가 아니잖아?"

"전에도 말을 했을지도 모르지만, 나는 '건너는 자' 야. '이

세계 전이자', '시프트 워커', '이방인' …… 다양한 호칭이 있긴 하지만 말이야. 내가 태어난 세계는 이곳보다 고위(高位)인 세계에 있어. 물론 그곳보다 아래쪽에 있는 세계를 오 갈 수 있는 능력을 지니고 있을 뿐, 만능은 아니지만."

이세계 전이자. 다양한 이세계를 건널 수 있는 능력을 지닌 자라. 자신들의 세계보다 하층의 세계에만 갈 수 있는 듯하지만……. 그렇다는 것은 혹시 지구, 내가 원래 있던 세계에도 갈 수 있을지 모른다.

"다양한 세계를 돌아보다가 나는 어느 세계를 방문하게 됐어. 그곳이 프레이즈들의 세계지. '결정계(프레이지아)' 라고 해야 할까. 그곳에서 나는 '왕' 과 만났어. '왕' 이라고는 해도 그건 명칭 같은 것으로, '그녀' 이니까 '여왕' 이라고 해야 할 지도 모르지만."

프레이즈의 '왕' 은 여성이었구나…….

"우리는 다양한 대화를 나눴어. 그야말로 몇 년 이상 동안. 그 러던 중에 '그녀' 는 나와 함께 살기를 바라게 됐지. 나도 마찬 가지로 '그녀' 와 함께 있고 싶다고 생각했어. 하지만 우리 '건 너는 자' 는 하나의 세계에 묶여 있기를 원하지 않아. 그것은 그야말로 '건너는 자' 의 업(業)이자, 우리를 우리답게 하는 존 재의 증명이니까. 하지만 '그녀' 는 포기하지 않았어. 천재라 고 하는 자는 어느 세계에나 있기 마련으로…… '그녀' 는 만 들어 버린 거야. '세계를 건너는 존재에 이르는 방법' 을."

아무래도 하층 세계라고 해서 그 세계의 사람이 뒤떨어졌다고는 할 수 없는 모양이었다. 확실히 우리 세계는 과학 기술이 발전했지만, 이쪽 세계에 있는 마법 기술이 그것에 뒤떨어지는 것은 아니다. 상처를 단숨에 고치는 회복 마법을 대신할 수 있는 것은 없으니까.

그건 그렇고, 이세계를 건너는 방법이라……

"자신을 '핵' 상태로 만들어 세계의 결계를 빠져나간 뒤, 그곳에 사는 생명체의 힘을 조금씩 흡수해, 또 위쪽 세계로 올라간다……라고 했었지?"

"그래. 만약 '그녀'가 나와 같은 고위의 존재에 도달할 수 있다면, '그녀'는 나와 같은 존재가 될 수 있어. 함께 살아갈 수가 있는 거지. 그렇다고——— '그녀'는 생각한 거야."

조금 침통한 표정으로 엔데가 말했다. 그것을 아는지 모르는지, 옆에 앉은 리세는 루가 손수 만든 쿠키가 마음에 들었는지 조금씩 맛을 보듯이 먹었다. 다람쥐 같아. 술집에서의 술도 그렇고, 홍차도 그렇고, 찔끔찔끔 먹고 마시고 하는 건 버릇인가?

일단 그런 것은 제쳐 두고 나는 엔데에게로 시선을 옮겼다.

"물론 다른 지배종들은 크게 반대했어. 가장 반대한 사람이 토야도 얼마 전에 본 지배종인 여성…… 네이라고 하는데……"

"엔데뮤온, 네이를 만난 거야?"

쿠키를 한 입 베어 물다가 말고 옆에 앉은 리세가 끼어들었다.

"응? 어, 잘 있는 것 같더라고."

"그래?"

그 말만을 한 뒤, 리세는 또 쿠키를 먹기 시작했다. 아는 사이인가? 표정을 드러내지 않으니 감정을 읽기 힘드네.

"그 뒤에 나는 지배종인 기라라는 녀석에게 습격당했어."

"기라? 아, 그 사람은 전형적인 야심가야. '그녀'의 힘을 가지길 원하는 한 명이지."

그건 보면 알 수 있는 일이었다. 날뛰길 좋아하는 오만한 녀석 같은 느낌이기도 했으니까.

"하던 이야기를 마저 할게. '그녀'가 세계를 건너는 일에는 대부분의 지배종이 반대했어. 이유는 여러 가지였지만 말이지. '그녀'를 걱정하는 자, '그녀'의 힘을 머물게 하고 싶은 자, 그리고 '그녀'의 힘을 노리는 자. '왕'의 힘은 모든 프레이즈에게 힘을 안겨 줘. 그 '왕'이 없어지면 프레이즈들은 힘을 잃지. 그것을 걱정했던 거야. 하지만 '왕'이 사라져도, 모든 프레이즈가 인정하는 자가 나오면 그자가 새로운 '왕'이 돼. '그녀' 정도의 힘은 없을지 몰라도 말이야. '그녀'는 그것을 바라고 후계자를 지명한 뒤, 나와 함께 프레이즈의 세계를 떠났어."

"마치 부모님의 반대를 무릅쓰고 사랑의 도피를 한 커플 같네."

생각한 것을 그대로 말하자, 엔데는 쓴웃음을 지으며 입을 열었다.

"그 말 그대로라고 할 수 있으니, 굳이 부정은 하지 않을게. 내가 데려간 것이 아니라, 둘이 같이 원한 것이니까. 그리고 한동안 우리는 순조롭게 세계를 올라갔어. 나는 '그녀'가 핵인 상태로 그 세계에 머물러 있을 때는 그 세계를 둘러보았고, '그녀'가 다음 세계로 떠나면 동시에 같은 세계로 전이했지. 생명체에서 전이하는 그 아주 짧은 시간만 '그녀'를 느낄 수 있거든. 그것을 따라 나도 전이하는 건데, 어느 때인가 믿을 수 없는 일이 일어났어. 우리가 찾아간 세계를 프레이즈가 침공한 거야."

"잠깐만. 그렇다는 건 프레이즈들도 이세계를 건너는 힘을 손에 넣었다는 거야?"

"그래. '그녀'는 이세계를 건너는 방법을 몇 가지인가 생각했어. 그중에서 가장 간단한 방법이 '세계의 결계'를 깨고 억지로 이세계로 들어가는 방법이었지. 하지만 나도 '그녀'도 그 방법은 사용하지 않았어. '세계의 결계'가 파괴된 세계는 완전히 무방비가 되거든. 자신의 목적을 위해 다른 세계를 위험해 빠뜨리는 것만큼은 피하고 싶었어. 그래서 '그녀'는 가사(假死) 상태의 '핵'이 되어 결계를 그냥 지나치는 방법을 사용한 거야. 하지만 다른 프레이즈들은 '그녀'가 남긴 그 방법을 사용해 우리를 쫓아왔어."

어딘가 모르게 머릿속에 마피아의 딸과 사랑의 도피를 한 엔데가 딸의 아버지가 풀어놓은 부하들에게 쫓기는 영상이 떠올랐다.

물론 이 경우에는 붙잡히면 딸이야 어쨌든 엔데는 살해당하는 스토리겠지.

"그 세계에서는 '그녀'가 빠르게 다음 세계로 넘어갔기 때문에 발견되지는 않았어. 하지만 그 세계는 엉망진창이 되었지. 그때 리세를 만나, 남은 프레이즈들이 어떻게 행동했는지 알게 됐어. 그 뒤로는 세계를 여기저기 돌아다니며 계속 쫓고 쫓기는 중이야."

"엔데는 세계를 건너는 능력이 있으니 이해가 되는데, 그 사람…… 리세는 어떻게 이동하는 거야?"

엔데에게 다른 사람을 건너가게 하는 능력이 있다면 '왕'인 '그녀'도 가사 상태가 되는 성가신 일을 하지 않아도 될 텐데.

"한두 사람이라면 같이 세계를 건너는 거야 시간이 걸리긴 하지만 불가능하지 않아. 하지만 '왕'인 '그녀'가 원하는 것은 '전이'가 아니라 '진화'거든. 나와 함께 살아가기 위해서는 세계를 하나하나 건너다닐 필요가 있어."

그렇구나. 프레이즈라는 존재에서 다른 존재로 다시 태어나는 것 같은 건가. 그렇게 생각하면, 나와 비슷한 것도 같다.

하지만 나의 경우, 하느님의 도움이 있었으니까. 그 프레이즈의 '왕'이 세계의 나선 계단을 하나씩 올라가는 중이라면, 나는 엘리베이터로 최상층까지 올라가 버린 것이라 할 수 있다.

"우리는 다른 세계를 하나씩 올라왔지만, 녀석들은 차원의 틈새에서 타이밍을 노렸어. 세계에는 결계가 강한 세계도 있고 약한 곳도 있거든. 결계가 약한 세계에 '왕'이 전이했을 때를 노려 몇 번인가 습격하기도 했지. 물론 그 세계의 사람들도 호락호락하게 그냥 살해당하지만은 않아. 개중에는 프레이즈를 격퇴한 종족도 있었어. 물론 내가 도와주긴 했지만. 그렇게 나는 쫓아오는 프레이즈를 물리치거나, 방해하면서 '그녀'를 지키고 세계를 건너다닌 거야. 그리고 몇천 년 전에 이쪽 세계에 도착했어. ……그리고 프레이즈의 대침공이 벌어졌지."

5000년 전의 세계 붕괴인가. 역시 그때부터 엔데는 이쪽 세계에 있었구나.

"그때는 역시 당황했어. 이쪽 세계의 인류가 몰살되면 '왕'은 언젠가 발견되고 마니까. 나도 싸웠지만, 역시 혼자서는 힘들었어. 리세는 도와주지 않았으니."

"나는 동포와 적극적으로 싸울 생각은 없어. 단지 '왕'이 결국 어디로 가는지 보고 싶을 뿐이야."

"이렇거든."

엔데가 어깨를 으쓱 들어 올렸다. 아무래도 리세는 프레이즈와의 전투에 참여할 생각이 없는 듯했다.

"당시, 이쪽 세계의 결계는 너덜너덜했어. 그래서 대부분의 프레이즈가 마구 들어온 거지만. 지배종들도 많이 밀려 들어서 일부 저항을 계속한 인간과 아인들도 멸망해 갈 뿐이 었지. 나는 마지막 수단으로, 프레이즈들이 '왕'의 핵을 손 에 넣으면 그것을 빼앗아 다른 세계로 건너가 몸을 숨길 생각 이었어. 그런데 어느 날을 경계로 세계의 결계가 회복되어 갔 지. 이유는 몰라. 하지만 세계의 결계가 일단 회복되면 나름 손쓸 방법이 없진 않아. 나는 이쪽 세계에 출현한 모든 지배종 과 상급종을 얼마 전의 네이처럼 차원의 틈새로 전이시켰어. 그 탓에 5000년이나 힘을 잃어 이세계 전이 능력을 사용할 수 없게 되었지만 말이야. 우리가 전이해 온 뒤 이쪽 세계의 사람 들이 열심히 하급, 중급종을 물리쳤나 봐. 그리고 겨우 힘이 돌아와 이쪽 세계로 다시 왔을 때, 토야와 만난 거지."

긴 엔데의 이야기를 다 들으니, 머리가 멍했다. 뭐라고 해야 하지……? 스케일이 너무 크다. 대체 얼마나 되는 세계를 건 넜고, 얼마나 많은 시간을 사용했는지 상상도 가지 않았다.

"다른 세계를 위험에 빠뜨리지 않으려고 했는데, 오히려 그 결과 위험에 빠뜨리고 말았다는 것은 얄궂은 이야기네."

"그래. 변명은 하지 않을게. 우리가 이쪽 세계에 오지 않았 다면 5000년 전의 세계 붕괴도 없었겠지. 우리는 자신의 사 정만으로 다른 세계를 희생되게 만들었어. 하지만 이제 와서 그만둘 수는 없어. 그것을 위해서라면 나는 모든 세계를 적으 로 돌려서라도 싸울 거야."

나를 똑바로 보는 엔데의 눈에는 굳은 결의에 찬 빛이 깃들어 있었다. 적반하장 같은 태도라고도 할 수 있고, 무책임하다고도 할 수 있다. 자신만을 생각하는 자기중심적 태도 그 자체이기도 했다. 하지만 그것을 다 알면서도 이 녀석은 행동하는 중이다. 결코 칭찬받을 일은 아니지만, 그 강한 의지만큼은 감탄할 만했다.

"그런데 이 이야기를 들은 지금, 토야는 어떻게 할 생각이야?"

"……현재로썬 어떻게 해야 할지 모르겠다는 게 본심이야. '왕'의 핵이 프레이즈에게 넘어가면 어차피 이 세계는 끝이고, 그렇다고 너를 어떻게 해 봐야 사태가 호전되는 것도 아니니까. 물론 호락호락 프레이즈들에게 당할 생각도 없어. 나타나는 프레이즈는 상급종이든 지배종이든, 전부 해치울 거야. 너희가 뭐라고 말하든 말이지."

눈앞에 있는 같은 지배종에게 나는 그렇게 말했다. 그 말을 듣고 리세가 말했다.

"동조할 수는 없지만, 그것도 어쩔 수 없지. 서로가 각오하고 싸우는 거라면 나는 방관자가 되겠어."

프레이즈들과 전면 전쟁을 벌여도 리세는 관여하지 않겠다는 건가?

"우리가 프레이즈를 모두 멸망시켜도 불평하지 않는다는 말이지?"

"애초에 다른 세계를 공격한 우리에게 잘못이 있으니까. 그러다 멸망한다면 그게 그 녀석들의 운명이란 말이겠지."

혹시 리세는 그렇게 됐을 때를 위해서 간섭하지 않는 건가? 적어도 리세가 살아남아 있으면, 프레이즈란 종이 멸망하는 것은 아닐 테니까.

아니, 아닌가. '프레이지아' 라는 곳에 남아 있는 프레이즈들도 있다. 따지자면 이쪽 세계를 습격하고 있는 프레이즈들은 원래 조직에서 분열되어 나온 '계열' 조직 같은 거니까. 완전 민폐잖아.

"나도 가능하면 이곳에서 '그녀' 를 노리는 녀석들이 사라져 줬으면 좋겠어. 그러려면 토야의 힘을 빌리는 게 좋을 것 같아. 그리고…… 전전부터 묻고 싶었는데, 토야는 정말 이쪽 세계 사람 맞아?"

정곡을 찔러 오는구나. 으음, 세계를 건너다니는 이 녀석에게 숨겨 봐야 소용없는 짓이려나?

"……나도 이쪽 세계에서 태어난 사람은 아니야. 하지만 엔데처럼 세계를 건너다닐 힘도 없고, 나는 자신을 이쪽 세계 사람이라고 생각해."

"세계를 건널 힘이 없이 없어? 그럼 어떻게……. 아, 이차원 재해에 말려든 건가? 차공방랑자(次空放浪者 드리프터즈)?"

"으음, 그런 거려나?"

하느님을 재해 취급하는 엔데를 보고 조금 쓴웃음을 지으며 나는 그렇게 대답했다.

　가사 상태인 프레이즈의 '왕', 이름도 모르는 '그녀'는 아마 아무것도 모른다. 결국 힘을 추구한 야심가들과 힘을 도저히 포기하지 못한 망자들이 스토커 같은 짓을 하는 것에 지나지 않는 것처럼 보였다.

　그렇다면 자신을 희생해서 다른 세계를 구하라고 하는 것도 뭔가 아닌 것 같은 기분이 들었다. 서로 더 이야기를 나눴어야 했다고는 생각하지만.

　프레이즈들이 있던 세계를 뛰쳐나올 때, 엔데의 충고를 받고 '그녀'는 '왕'의 후계자를 일단 결정해 둔 모양이었지만, 유감스럽게도 '그녀'는 너무 우수했다. '그녀'가 사라진 뒤, 그 후계자를 따르는 자와 따르지 않는 자가 둘로 분열하고, 따르지 않는 자들은 '그녀'가 처분한 '세계를 건너는 방법'을 독자적으로 되살려 '그녀'를 뒤쫓았다.

　지배종 중에 '그녀' 정도는 아니지만, 천재가 있다는 모양이었다. 아무래도 지배종들도 모두 하나로 뭉쳐 있는 것이 아니라, 각각 파벌 같은 것이 있는 듯했다.

리세는 정말로 어느 쪽에도 간섭하고 있지 않다고 한다. 엔데와 같이 행동하고 있긴 하지만, 엔데나 프레이즈들 중 어느 쪽도 돕고 있지 않았다. 하지만 그 리세를 '배신자'라고 받아들이는 지배종도 있는 듯해서…….

'왕'의 후계자를 따르지 않는 자신들을 제쳐 두고 그런 생각을 하다니, 부끄러운 줄도 모르는구나. 배신자가 대체 누구인지.

어딘가 프레이즈들이 부모님에게서 독립하지 못하는 응석꾸러기 같다는 생각이 들었다.

언제까지고 누군가에게 의지만 해서는……. 아, 코사카 씨가 말했던 것은 이런 걸 두고 한 말인가?

브륀힐드도 너무 나를 의지하게 되면 프레이즈와 마찬가지로 잘못을 저지를지 모르겠어.

내 나라가 아니다. 모두의 나라다. 그것을 잊지 말자고 나는 마음속으로 다짐했다.

마을에서 떨어진 대지에 선 용기사(드라군)는 아침 햇살을 받아 반짝반짝 빛났다. 맡아 두고 있던 용기사를 엔데에게 돌려주었다.

그러고 보니 리세가 감지판에 반응하지 않았던 것은 단순히 지배종에 반응하도록 설정되어 있지 않았기 때문이었다. 이번 기회에 나는 파장을 계측해서 지배종의 패턴을 기록하려고 했는데, 마음만 먹으면 지배종은 모든 프레이즈가 내뿜는 이 파장을 지울 수도 있다는 모양이었다.

더 나아가 동료나 부하와 만나고 있지 않을 때는 항상 파장을 지우고 있다고 한다. 스텔스 기능이 있단 말이야……? 리세는 프레이즈들과 따로 행동하기 때문에 어차피 감지판에 감지되지 않았을 거란 말이었다. 그래도 다른 지배종이 출현했을 때 알 수 있도록 졸라서라도 어떻게든 기록을 해 두려고 했지만, 거부당했다. 쳇.

용기사를 올려다보는 엔데에게 말을 걸었다.

"이제부터 어떻게 할 거야?"

"일단 지금까지대로 출현하는 프레이즈를 사냥할게. '그녀'가 이쪽 세계를 떠날 때까지."

그날은 과연 언제일까? 단, 떠나가서 이쪽 세계가 무사하더라도 다음 세계에서 똑같은 일이 벌어질 가능성이 있다.

'왕'이 어느 세계로 갈지는 모른다. '그녀' 자신도 아마 모를 테지. 엔데는 뒤에서 지켜 주기 위해 계속해서 '그녀'를 쫓아갈 게 틀림없다.

가능하다면 이곳에서 프레이즈를 모두 해치워 두고 싶다. 다음에 습격당하는 세계가 내가 원래 있던 세계일지도 모르니까.

나는 엔데의 마음도 모르는 게 아니다. 나도 소중한 사람과 세계를 저울질해서 둘 중 하나를 선택해야 하는 상황이 생기면, 예전의 나라면 몰라도 지금은 분명히 소중한 사람을 선택할 테니까. 그 외의 어떤 희생이 생기거나, 관계없는 사람에게 피해가 가더라도 돌아보지 않을지도 모른다.

만약 이곳에서 '왕'의 핵을 제거하지 않으면 모두가 죽는다고 한다면, 엔데가 무슨 말을 하든 제거해 버리겠지.

입장이 다르면 나도 엔데와 똑같은 행동을 했을 것이다. 우리는 서로 닮은꼴일지도 모른다.

엔데가 콕핏에 올라탔다. 후드를 쓴 리세를 오른손에 올린 뒤, 엔데는 발뒤꿈치 부분의 타이어를 내려 용기사를 고기동 모드로 전환했다.

"토야, 그럼 또 보자."

"그래."

흙먼지를 날리면서 용기사는 미끄러지듯이 달렸고, 순식간에 작아져 갔다.

"이곳에 계셨나요?"

"응? 아, 유미나."

돌아보니 유미나와 코하쿠가 있었다. 어제, 엔데 일행에 관한 이야기를 모두에게도 해 주었다. 다들 놀란 표정을 지었지만, 결국 앞으로의 방침은 변하지 않는다. 지금까지대로 녀석들이 습격해 오면 철저하게 항전할 뿐이다.

유미나가 내 옆으로 와서 작아져 버린 용기사를 바라보았다.

"만약…… 토야 오빠가 원래 세계로 돌아가 버리면……."

"뭐야, 갑자기."

"생각해 봤어요. 토야 오빠와 함께 살아갈 수 없다면 과연 삶에 무슨 의미가 있을까 하고요. 그리고 토야 오빠를 쫓아갈 방법이 있다면 저는 망설임 없이 그 길을 선택하겠죠."

엔데와 '왕'인 '그녀'의 일을 말하는 걸까. 세계를 건너길 선택하고, 함께 살기로 결단한 두 사람. 그것이 수많은 비극의 방아쇠가 된 것은 안타깝지만, 나도 원래 있던 세계로 돌아간다면, 아마 유미나와 약혼자들을 만나기 위해 이세계로 건너갈 방법을 찾을 거라 생각한다.

저편의 세계에서 '이세계에 가는 방법을 찾고 있다'고 말하면, 정신이 이상한 사람이라고 여겨질지도 모른다. 하지만 그런 건 아무래도 상관없다. 오컬트든, 수상한 종교든, 가능성이 조금이라도 있다면 그것에 의지하겠지.

나도 유미나와 약혼자들과 함께 살 수 없다면, 살아 있는 의미가 없으니까.

나는 옆에 서 있는 유미나의 어깨에 손을 얹고 가볍게 끌어당겼다.

"괜찮아. 나는 아무 데도 가지 않을 거야. 설사 다른 세계로 날아가더라도 반드시 너희가 있는 곳으로 돌아올게. 하느님에게 부탁해서라도."

"하느님이요? 부탁을 들어주면 좋을 텐데요."

농담이라고 생각했는지 유미나가 작게 웃었다.

이 웃음을 지켜 줘야 한다. 계속 곁에 있어야 한다. 약혼자들과 미래를 함께 걸어가야 한다. 그러기 위해서 내가 할 수 있는 일은 모두 다 하자.

유미나의 어깨를 안으면서 나는 마음속으로 그렇게 다짐했다.

"아, 토야 님."

훈련장 앞을 지날 때, 벤치에 걸터앉아 있던 루가 우리를 보고 손을 흔들었다. 훈련용의 가벼운 차림으로 손 근처에는 작은 목검 두 개가 놓여 있었다. 그 옆에는 마찬가지로 에르제가 앉아 어깨에 걸려 있던 타월로 얼굴의 땀을 닦았다.

훈련장에서는 야에와 힐다가 엄청난 기세로 대결을 펼쳤다. 모로하 누나에게 배울 수 있게 된 뒤로, 두 사람은 쑥쑥 실력을 키웠다. 아마 이미 두 사람은 달인 수준에 접근하지 않았을까 생각한다.

그 모습을 멀찍이서 기사단 사람들이 눈으로 좇았다.

우리가 벤치의 두 사람에게 다가가자, 에르제가 힐끔 바라보며 입을 삐죽였다.

"뭐야, 아침부터 둘이 같이 있었어?"

"조금. 어? 삐쳤어?"

"삐, 삐치긴 누가 삐쳤다고 그래?"

얼굴을 붉게 물들이면서 에르제가 타월로 다시 얼굴을 닦았다. 여전히 알기 쉬운 성격이다. 물론 그런 점이 귀엽긴 하지만.

"다른 약혼자들은?"

"린제랑 린은 박사가 데리고 갔는데, 바빌론에 있는 거 아닐까? 프레임 기어의 조정이 있다고 들었어."

"제 기체도 빨리 만들어 주셨으면 좋겠어요."

"너무 서두르지 마. 나중에 만든 기체가 더 고성능이라고도 하니까, 기대하고 있어."

가볍게 삐치는 루를 나는 쓴웃음을 지으며 위로해 주었다. 나도 아직 없잖아. 아마 나는 제일 마지막이겠지? 나는 프레임 기어가 없어도 상급종과 싸울 수 있으니까. ……원래 비장의 카드는 제일 마지막의 나오는 법이야.

스스로를 그렇게 다독이고 있을 때, 성 쪽에서 사쿠라와 스피카, 그리고 스우가 다가왔다.

"토야!"

"스우. 오늘은 아침에 왔나 보네?"

달려와 안겨 드는 스우를 받아 주었다. 스우는 벨파스트의 본가에 있는 집에서 성의 전이실을 통과해 이곳으로 온다. 평소에는 대략 점심때에 오는데 말이지.

"그래. 토야의 아내로서 신부 수업을 게을리할 수 없으니 말이야. 오늘은 종일 이쪽에 있을 예정이네. 자고 와도 좋다고 아버지에게도 허락을 받았으니, 토야 오늘은 같이 자세!"

"아니, 그건 좀 글쎄?!"

그 말을 듣자 주변의 약혼자들이 모두 일제히 나를 노려보았다.

지금까지 스우가 이곳에 머물 때는 대체로 유미나의 방에서 같이 잤지만, 왜 오늘은 이런 말을 하는 건지.

"왜 안 되는가? 토야는 나와 함께 자는 것이 싫은가?"

"아니, 그건 아니지만, 아직 이르다고 해야 할지, 이상하게 소문이 나면 난처하다고 해야 할지……."

"소문? 그냥 같이 자기만 하는데 말인가?"

진심으로 무슨 말을 하는지 모르겠다는 듯이 순수한 눈으로 스우가 고개를 갸웃했다. 아니, 그건 나도 안다. 스우가 생각하는 것과 내가 생각하는 것의 차이가 무엇인지. 물론 뭘 할 생각은 없었어요!!

식은땀이 흐르기 시작해서 옆에 있던 유미나에게 도와 달라고 시선을 보냈다.

그런 눈빛을 눈치챘는지, 유미나가 생긋 웃으며 스우에게 말했다.

"있지, 스우. 신분이 높은 결혼 전의 남녀가 단둘이서 같이 잠자리에 들면, 사람들에게 좋은 평판을 들을 수 없어."

"그런가? 유미나 언니?"

"그래. 그러니까 토야 오빠를 포함해 모두 다 같이 자자. 그러면 문제없어."

"뭐어어어?!"

갑자기 무슨 소리야, 유미나!! 아무리 생각해도 문제가 있잖아!

"앗! 무슨 소리야?! 그러면 안 되잖아?!"

"뭐가요? 그냥 같이 침대 위에서 잠을 자는 것뿐인데요? 아무 문제도 없잖아요. 아니면 '무언가'를 할 생각이었나요?"

"……크으으."

미소를 지으며 대답하는 유미나를 보고 나는 대답이 궁해졌다. 확실히 잠을 자는 것뿐이라면 문제가 없는…… 건가?

"앗, 기다려, 유미나! 다같이라니, 우리도 포함되는 거야?!"

"당연하잖아요. 아니면 에르제 씨만 다른 방에서 주무실래요?"

"우으으……. 그것도 뭔가 진 것 같은 기분이……. 하지만…… 우우우~."

"나는 별로 상관없어."

난 아무렇지도 않아, 라고 하듯이 사쿠라가 입을 열었다. 상관없다고 말은 하지만 얼굴도 빨갛고, 눈이 이리저리 움직이고 있습니다만. 그 옆에서 스피카 씨가 난처하다는 듯이 눈썹을 모았다.

"저, 저도 괜찮아요! 토야 님! 같이 자죠, 우읍!"

"목소리가 너무 커!"

크게 외치려고 하는 루의 입을 나는 급히 막았다. 이 흐름은 대체 뭐지?! 어쩌다 이런 상황이?! 누가 좀 도와줘요! 헬프미~!

내 기도가 통한 것인지 품에서 스마트폰이 울렸다. 정말 다행이라며 꺼내 보니, 길드 마스터인 레리샤 씨의 전화였다.

"네, 여보세요?!"

〈바쁘신데 죄송합니다. 실은 라일 왕국의 변경 길드에서 1000을 넘는 수의 프레이즈가 출현할 징조를 관측했습니다. 상급종은 없는 듯하지만, 수가 많은 데다 출현 예상 시간이 세 시간 후입니다.〉

"세 시간?! 그렇게 빨리……."

지금까지는 아무리 빨라도 하루 정도는 여유가 있었는데……. 이것도 세계의 결계가 무언가 영향을 받았기 때문인가?

〈그래서 피난도 가세도 할 수 없는 상황이라, 공왕 폐하에게 부탁할 수밖에 없습니다……. 물론 라일 국왕에게서는 허가를 받아 두었습니다.〉

"알겠습니다. 자세한 위치는 메시지에 첨부해 보내 주세요. 이쪽도 기사단을 보내겠습니다."

〈잘 부탁드립니다.〉

나는 전화를 끊었다. 조금 전까지 같이 자니 안 자니로 떠들썩했던 모두가 내 모습을 아무 말 없이 바라보았다. 조금 전의 그 일은 흐지부지된 모양이었다. 도움의 손길을 내밀어 준 것이 프레이즈라는 사실도 얄궂다.

훈련장에 있는 기사단을 모두 모아 상황을 설명해 주었다.

"라일 왕국 변경에서 프레이즈의 출현을 감지했습니다. 숫자는 약 1000여 대. 출현은 세 시간 후입니다. 브륀힐드 기사단은 지금부터 프레이즈 토벌을 위해 라일 왕국으로 갑니다. 시간이 있는 사람에게도 연락해 주시고, 한 시간 후에 모든 준비를 끝낸 뒤, 기사단의 숙소 앞으로 집합하십시오!"

〈네!〉

기사단의 모두가 각자 빠르게 뛰며 흩어졌다. 자신의 무기를 가지러 가거나, 밖으로 나간 동료를 부르러 가기 위해서다.

나는 나대로 단장인 레인 씨, 부단장인 니콜라 씨, 노른 씨에게 전화를 걸어 상황을 설명해 두었다. 그리고 바바 할아버지와 야마가타 아저씨에게도 내가 없을 때 잘 부탁한다고 전해 두어야 한다. 서두르자.

"큰일이네요."

"그러게. 하지만 이것도 세계를 지키기 위해서잖아. 완수해야지."

유미나의 말을 듣고 성격에도 없는 소리를 하며 나는 하늘을 올려다보았다.

이쪽 세계에 온 뒤로 수많은 일이 있었다. 솔직히 살아가기에는 이전에 있던 세계보다 험난한 곳이라고 생각한다.

그래도 나는 소중한 모두가 살아가는 이쪽 세계가 좋다. 그러니까 싸워서 지킬 생각이다. 단지 그뿐이다.

"좋아, 갈까?"

내 말을 듣고 모두가 고개를 끄덕였다.

이쪽 세계에 왔을 때, 나는 품 안의 스마트폰밖에 없었다. 하지만 지금은 이렇게 마음 든든한 동료들이 많다.

앞으로도 정말 많은 일이 벌어지겠지. 하지만 모두와 함께라면 반드시 극복할 수 있다. 틀림없이.

그렇게 확신하면서 나는 바빌론으로 가는 【게이트】를 열었다.

참고로 프레이즈를 격퇴한 그날, 우리는 함께 자기 위해 모였지만, 걸즈토크를 버티지 못한 나는 소파에서 혼자 잠들고 말았다는 사실을 덧붙여 둔다.

브륀힐드는 매일 점점 더 커졌다.

나라 자체는 공국이라고는 해도 작은 토지에 마을이 하나뿐이라, 몇 시간 정도만 걸어도 통과할 수 있을 정도의 크기였다.

하지만 그곳에 사는 사람들은 점점 늘어나 성 아래의 마을은 눈에 띄게 확장되어 갔다.

구획 정리를 담당하는 나이토 아저씨도 매일 동분서주하며 바빴다. 타케다 사천왕 중에서 코사카 씨 다음으로 바쁜 사람은 틀림없이 그 사람이다. 그야말로 절로 머리가 숙여진다.

"호오호오. 꽤 활기가 넘쳐 좋은걸? 마음에 들었어."

잘난 척하듯 그렇게 중얼거리고 작게 고개를 끄덕이기도 하면서, 어린 여자아이가 흰 가운을 끌며 성 아랫마을을 걸었다.

바빌론의 창조자이자, 프레임 기어의 부모인 레지나 바빌론 박사였다.

오늘은 박사가 지상을 보고 싶다고 해서 이렇게 안내를 해 주는 중인데……

"그런데 그 흰 가운, 어떻게 좀 안 될까?"

"전에도 말했다시피, 【프로텍션】이 걸려 있어서 더러워지 거나 쓸리지 않으니, 걱정할 필요 없어."

아니, 그게 아니라 그냥 눈에 띄어서 그런 건데. 게다가 누가 밟으면 위험할 것 같아.

"박사님은 입는 옷에 별로 신경을 안 쓰시거든요. 말해 봐야 입만 아플 거예요, 마스터."

바빌론 박사와 나란히 걷는 '정원'의 셰스카가 그렇게 말했다.

셰스카에게 박사는 '전(前)' 마스터다. 자세한 성격과 기호 도 모두 속속들이 알고 있겠지. 그럼 그냥 내버려 둘까?

"오, 뭐지, 저건?!"

박사가 길가에서 아이들이 쇠팽이를 가지고 노는 모습을 보 더니 그쪽으로 돌진해 갔다. 고대의 마법 시대에도 쇠팽이는 없었던 건가? 아니, 팽이는 있었을지 모르지만 쇠팽이가 없 었을 뿐인가?

"저렇게 보면 평범한 아이 같네, 요."

같이 있던 린제가 박사를 보며 미소 지었지만, 너무 무르다 고 말할 수밖에 없었다. 마음속은 중년 아저씨보다도 더 질 나 쁜 변태야.

쇠팽이에 흥미를 잃었는지, 박사가 이번에는 다른 방향으로 달리기 시작했다. 무언가 새롭게 흥미가 생긴 것을 발견한 거 겠지.

그런 정도로 생각했는데, 달리는 박사 쪽을 보니 채소 가게 앞에서 채소를 음미하는 젊은 여성의 모습이 보였다.

"으~럇!"

"꺄아아아아아?!"

"풉?!"

　등 뒤로 달려간 박사가 여성의 스커트를 화악 들췄다. 흰색이 눈부시다.

"뭐 하는 거야, 이 바보————!"

　나는 재빨리 박사에게 달려가 머리를 냅다 때렸다. 아동 학대? 이 녀석은 아동이 아니잖아!

　린제와 둘이서 여성에게 열심히 사과하고, 간신히 그 자리를 수습했다. 여성도 어린아이의 장난이라고 생각했는지, 쓴웃음을 지으면서도 용서해 주었다. 박사를 옆구리에 껴안은 채, 나는 그 자리를 재빨리 떠났다.

"아팠어~. 어린아이의 천진난만한 장난이잖아."

"거짓말 마! 어른의 비뚤어진 마음밖에 안 가지고 있는 주제에!"

"그 말은 좀 섭섭하네. 비뚤어졌다고 할 정도면 이렇게……."

　박사가 안긴 채 내 엉덩이를 쓰다듬었다.

"에잇!"

"아야야?!"

　나는 그 자리에서 성추행 아저씨를 집어던졌다. 그 묘하게 익숙한 손놀림이 무서워! 상습범인가?!

"더 이상 함부로 행동하면 바빌론에 유폐할 거야……?"

"시, 싫어어어~. 그냥 작은 장난일 뿐이잖아."

"어디가 작은 장난…… 으학?!"

박사를 추궁하는 내 엉덩이에 조금 전과 똑같은 감촉이 덮쳐 왔다.

"오오우, 이건 꽤."

"그만해!"

노골적으로 쓰다듬는 에로 메이드의 손을 떨쳐 냈다. 젠장. 이 녀석도 박사의 분신이나 마찬가지니! 도저히 방심할 틈을 안 주네?!

"………."

"……린제. 제발 움직이던 손을 멈춰 줘."

"네? 아, 아하하……."

나는 오른손을 펼치고 작게 돌리듯이 움직이는 린제에게 주의를 주었다. 린제에게까지 성추행을 당하면 난 울지도 모른다.

짝짝 모래를 털면서 박사가 일어나더니, 품에서 그 양산형 스마트폰을 꺼냈다.

"지도를 보니 술집은 있지만, 아직 업소는 없는 모양이네."

"있다고 하더라도 네 모습으로는 들어갈 수 없거든……?"

이쪽 세계에서는 열다섯이 되면 일단 성인으로 인정해 준

다. 술도 마실 수 있고, 도박도 가능하고, 업소에 출입하는 것
도 가능하다.

이쪽 세계의 도박은 투기장이나 레이스 관련이 많고 카드 계
열은 그다지 많지 않다. 트럼프도 없었고 말이야. '그림 맞추
기' 같은 것은 있긴 하지만.

도박장 같은 곳은 없지만 술집 구석에서 내기하는 것을 본
적은 있다.

업소 같은 곳도 왕도 같은 곳에는 꽤 많았지만, 돈과 여자 등,
욕망이 모이는 장소라 나쁜 일의 온상이 되기에 십상이었다.

현재는 기사단만으로도 힘에 벅차서, 더 이상 문제의 싹을
만들고 싶지는 않았다. 물론 언젠가는 만들어야 할지도 모르
지만.

"응? 얼굴을 보니 '업소를 만들면 시찰이라는 명목으로 마
구 다닐 수 있겠어, 쿠헤헤헤헤헤.' 라고 생각하는 것 같은데?"

"야, 기다려! 사람의 마음을 멋대로 날조하지 마!"

"토야 씨……?"

박사의 말을 듣고 등 뒤에서 천천히 움직이며 린제가 차가운
시선을 보냈다. 이 아이는 순수한 만큼 이런 이야기를 진심으
로 받아들일 때가 있어 위험해!

"잠깐만, 린제. 지레짐작하지 마. 나한테 그런 배짱이 있다
고 생각해?!"

"앗. 그, 그러네요. 말을 듣고 보니……."

큭……. 바로 물러나 준 것은 고맙지만, 뭐지? 이 알 수 없는 처량함은.

"참 한심한 이유네."

"마스터는 나약한 기질을 타고났으니까요."

"거기, 시끄러워!"

참나! 원인을 따지면 다 너희 탓이잖아!

"그런데 그러네. 린제는 토야의 약혼자잖아?"

"그게 왜?"

뭐 불만 있냐는 듯이 나는 박사를 노려보았다. 으으음, 안 되지, 안 돼, 마음이 거칠어졌어.

"그런 것치고는 별로 러브러브하게 달라붙지 않아서 말이야. 우리는 신경 쓸 필요 없어."

"너 진짜……. 신경을 쓴다든가 그런 게 아니라……."

"앗. 저는 러브러브하게 달라붙어 있고, 싶어요! 하지만……."

린제가 얼굴을 새빨갛게 물들이며 그렇게 말을 하니, 나는 뭐라고 말을 할 수 없었다. 그야 나도 마음은 같아! 하지만!

린제가 스스슥…… 하고 내 왼쪽 옆으로 다가와 꼬옥 팔짱을 끼었다. 저어, 린제 씨? 다, 닿았는데요…….

"어라어라. 뜨겁구먼."

"휘유~ 휘유~."

너희가 부추기고는 무슨 소리야, 진짜……. 말은 그렇게 했지만 솔직히 기뻤다.

　잠시 마음대로 하게 두자는 생각으로 그대로 걷기 시작했는데.

　"앗, 폐하 아니십니까. 뜨겁군요."

　"어머, 린제. 참 사이좋네."

　"여, 두 사람! 사과 필요 없어?! 싸게 줄게!"

　아무튼 작은 나라다. 주변 사람들은 모두 아는 사이라고 해도 과언이 아니다. 놀림도 받고 축복도 받고 해서, 린제의 얼굴이 새빨갛게 고정되어 버렸다.

　"신경 쓰지 않는 편이 좋아. 우리는 약혼자니까, 별로 이상한 일은 아니잖아."

　"……네. 그러네요."

　아직 얼굴이 빨갰지만, 린제가 작게 미소를 지어 주었다. 이런 일을 자연스럽게 할 수 있게 되면 좋을 텐데. 아직 갈 길이 멀다. 그래도 너무 급하게 생각할 필요는 없다.

　"뻔뻔하게 나오니 재미가 없네……. 업소는 일단 접어 두고, 오락 시설 같은 건 없어?"

　"일단 야구장이 있어. 간단한 레이스장도 지금 옆에다 만드는 중이고."

　"야구장?"

　아, 그렇지. 박사 일행은 아직 모르는구나. 설명할까도 생각했지만, 보여 주는 것이 빠를 듯했다. 마침 오늘은 기사단 팀과 상점가 팀의 시합이 있었다.

백문이 불여일견. 우리는 상점가에서 야구장으로 발걸음을 옮겼다.

까앙~. 그런 메마른 소리와 함께 흰 공이 날아갔다.

"돌아라, 돌아~!"

벤치의 응원을 받은 타자가 2루까지 진루한 뒤 발걸음을 멈췄다.

시합은 일진일퇴의 접전이었다. 벨파스트나 레굴루스처럼 나라끼리의 큰 시합은 아니었지만, 꽤 뜨겁게 달아올랐다.

"흐음. 공을 사용한 경기라는 거구나. 꽤 재미있는 게임인 것 같아. 혹시 이것도 '그쪽' 세계의 건가?"

"맞아. 내가 살던 나라에서는 인기 스포츠…… 경기였어. 원래는 다른 나라에서 만든 거지만."

나 자신은 학교에서 체육 시합 때밖에 해 본 적이 없지만. 친구가 소년 야구 팀에 들어갔기 때문에, 응원하러 간 적은 몇 번인가 있다.

"파르테노 성왕국에서도 인기 있는 구기 경기라면 있었어. 이 정도 되는 커다란 볼을 상대를 향해 서로 던졌지."

그렇게 말하며 박사는 배구공 정도 되는 크기를 손으로 표현

해 보였다. 상대를 향해 서로 던진다라…… 피구 같은 건가?

"잘못 잡으면 공 내부의 마력이 폭주해서 폭발하지. 상대를 호들갑스럽게 날리면 날릴수록 점수가 높아. 열을 셀 동안 일어서지 못하면 패배야."

피구도 뭐도 아니었다. 그게 정말로 구기 종목이야? 무슨 복싱 같은데?

그런 이야기를 하는 사이에 조금 전 2루타를 친 선수가 홈으로 돌아왔다. 관객석에서 희비가 엇갈리는 환성이 울려 퍼졌다.

기본적으로 이곳의 야구장은 유료로 빌려주고 있다. 그렇지만 가격이 그렇게 높은 것은 아니었다. 다 같이 조금씩 돈을 내면 충분히 사용할 수 있을 정도의 수준이었다.

아이들은 그냥 들판에서 야구를 하지만 말이지.

"프레이즈에게 파괴됐던 5000년 전보다 마법 문명은 뒤처졌지만, 역시 이 시대에는 활기가 넘치는구나."

"프레이즈의 대습격으로 피해는 어느 정도나 났어?"

"으~음. 우리는 하늘로 도망가서 정확하게는 모르지만……. 대부분의 나라가 멸망했었지. 크면 클수록 말이야. 프레이즈들은 사람이 많은 곳으로 향해 갔으니까……."

그렇구나. 사람이 많은 나라일수록 많은 프레이즈를 불러들인 건가……. VIP 관객석에서 시합을 바라보는 박사에게 린제가 말을 걸었다.

"박사님이 살던 나라도, 말인가요?"

"그래. 파르테노도 멸망했지. 대륙의 3분의 1을 차지하고 있던 대국이 순식간에. 나는 얼마 안 되는 친구만을 데리고 바빌론에 틀어박혀 있었기 때문에 무사했지만 말이야."

"파르테노의 바보 왕이 바보 같은 요구를 해서 도망갔었죠?"

셰스카가 박사의 대답에 이어서 그렇게 말했다. 도망가? 바보 왕이라니 무슨 말이지?

"만약의 사태가 벌어지면 왕족과 귀족만 도망칠 테니 피난 장소로 바빌론을 내놔라, 라고 했지. 웃기지도 않아. 몇 년에 걸쳐서 만든 나의 최고 걸작을 누가 넘겨줄 줄 알고? 각각의 관리인인 셰스카 일행까지 한꺼번에 넘기라는 소리를 들었을 때는 화가 나기보다도 어이가 없었어. 그래서 정나미가 떨어졌지."

"선대 국왕은 멀쩡했는데 말이죠. 국왕이 국민을 버리고 도망가다니, 창피를 몰라도 너무 모르는 사람이에요."

셰스카가 웬일로 화가 난 목소리로 말했다. 아주 싫었나 보네. 확실히 국민을 버리고 도망가려고 하다니, 같은 국왕으로서 역시 그건 좀 그렇다는 생각이 들었다.

물론 박사나 셰스카는 그 국왕의 됨됨이 탓에 화가 난 것이 아니라, 바빌론을 내놓으라든가, 셰스카 일행을 내놓으라고 말을 해서 화가 난 것 같았지만.

"음, 왕도 사람들을 전이 마법으로 도망치도록 도와주긴 했지만, 결국 파르테노는 멸망했어. 누가 뭐라고 해도 우리 마법 문명과 프레이즈는 궁합이 최악이라서 말이야. 마법이 전혀 통하지 않으니까. 대부분의 나라는 마법 병기뿐이라 대항하기가 힘들었어."

그래도 드워프들이 만든 파워드 슈트 같은 마도 갑옷이나, 골렘 같은 마법 생명체 등이 있었던 덕분에 조금이나마 저항은 할 수 있었던 모양이었다.

하지만 그래도 하급, 중급종을 격퇴하는 정도로, 상급종, 그리고 지배종은 전혀 상대할 수 없었다고 한다.

"그래서 나는 프레이즈를 격퇴하기 위한 결전 병기, 프레임 기어를 만들기 시작한 거지. 아쉽게도 완성되기 전에 프레이즈들이 사라져 버렸지만. 프레임 기어는 싸우지도 못하고 고스란히 '격납고'행이었는데, 애물단지가 되지 않아 다행이야."

5000년 후에 다시 프레이즈가 나타날 거라고는 생각하지 못한 박사였지만, 결과적으로 프레임 기어를 만들어 보존해 둔 보람이 있었던 셈인가.

"아무튼 중요한 것은 과거보다 미래야. 5000년 전에는 나라끼리 서로 다투었기 때문에 도저히 서로 연계할 수 있을 만한 상황이 아니었어. 프레이즈를 상대 나라가 만들어 낸 침략 병기라는 말까지 했을 정도였지. 그에 비하면 지금 시대의 나라들은 그럭저럭 통합된 편이야. 다른 나라들도 협력해서 일치 단결하면, 프레이즈를 격퇴할 수 있을지도 몰라."

아니, 프레이즈를 내가 소환한 마물이라고 소문내고 다니는 나라도 있는데…….

그런 생각을 하고 있는데, 박사가 품에서 스마트폰을 꺼냈다. 응? 메시지인가?

"스우의 기체 조정이 슬슬 끝날 모양이야. 일단 바빌론으로 돌아갈까?"

"그렇구나. 그럼 맞이하러 가 볼까?"

VIP석에서 【게이트】를 열어, 나와 린제, 박사와 셰스카는 바빌론의 '격납고'로 넘어갔다. 박사와 셰스카는 바빌론으로 갈 수 있는 단거리 이동 능력을 지니고 있었지만, 기왕에 가는 거 겸사겸사다.

'격납고'에 도착하니, 황금 프레임 기어…… 스우의 전용기인 '오르트린데'가 정비소에 들어가 있었다.

그 콕핏에서는 무수히 많은 코드가 뻗어 있었고, 그것들은 발밑에 있는 흰색 계란형 케이스에 연결되어 있었다. 이쪽은 프레임 기어의 훈련기 프레임 유닛이다.

프레임 유닛 위쪽에 떠오른 화면에는 지금 그야말로 오르트린데가 서포트 메카닉과 합체해 거대 프레임 기어 '오르트린데 오버로드'가 완성된 참이었다.

"좋아. 문제없는 것 같아."

영상을 보면서 '격납고'의 관리인인 모니카가 고개를 끄덕였다. 그리고 손에 있는 터치패널 같은 콘솔을 오른손 손가락으로 툭 쳤다.

"흐음. 수동 합체보다 빨라졌네. 이거라면 스우 혼자서도 출격할 수 있으려나?"

박사가 모니카 뒤에 서서 콘솔을 들여다보았다. 수치 같은 것이 다양하게 늘어서 있었지만, 나는 전혀 뭐가 뭔지 알기가 힘들었다.

"그럼 이제 거의 오토로 합체할 수 있다는 거야?"

"그래. 얼마 전의 전투로 데이터를 확보했거든. 다음부터는 우리가 타지 않아도 합체할 수 있어."

푸쉬, 하고 공기가 빠지는 소리가 나더니 계란형 프레임 유닛이 열리고 안에서 스우가 뽀옹 하고 뛰어나왔다.

"어떤가?! 완벽하지?"

"좋아. 그럼 오토로 전환할게. 조정이 끝나면 또 와 줘."

"그래! 부탁하네, 모니카!"

크레인에 올라탄 모니카가 오르트린데의 콕핏으로 올라갔다.

"수고했어."

"수고하셨, 습니다."

"수고는. 이 정도는 별것 아니네."

스우가 우리가 있는 아래쪽으로 달려왔다. 스우는 프레임 기어의 조종 실력이 상당했다. 이런 것은 어린아이가 더 빨리 배우는 것 같다.

"박사님~? 계신가요? 실례합니다~……. 으왓?!"

'격납고'에 온 '창고'의 관리인, 파르셰가 아무것도 없는 곳에서 발을 헛디뎠다. 재주도 좋아!

가지고 있던 배낭 같은 것이 공중에 떠올랐다. 빙글빙글 회전해서 떨어지는 그것을 세스카가 멋지게 붙잡았다.

쓰러질 뻔했던 파르셰는 간신히 균형을 잡고 그 자리에 섰다.

"여전하네, 파르셰. 그건 그렇고, 나는 이렇게 덜렁이가 아닐 텐데~. 왜 이런 아이가 된 거지?"

"아니요~. 그 정도까지는……."

쑥스러운 듯이 머리를 긁는 파르셰. 방금 그건 칭찬이 아니잖아…….

"그래서? 또 뭔가 부쉈나 보지?"

"그게 말이죠, '창고'에 보관해 두었던, 그 매직백 안에 아무것도 안 들어가더라고요. 망가졌나요?"

매직백? 아, 내 【스토리지】 같은 효과가 부여된 백을 말하는 건가? 미스미드의 상인, 오르바 씨가 가지고 있었지? 많이 들어갈수록 고가(高價)라고 했던가?

전에는 여차하면 【스토리지】를 부여해서 돈을 잔뜩 벌까도 생각한 적이 있다.

박사가 셰스카에게서 작은 배낭을 받아들고 꼼꼼하게 살펴보았다.

"이거야? 이런 걸 만들었던가……?"

"뭐야, 설마 기억 못 해……?"

"박사님은 번뜩 떠오르면 만들지만 금세 질려서 그냥 방치해 두는 것이 일상이었으니까요. 본인도 잘 모르는 작품이 아주 많아요."

셰스카의 말을 뒷받침하듯이 박사는 으~음 하고 낮게 중얼거리며 고개를 갸웃했다.

"모르겠어. 【애널라이즈】."

결국 분석 마법이구나.

"응? 어라? 이건……."

"역시 망가진 건가?"

"어? 아……. 그런 것 같네. 그래도 나중에 시간 되면 고칠 거야."

으응? 뭐지? 시치미를 떼는 태도가 영 마음에 걸리네. 속이 빤히 들여다보여. 뭘 숨기고 있는 건가?

캐물으려고 했을 때, 옆에 있던 스우가 내 소매를 잡아당겼다.

"토야, 배가 고프네. 밥을 먹으러 가세."

"아, 벌써 점심시간이 지났, 네요."

린제가 주머니에서 스마트폰을 꺼내 시간을 확인했다. 어라? 벌써 그런 시간이야?

박사 일행과 헤어져 【게이트】를 통해 성의 복도로 돌아갔다. 이전에 직접 식당으로 날아갔더니, 음식을 나르던 사람들이 깜짝 놀라 국이 든 냄비를 떨어뜨린 적이 있었기 때문에, 식당에는 걸어서 가기로 했다.

도중에 기사단장인 레인 씨를 만나서 오후부터 있을 훈련에 대해 가볍게 서서 이야기를 한 다음 우리는 셋이서 식당으로 갔다.

"오늘 점심은 무엇일지 궁금하구먼. 클레아가 만드는 요리는 맛있으니 정말 기대되네."

"요즘에는 루도 만들고 있어, 요. 루의 요리도 주방장이신 클레아 씨 못지않게 맛있, 어요."

식당으로 가면서 스우와 린제가 이런저런 이야기를 하고 있는데, 맞은편에서 굉장히 당황한 듯한 표정을 지으며 유미나가 이쪽으로 달려왔다. 웬일이지? 유미나가 이렇게 서두르다니. 게다가 얼굴이 새빨간데 무슨 일이라도 있었나?

"토토토, 토야 오빠! 토야 오빠는 남자분이시니 그런 것에 흥미가 있어도 어쩔 수 없다고, 저, 저는 이해하고 있지만, 가, 가능하면 이런 방식은 그만둬 주셨으면 해요!"

"응?"

새빨개진 얼굴로 마구 말을 쏟아 낸 유미나를 어리둥절한 표정으로 바라보는 나. 유미나가 무슨 소리를 하는지 전혀 이해

를 못 하겠습니다만.

"그그그, 그러니까, 저어, 돌려주시기만 하면 이 일을 내밀하게……. 아무리 그래도 일국의 왕인데 속옷 도둑질을 하면 내외의 소문이……."

"잠까~안! 진짜 무슨 이야기야?! 왜 내가 속옷 도둑인데?!"

누명이야!! 어라? 왜 스우랑 린제까지 날 노려보는 거지?!

"토야……. 역시 그건 잘못된 일이라 생각한다만? 훔치지 말고 가지고 싶으면 가지고 싶다고……."

"그런 욕구가 쌓여 있으셨던, 건가요……?"

"난 그런 짓 한 적 없다니까! 난 아무 죄 없어!"

왜 약혼자의 속옷을 훔쳐야 하는데? 그렇게까지 타락한 적은 없어!

"하, 하지만, 갑자기 입고 있던 속옷을 빼앗을 수 있는 사람은 토야 오빠 이외에는……!"

"어?! 입고 있던 걸 도둑맞았다고?!"

내가 한 말을 듣고 화아아아악, 하고 더욱 얼굴이 빨개진 유미나. 내 시선을 피하려는 듯 유미나가 몸을 비틀었다.

옷 안의 속옷만을 훔친다……. 확실히 나의 【어포트】를 사용하면 불가능하지 않지만…….

"그렇군. 토야의 【어포트】라면 가능해. 그런데 유미나 언니, 그건 언제 도둑을 맞은 것인가?"

"조금 전에. 식당에 가려고 했는데 갑자기……. 이런 일이

가능한 사람은 토야 오빠뿐이라고 생각해서…….”

“그런데 토야 씨는 저희와 계속 있었, 어요. 속옷은 안 가지고 있었는데, 요…….”

“미리 말해 두지만 【스토리지】에 수납해 두지도 않았어!”

그렇다고 해서 무죄라는 증거가 되는 것도 아니지만. 【스토리지】에 넣고 뺄 수 있는 사람은 나뿐이고, 안을 들여다볼 수 있는 것도 아니니까.

“꺄악?!”

내가 어떻게 결백을 증명할까 궁리를 하고 있는데, 복도의 모퉁이 끝에서 짧은 비명이 들려왔다. 저 목소리는 루다. 설마…….

모퉁이를 돌아 나타난 루도 얼굴을 새빨갛게 물들이며 내가 있는 쪽으로 다가왔다.

“토, 토, 토야 님! 어떠한 사정이 있든 간에 소녀의 속옷을 훔쳐서는 절대 안 돼요. 무뢰한으로 전락하는 일이에요!! 꼭 마음에 드는 속옷을 입지 않았을 때 훔칠 필요는……!”

“악―――! 아니야! 난 범인 아냐!”

왜 제일 처음에 나를 의심하는 거지?! 그게 가능한 사람이 나뿐이니까 그렇겠지! 알아! 하지만 난 아냐!

지그시―――. 유미나 일행의 시선이 내가 쥐고 있는 손으로 쏟아졌다. 없어! 나는 손을 하늘하늘 흔들어서 보여 주었다.

"정말 토야 오빠가 아니었군요⋯⋯."

"믿어 줘서 영광이야⋯⋯."

"⋯⋯토야 님이 아닌가요?"

루가 어리둥절한 표정을 지으며 유미나에게 물었다. 만약 지금 내 손에 속옷이 쥐어져 있었다면 범인 확정이겠지만, 역설적으로 루가 피해를 봐서 결백이 증명되었다.

"【인비저블】이나 【미라주】로 지운 건 아니겠죠?"

"안 했다니까⋯⋯. 린제라면 알겠지?"

"확실히 마법이 발동되는 느낌이 들진 않았지만⋯⋯."

당연하지. 쓰지 않았으니까. 후우. 겨우 속옷 도둑 의혹을 벗어난 건가.

"음? 에르제와 야에가 이쪽으로 달려오고 있다만?"

"어?!"

스우의 말을 듣고 깜짝 놀라 돌아보니, 역시 얼굴을 새빨갛게 물들인 에르제와 야에가 이쪽을 향해 성의 복도를 폭주하며 다가오고 있었다.

"저기 있다! 토야, 꼼짝 말고 있어!"

"파렴치한 사람에게는 벌을 줘야 합니다~~~!"

"기다려! 아니야! 오해야!"

안 되겠어! 전혀 내 말을 들을 생각도 하지 않다니!

"바, 【바람이여 둘러싸라, 부드러운 포옹, 에어스피어】!"

바람 속성의 마법을 발동하자, 공기쿠션이 내 주변을 둘러쌌다. 나를 향해 돌진하던 에르제와 야에는 그 공기쿠션에 막혀 기세가 줄어들었고, 투웅 하고 부드럽게 튕겨 나가 엉덩방아를 찧었다.

"진정하세요, 에르제 씨, 야에 씨. 토야 오빠는 속옷 도둑이 아니에요."

"하, 하지만 갑자기 위랑 아래 모두 사라졌단 말이야!! 이런 일이 가능한 사람은 토야뿐이잖아!"

"소인도 그렇습니다. 훈련장에서 갑자기……!"

"조금 전에 루도 도둑맞았지만, 토야 씨는 아무 짓도 하지 않았어요. 우리 눈앞에 계속 있었거든, 요."

유미나와 린제가 내 무죄를 증명해 주었다. 그 덕인지 두 사람도 내가 범인이 아니라고 이해해 준 모양이었다.

"그렇다면…… 우리의, 그, 속옷은 어디로 간 거지……?"

린제와 스우 이외의 네 사람이 꼼지락거리며 몸을 움츠렸다. 새삼 생각해 보니, 지금 이 아이들은 속옷을 입고 있지 않다는 것으로……. 그렇구나…….

"앗! 지금 이상한 상상 했지?!"

"어?! 아니, 안 했어!"

에르제가 분노인지 수치인지는 모르겠지만, 얼굴을 새빨갛게 물들이며 다가왔다. 당연히 했다고 인정할 수는 없었다. 누구든 목숨은 귀중하니까.

"흐음. 도둑맞은 속옷을 토야의 스마트폰으로 검색하면 단번에 알 수 있지 않을까 싶다만."

"아, 그렇구나."

범인이 아직 가지고 있거나, 또는 어딘가에 숨겨 두었다고
해도, 결계가 펼쳐져 있지 않은 한 일단 발견은 할 수 있다.

스마트폰을 꺼내 지도 화면을 불러냈다. 이 나라 전체를 범
위로 지정해서…….

……어라?

"…………."

"토야, 왜 그러는가?"

"아니, 저어……. 검색을 하려면 대상을 좁혀야 하는데……."

" '도둑맞은 속옷' 으로는 안 되는 겐가?"

"도둑맞았는지 어떤지 한눈에 내가 알아볼 수 있다면 좋겠지
만, 아마 불가능하지 않을지……."

그 속옷이 도둑맞은 건지 아닌지, 보통은 판단할 수 없다.

"그렇다면 '루의 속옷' 같은 것은 어떤가?"

"앗, 스우 씨?! 무슨 말씀이세요?!"

"아니, 똑같아. 한눈에 루의 속옷인지 아닌지 내가 알 수 있
을 리가 없잖아."

이름이라도 적혀 있으면 알 수 있을지도 모르지만. ……내
가 루의 속옷을 먼저 봤다면 몰라도.

"으~음. 그럼 야에 것이라면 보기 드문 것이니, 찾을 수 있
지 않을까 하네만."

검색해 보니 천으로 감는 속옷이 마구 나왔다. 남자 거지만.

으~음. 갑자기 사라진 속옷. 나한테 누명을 씌워 평판을 떨어뜨리려고 한 건가? 아니, 아닐 거야. 정말로 속옷이 목적이라면…….

그때, 내 뇌리에 조금 전에 본 박사의 시치미를 뗀 태도가 번뜩였다.

"그 배낭……! 매직백이 아니구나……!"

확신이 든 나는 다시 바빌론으로 【게이트】를 열었다.

"오오오! 린은 꽤 어른스러운 속옷을 입네? 역시 나이가 나이라 그런가?"

바빌론 박사가 배낭 안에 손을 넣고 검은 레이스가 달린 작은 속옷을 꺼냈다. 그리고 그것을 '격납고' 의 콘솔 위에 펼쳤다. 그 외에도 다양한 색상의 속옷이 늘어서 있었다.

희희낙락하게 그것을 바라보는 흰 가운 차림의 어린 소녀에게서는 저열한 아저씨 같은 분위기만이 느껴졌다. 그 옆에서 히죽거리는 에로 메이드도 마찬가지였다.

"아하. 그 배낭은 【어포트】가 부여되어 있었던 거였어."

"엄밀하게는 다른 마법이지만 말이지. 원래는 숲 안에서 특정한 나무 열매를 자동으로 채취하기 위한…… 쿠엑?!"

뒤에서 목덜미를 붙잡고 흰 가운 차림의 어린 소녀를 들어 올렸다. 그대로 빙글 하고 박사를 통째로 180도 돌리자, 그곳에는 얼굴을 새빨갛게 물들인 소녀들이 주르륵.

"아하하…… 다들 모였네……. 어라? 다들 화가 나신 건가?"

"당연하잖아요!"

약혼자들은 화를 내면서도 콘솔에 늘어서 있던 자신들의 속옷을 회수해 갔다. 당연하지만 나는 다른 곳으로 시선을 피하고 있었다. 확실히 눈에 새겨 두었지만, 아주 많은 것을 보니 유미나를 비롯한 약혼자들 이외의 사람들에게서도 훔친 모양이었다.

"아, 아니, 이, 이건 순수하게 연구를 위해서 말이지……."

"무슨 연구인데?"

"어~ '사춘기 소녀들이 입는 속옷의 색과 형태로 이끌어 낼 수 있는 미래 세계의 경제 발전과 고찰'……."

"지금 생각한 거지?"

"그럴 리가."

눈이 이리저리 움직이고 있다.

나는 옆에 있는 에로 메이드도 노려보았다.

"저는 아무런 관계도 없어요. 벌을 내리실 거면 박사님에게만 내려 주세요."

"설마 배신하는 거야?!"

"저의 마스터는 모치즈키 토야 님이십니다."

소리치는 박사에게 새침한 목소리로 대답하는 셰스카. 이 녀석…… 태연하게 전 주인을 그냥 내다 버렸어.

"너는 다 보고 있었으면서 말리지도 않았던 거야?"

"말릴 수 있다고 생각하시나요?"

으음. 막상 그 말을 듣고 보니…….

아무튼 좋다. 이번에 벌을 내리는 사람은 내가 아니다. 나는 집어 든 박사를 야에에게 넘겨주었다.

"예로부터 어린이가 잘못하면 어떻게 해야 하는지는 정해져 있습니다."

"아니, 난, 너희보다 정신 연령은 높은데? ……까약?!"

야에는 박사를 콘솔 위에 기대게 한 뒤, 흰 가운과 스커트를 들쳐 올리고 팬티를 내렸다. 어린 소녀가 엉덩이를 훤히 드러냈다.

"아, 아, 앗, 잠깐 기다려! 아무리 나라도 이건……! 팬티까지 내릴 필요는 없잖아?!"

"창피를 당하지 않으면 벌이 안 되잖습니까. 철저하게 반성하십시오."

박사가 버둥거렸지만, 야에가 왼손으로 꽉 누르고 있어서 움직일 수 없었다.

그리고 야에는 왼손을 들어 올리더니, 새하얗고 작은 복숭아 같은 그곳을 향해 팔을 내리쳤다.

"하나~!"

"으갸약?!"

얻어맞은 박사가 비명을 질렀다. 생각보다 세게 때리지는 않았다. 엉덩이를 철썩철썩 때려서 벌을 주는 이유는 아프게 하려는 것보다는 굴욕을 주기 위해서인 걸까?

"두~울!"

"우캬앙!"

설마 훔친 속옷의 수만큼 때릴 생각이야? 아무리 그래도 그건 너무한 것 같은데…….

"하아하아……. 박사님의 보다는 우리 바빌론 시스터즈와 똑같아서 꽤 튼튼하게 만들어져 있답니다. 걱정 마시길…… 하아하아…….."

"너…… 어느새…….."

어느새 내 옆에 다가온 티카가 흥분한 듯 박사의 엉덩이를 응시했다. 그러고 보니 바빌론 사람들은 서로 정보를 공유하는 능력이 있다고 했던가? 이 로리콘이 이런 상황을 놓칠 리가 없다.

티카가 나타나자 스우가 유미나의 등 뒤로 숨어 버렸다. 몸의 위험을 느낀 거겠지.

"세~엣."

"우하앙!"

저기. 목소리가 어딘가 이상해지지 않았어? 이거 정말 벌 맞아?

"소녀들에게 치욕을 받아 괴로우면서도 느끼고 마는 어린 소녀……! 야후웅──!"

갑자기 티카가 소리를 쳐서 다들 깜짝 놀라며 뒤로 물러섰다. 나도 마찬가지였지만. 뭐야 이 카오스 같은 공간은…….

그리고 몇 분 후, 철저하게 벌을 받은 박사가 엉덩이에 얼음주머니를 올린 상태로 연금동의 침대에 엎드려 있었다. 아무리 몸이 튼튼해도 나름대로 대미지는 쌓이는 모양이었다.

"우우우……. 이제 시집은 다 갔어……."

"자업자득이야. 욕망을 제어하지 못하니까 따끔한 맛을 볼 수밖에."

"욕망이라니 무슨 말도 안 되는 소리를. 기껏 토야한테 선물하려고 생각했는데……."

"남한테서 훔친 속옷을 선물하려고 하지 마!"

하아……. 뭔가 엄청나게 피곤해.

역시 그 휴면 캡슐에서 꺼내 주지 말아야 했나? 이제 와서 그런 말을 해 봐야 아무런 소용도 없지만.

후기

　안녕하세요, 후유하라 파토라입니다.

　『이세계는 스마트폰과 함께.』도 여러분 덕분에 드디어 10권이 되었습니다. 이것 참, 경사입니다.

　이번 10권에 등장한 바빌론 박사 덕에 이세계에 스마트폰이 보급됩니다.

　저는 예전에 '얽매여 있기는 싫어!' 라는 알기 힘든 소신에 따라 최선을 다해 휴대전화를 가지지 않으려고 노력한 사람이었습니다.

　휴대전화를 가지고 있지 않은 상태라도 '곤란할 일 없다' 라고 계속 생각해 왔던 거지요. 그런데 어느 날, 시간을 때우다가 '일을 할 때 사용할 수 있을지도 몰라' 라는 가벼운 마음으로, 휴대전화 판매점에 훌쩍 들어가 보았습니다.

　판매원 누님의 세일즈 토크가 워낙 뛰어났는지, 아니면 제가 단순했는지(아마도 후자), 몇 시간 후, 그 가게에서 나올 때는 최신 스마트폰이 들어간 종이봉투를 들고 있었습니다. 지금은 스마트폰이 없으면 아무것도 못하는 사람이 되어 버렸습니다. 옛날의 나는 어디로 간 거지?

그때 스마트폰을 사지 않았다면, 이 작품도 만들어지지 않았을 거라 생각합니다.

애니메이션은 이 책이 나올 즈음에는 딱 최종회를 맞이하기 직전이라고 할 수 있을까요? 9권이 나올 때는 시작하기 직전이었는데, 순식간에 3개월이 지나갔습니다.

애니메이션뿐만이 아니라 다양한 이벤트와 캠페인 등, 많은 분이 이 작품에 참여해 주셔서 감사한 마음뿐입니다.

조금 이를지도 모르지만 애니메이션 스태프 여러분, 정말 감사합니다. 성우 여러분도 이세계 스마트폰 캐릭터들에게 생명을 불어넣어 주셔서 그저 감사할 따름입니다. 행복한 3개월이었습니다.

자, 그럼 감사와 사죄의 말씀을 드리겠습니다!

일러스트를 담당해 주신 우사츠카 에이지 선생님, 드디어 10권이라는 상징적인 숫자에 도달했습니다. 감사합니다. 앞으로도 잘 부탁드립니다.

메카닉 디자인을 담당해 주신 오가사와라 토모후미 선생님, 스우의 기체는 제가 너무 흥을 내버린 게 아닌가 하는 생각도 듭니다. 수고를 끼쳐 죄송합니다.

담당자 K 님. 여기까지 왔습니다. 앞으로도 잘 부탁드립니다.

편집부 여러분. 이 책의 출판에 도움을 주시는 모든 분께 항상 감사합니다.

그리고 읽어 주신 모든 분께 정말 감사합니다.

후유하라 파토라

또 바빌론 박사의 부활 덕에
프레이즈를 상대하기 위한 준비도 더욱 진전된다.
다음 전용 프레임 기어는 누구의 것일까——?!

이세계는 스마트

후유하라 파토라　illustration■우사츠카 에이지

브륀힐드 공국의 인구가 늘어 기사단을 확충할 수밖에 없어진 토야 일행은 기사단 등용 시험을 치르기로 한다.

폰과 함께.11

이세계는 스마트폰과 함께. 10

2018년 03월 15일 제1판 인쇄
2018년 11월 22일 2쇄 발행

지음 후유하라 파토라 ┃ **일러스트** 우사츠카 에이지 ┃ **옮김** 문기업

펴낸이 임광순 ┃ **제작 디자인팀장** 오태철
편집부 황건수 · 신채윤 · 이병건 · 이홍재 · 김호민
디자인팀 박진아 · 박창조 · 한혜빈
국제팀 노석진 · 엄태진

펴낸곳 영상출판미디어(주)
등록번호 제 2002-000003호
주소 21311 인천광역시 부평구 평천로 132 (청천동)
전화 032-505-2973(代) ┃ **FAX** 032-505-2982

ISBN 979-11-319-7423-0
ISBN 979-11-319-3897-3 (세트)

異世界はスマートフォンとともに 10
ⓒ2017 Patora Fuyuhara
Originally published in Japan in 2017 by HOBBY JAPAN Co., Ltd.

● ● ●
영상출판미디어(주)

단행본 출간작 리스트
(주요 해외 라이선스 작품)

◆

슬라임을 잡으면서 300년, 모르는 사이에 레벨MAX가 되었습니다 1~2

원래 세계에서 과로사한 것을 반성하고 불로불사의 마녀가 되어
느긋하게 300년을 살았더니――레벨99 = 세계 최강이 되어 있었습니다.
생활비를 벌려고 틈틈이 잡았던 슬라임의 경험치가 너무 많이 쌓였나?
소문은 금방 퍼지고, 호기심에 몰려드는 모험가, 결투하자고 덤비는 드래곤,
급기야 나를 엄마라고 부르는 몬스터 딸까지 찾아오는데 말이죠――.

모험을 떠난 적도 없는데도 최강?
어? 그럼 내 빈둥빈둥 생활은 어떡하라고?
슬라임만 잡는 이색 이세계 최강&슬로 라이프, 개막!

모리타 키세츠 지음 / 베니오 일러스트

영상출판
미디어㈜

이 세계가 게임이란 사실은 나만이 알고 있다 1~8

"흘러들어온 곳은 버그로 가득한 게임 세계!!"

제작자의 악의로 가득 찬 버그에 맞서 싸우는 신개념 이세계 생존기!

방 안에 틀어박혀 오프라인 VR 게임만 즐기던 솔로 게이머 사가라 소마는 부주의 한 소원에 의해 자신이 평소 즐기던 게임, '뉴 커뮤니케이트 온라인'의 세계에 레벨 1 상태로 전이되고 만다. 문제가 있다면, 그 세계의 기반이 된 게임이 터무니없는 망게임이라는 것. 신선한 이세계 라이프고 뭐고 당장 목숨이 위험하게 된 소마는 자신이 파고든 게임의 버그를 역이용해 상상도 할 수 없는 방식으로 위기들을 헤쳐 나가며 현실로 돌아가려 한다. 지금까지의 작품들과는 다른, 게임세계의 부조리를 파헤치는 유쾌한 이야기. 한국에서도 빠르게 증쇄되며 인기몰이 중!

Illustration:Ichizen
© 2014 Usber
/PUBLISHED BY KADOKAWA CORPORATION ENTERBRAIN

우스바 지음 / 이치젠 일러스트

영상출판
미디어㈜

해골기사님은 지금 이세계 모험 중 1~7

MMORPG 플레이 도중 깜박 잠들었다 눈을 떠보니 게임 캐릭터의 모습으로
낯선 이세계에 떨어진 「아크」. 그런데 겉은 갑옷, 속은 전신골격인 해골기사라고!?
──정체를 들키면 몬스터로 오해를 받아 토벌대상이 될지도 모른다!
아크는 눈에 띄지 않게 용병으로 지낼 것을 결심하지만,
눈앞에서 벌어지는 악행을 내버려둘 수 없었다.
온갖 사건 사고도 게임에서 단련한 스킬로 쾌도난마의 대활약!
최강의 해골기사에 의한 무자각 "사회혁명" 이세계 판타지가 여기에 등장!!

하카리 엔키 지음 / KeG 일러스트

영상출판
미디어㈜